一号井的故事

李显坤 主编

中国文联出版社

图书在版编目（CIP）数据

一号井的故事 / 李显坤主编 . —— 北京：中国文联出版社 , 2022.8
ISBN 978-7-5190-4563-0

Ⅰ . ①一… Ⅱ . ①李… Ⅲ . ①纪实文学 – 中国 – 当代 Ⅳ . ① I25

中国版本图书馆 CIP 数据核字（2022）第 066116 号

一号井的故事

主　　编：李显坤
责任编辑：王　斐
责任校对：胡世勋
装帧设计：鲍忠远

出版发行：中国文联出版社有限公司
社　　址：北京市朝阳区农展馆南里 10 号　　邮编：100125
网　　址：http://www.clapnet.cn
电　　话：010-85923091（总编室）　　010-85923058（编辑部）
　　　　　010-85923025（发行部）
经　　销：全国新华书店等
印　　刷：三河市百福春印刷有限公司
开　　本：710 毫米 ×1000 毫米　　1/16
印　　张：14
字　　数：370 千字
版　　次：2022 年 8 月第 1 版
　　　　　2022 年 8 月第 1 次印刷
书　　号：ISBN 978-7-5190-4563-0
定　　价：30.00 元

版权所有　侵权必究
如有印装质量问题，请与本社发行部联系调换

我亲爱的克拉玛依（序言）

张红军

——今年是克拉玛依市建市60周年，而我也在克拉玛依市生活了60周年，不禁感慨系之。

克拉玛依市是克拉玛依人的家园。

家园是圣地。

家园已经有60年的岁月了。

60年的岁月让一个人变老，然而，60年的岁月却赋予克拉玛依青春。岁月无情又有情。60年，克拉玛依只是中华史诗的短句，却像银河的太阳辉煌；60年，克拉玛依只是人类长河的浪花，却像东方的启明星灿烂。克拉玛依，壮美历史的浓缩，沧桑人生的歌唱。

回望克拉玛依命名的史前，在准噶尔盆地西北边缘的沙漠，在青克斯山的山前戈壁，这里只是一个造物主失误的悲剧，裸露着荒凉和死亡，只有一个显露的主角——黑油山。黑油山有着亿万年的生命律动，它那话语般诉说的油泡油泉，展示着自己早已获悉自己命运的自信淡定和洞明未来的微笑和先知。遗憾的是黑油山如同一个独特而又无字的天谕，在岁月的天籁中，梭梭柴读不懂，鹅喉羚读不懂，连日月星辰也读不懂，纵然它们相识相伴百年千年万年乃至亿万年，它们的生命注定没有炙热的爱情，也没有相通的灵犀。黑油山，只能在无边的寂寞中打坐，在浓缩的孤独中守望，即使狂暴的风雨化成细沙，即使恐龙集体举行了天葬。然而，当历史的指针指向一个破天惊地的时刻，准噶尔西北缘的"宇"和中国五十年代的"宙"，交合成时空的坐标，黑油山那无字天谕，终于被新中国神悟，从此，悲剧开始变为喜剧，克拉玛依第一代人来了！

第一代克拉玛依人来了，从五湖四海，告别父母温馨的慈祥，告别恋人沸腾的热吻，告别兄弟姐妹的亲情，告别儿女子孙泪湿的拥抱，告别江南的鱼米故乡，告别北国的平原粮仓，告别小镇的安逸休闲，告别都市的繁华文明，像鸟儿来到这鸟儿也不飞的地方，让这里成为青春的绿洲、火红的战场。第一代克拉玛依人民族不同，却怀揣同一个信念；南腔北调，却唱着同一个理想；肩膀各异，却承载着同一个使命；姓氏迥然，却创造着同一种人生。当一号井井架竖立起中华人民共和国石油长子的形象，当一号井的工业油流横空出世鸣响奠基礼，克拉玛依油田诞生了。

克拉玛依，克拉玛依，向着60岁走来的克拉玛依市，多么亮丽，洋溢着全世界独一无二的美气、仙气，磅礴张扬着仙一样的神气。第一代克拉玛依人，把青春，把一辈子献给了克拉玛依，和克拉玛依同呼吸共命运，爱克拉玛依爱到了心坎里。第二代克拉玛依人从小生活在克拉玛依，也经历了父辈相同的时代风云，也是创业一生拼搏一生，爱克拉玛依爱到了血液里，融入了生命里，任凭谁，包括自己，想分离想割舍都是痴人梦语。第三代克拉玛依人出生在克拉玛依，对克拉玛依的情感可以纳入一句谚语：一个人出生在什么地方，那里就最漂亮。最漂亮的克拉玛依，我们最漂亮的家园。

发现只有家园好的人，他一定还在童年；发现世界所有的地方，都像家园一样好的人，他已经长大；发现世界都不是归宿，只有克拉玛依才是家园的人，他就成为了真正的克拉玛依人。

祝福克拉玛依！

祝福克拉玛依就是祝福我们自己！

2018年8月

作者笔记

克拉玛依一号井（原名黑油山一号井），位于新疆维吾尔自治区克拉玛依市黑油山东南5公里处，是克拉玛依油田的发现井。1951年到1955年，国家曾多次派出地质调查队到黑油山附近进行地质考察。1955年6月6日，由独山子1219青年钻井队来到黑油山附近定出一号井位。同年7月6日开钻，井深626米，10月29日完钻喷出工业性油流，日初产原油3.7吨。由此宣告了新中国第一个大油田——克拉玛依油田的诞生，唱响了新中国石油工业第一曲壮歌，揭开了新疆石油工业大发展的序幕。

一口油井，几多故事；斗转星移，沧海桑田。虽然有关一号井的许多当事者已经离开人世，但是他们的风采依然留在人们的记忆中。

让我们打开历史的大门，去追寻他们的足迹，感受那一代人"我为祖国献石油"的激情。

目 录

第一篇
天山南北找石油……………………………002
目标指向黑油山……………………………014
"油海"与"油杯"之争……………………032

第二篇
踏雪卧冰竖井架……………………………038
千古荒原第一井……………………………045
克拉玛依名闻天下…………………………056

第三篇
撒大网　捕大鱼……………………………064

第四篇
中苏石油公司的苏联专家…………………077
秦峰与克拉玛依……………………………110
民族团结铸辉煌……………………………128
为有牺牲多壮志……………………………135

第五篇
在克拉玛依最初的日子里…………………142
铭刻历史的第一次…………………………158

世纪经典《克拉玛依之歌》……………………177

第六篇
新一代金牌采油队炼成记………………182
初心不改　继往开来……………………198
永远的父亲………………………………204

后　记……………………………………214

一号井的故事

第 一 篇

天山南北找石油

> 背起了我们的行装,
> 攀上了层层的山峰,
> 我们满怀无限的希望,
> 为祖国寻找出富饶的矿藏。
> ——《勘探队员之歌》

中华人民共和国成立初期,百废待兴。旧中国的石油工业十分落后,全国只有玉门、延长和新疆独山子等少数几个矿区,最大的玉门油矿,年产原油不过10余万吨。

新中国成立后,经过三年恢复时期,至1953年,全国的原油产量仅为43.5万吨,只能满足当时国家1/3的需要。石油极度匮乏,让经济发展滞后的新中国举步维艰。毛主席在一次会议上说:"天上飞的,地上跑的,没有石油可都转不动啊。"[1] 共和国需要石油,需要能源工业的支撑。

希望在哪里?曙光在何方?按照当时"油在西北"的传统观念和掌握的有限资料,新疆石油工业被寄予厚望。

1950年,中国政府和苏联政府根据中苏友好条约成立中苏石油股份公司,在南北疆展开了系统的石油地质和地球物理勘探工作,开始在天山南北寻找石油。

在所有的地质调查队中,最著名的有乌瓦洛夫任队长、张恺任地质师的1/54队,范成龙任队长的3/54队,毕鹤亭任队长、赵白

---

[1] 1953年12月,毛泽东、周恩来在中南海菊香书屋召见地质部的部长李四光,向他询问中国石油工业的发展,毛泽东对李四光说了这番话。另:全国多部石油题材的电视片、重要书籍中也常引用这番话。

任地质员的 2/54 队。

被采访者：范成龙（我国著名石油地质专家）
  1953 年大学毕业后分配到新疆中苏石油公司地质调查处工作，曾任齐古地质调查队队长、安集海地质调查队队长、准噶尔盆地综合研究大队大队长，奇台地质大队地质师。
  他曾是杨拯陆的队长。
  曾任新疆石油管理局副总地质师。

  范成龙：1953 年 2 月中旬，我们一行三人，张恺、王大钧和我，告别了母校从北京出发，经过一个月的长途跋涉，至 3 月中旬到达乌鲁木齐中苏石油公司。中苏石油公司刚刚建立两年，主要的任务是在新疆寻找新油田，地质勘探是公司首要工作。我们三人被分配到公司的地质调查处。

  问：因为所学专业，初来就受到了足够重视吗？
  范成龙：是的，我们所学专业，当时极其紧缺，也可以说出自本能地重视。

  问：还记得当时情景吗？
  范成龙：前往报到，最早接待我们的是地调处副处长余萍。部队出身的余萍，身着一身绿色呢料西装，系着绿色领带，当时正是风华正茂，作风雷厉风行，语言简捷，说了就干，给人以一种精干和令人敬畏的感觉。接着，苏方处长巴格良和总地质师雷宾接见了我们。巴格良提出叫中方担任地质队副队长，着实把我们吓了一跳，我们急忙声明不能胜任。余处长表示先叫我们实习一年。

  问：既然公司由中苏两国建立，两国政府有什么《协定》吗？
  范成龙：按照两国政府的《协定》，中苏石油公司的勘探范围包括三个地区：一是准噶尔盆地南缘及西北缘；二是库车地区；三呢，是喀什地区。五年内对上述地区进行地质调查，提出含油评价及勘探意见，并进行钻探。

问：想必，甫一报到，就投入工作了吧？

范成龙：当年，地调处组建了六个地质队在活动范围内继续进行地质、地球物理调查。我们三个人被分到不同的三个地质队实习。当然，立即就投入了工作。

问：你分在了哪个队？

范成龙：我分到阜康县境内的古牧地地质队，队长是勒·伊·乌瓦洛夫，他身材中等，体魄强壮，参加过卫国战争，曾和德国人遭遇时，徒手与敌人搏斗过，对中国的感情是很深的。队上的其他成员是地质员王克思，他是汉俄混血族，懂俄语，汉语不太流利，虽然他没学过地质专业，但经过苏联专家的培养和工作实践，已能单独从事野外地质工作；采集员尤拉，也是汉俄混血族，懂俄语；司机阿卜杜拉，维吾尔族，也懂俄语。还有野外期间雇用的几名临时工，都是少数民族，稍微懂点俄语。

问：工作时，大家如何交流呢？

范成龙：（笑）工作时大家都讲俄语，少数民族工人之间讲维吾尔语。我都不懂，工作和生活自然随时都会感觉困难和不方便。地质资料是俄文的看不懂，队长交代工作听不懂，工作完成了说不清，有了问题没法问。甚至连领料这样简单的事办起来也都难，因为要用俄文填写领物单，所以我几乎是个哑巴、傻瓜和笨蛋。（笑）组织上对我们的要求是尽快掌握工作，完成队长交给的任何工作任务，和苏联专家搞好关系。要做好这三件事，首要的是学会俄语、俄文，否则是不行的。

问：据了解，初来乍到，你是过了不短时间才适应的。

范成龙：4月份，全队到了古牧地工地，在阜康县城南的水磨沟安家，队长设计、指挥，全队人一齐动手，建起了两幢木架板毛毡房。晚饭时大家坐在树下用餐，享受着面包、羊肉汤的美味，别人吃得津津有味，而我还不习惯羊肉味，吃的很少。队长叫我多吃，否则适应不了一天的强体力劳动。他握起我的胳膊看看，显得十分忧虑，指着周围的山说："你能爬这样的山吗？"我说："试试看吧！"因为我年轻，身子瘦，比较轻快，而乌瓦洛夫则因为已年过40，身体重，再加上不适应火热的干燥天气，所以爬起山来倒把落在了后面，以后他就不再为我的身体担忧了。他感到非常奇怪，吃得那样少，从早爬山到晚，哪里来的许多热量和能量。

问：你最初跟的师傅，抑或搭档是谁？

范成龙：我成了王克思的助手，经常是我们两人一起，他记地质点，我给他量地层产状、取样。我们两人几乎爬遍了工区的每个山头，绝大部分地质图是王克思同志完成的。与此同时，我看到了工区的一切地质现象，也学会了野外工作的一套方式方法。（范成龙沉默了一会儿，无声笑了）不过，很快，我竟成了队里的"首长"。

国庆到了，队上的同志除队长外，已经五六个月没回乌鲁木齐和家人团聚了。大家都想回乌鲁木齐，但总要有人留下看守基地。我在乌鲁木齐没有家，主动请求留下来。队长经过考虑之后同意我的请求，并留下两名工人。队长把他的猎枪留给我，叫我每天睡觉前放上两枪来壮胆。苏联盛行一长制，他们走后，我就成了"首长"了。

第二天我叫一个工人带上饮食，和我一起沿水磨河一直往上游走去，两岸露头虽不太完善但可以看地质构造。由北向南我们穿过阜康背斜、阜康向斜、南阜康背斜及南阜康向斜。出露的地层是中侏罗统煤系地层和上侏罗系齐古组、克拉扎组。我第一次自己单独观察地质现象，想看个究竟，越走兴致越浓。这次踏勘不但看清了这一带的构造剖面，而且发现阜康、古牧地背斜带上的克拉扎灰绿色砂岩向南至南阜康背斜和向斜带变成褐色砂岩、粉砂岩，厚度也增加了，我根据看到的构造画了地质剖面。

回到基地时，地调处处长巴格良、总地质师雷宾、大队长马霞根、总会计师等人已到我们基地多时了。他们利用假日到水磨河钓鱼，树下的餐桌上摆满了吃剩的野餐。他们问我到哪里去了，我出示了我所画的地质剖面说明我们干什么去了,他们看了之后表示赞同。我想,这可能有助于改变对我先前由于语言不通,而给人造成的那种傻瓜一样的印象。

范成龙回忆说,当时为了出色地完成任务,勘探队员们在不同的岗位,在各种恶劣的条件下和大自然进行了英勇搏斗,涌现出大量的先进人物和英雄模范事迹,做出了各自的贡献和成绩。

即使还有人到这些地区观察一些地质现象,或做些地质研究,但与当年地质调查时的条件已大不相同了,人们不会再经历、体会到那时的工作和生活。

他说,随着时代的变迁,人们对这一些事情也就慢慢淡忘了。他之所以回忆,就是为了纪念那些为新疆石油工业献出宝贵青春和生命的勘探队员们,献给继承新疆石油工业的后来人。

初任队长

不久之后,范成龙的"首长"转正了。

范成龙:为了完成公司三个探区的地调任务,地质、地球物理调查队伍逐年增加,1954年共组建了8个地质队,其中准噶尔四队,即克拉玛依—乌尔禾队(队长乌瓦洛夫)、喀拉扎队(队长乌沙诺夫)、三台队(队长毕鹤亭)、齐古队。按照两国政府的《协定》,中苏石油公司各级领导先由苏方任正职,中方任副职,三年后正副更换。所以必须加强培养中方干部,特别是技术干部。可能是出于这种考虑,1954年地调处组队时,我被提名当地质队长。队名叫齐古,队号是3/54,工区在呼图壁河至玛纳斯河之间,东西长46千米,南北宽15千米。

问:这样肯定离不开车,队里配备的司机素质如何?

范成龙:一个野外队的人员组成中,十分重要的人物是一位好司机和一辆好汽车,他们由公司的运输处分配给各队,受运输处领导。

给我们的车是一辆嘎斯51型老破车。山区的队一般要配嘎斯63型越野车，个别路况好的地区配51型的新车。司机接受这样一辆车到海拔一千多米的山区工作，本来就憋了一肚子气，由于他没有野外工作经验，一下公路就更不高兴了。尚未进入工区就陷入呼图壁县城以南春灌后的泥泞中，经全队同志奋力抢救，老牛破车仍爬不出来。日落西山时，人们已经筋疲力尽，只好就地宿营。

就是这辆破车，加上漫不经心的司机，一次车在清水河子的山路上行驶，因为前轮的拉杆螺丝脱扣，方向失灵，车子直冲到路旁的沟里，来了个九十度的翻车，把车上的人和物一起抛出几米外。幸好那里路不太险，未出人身事故。

这辆老破车关系全队同志的生命，不能不向运输处力争给我们换车。得到的回答是强硬的："不行！没有车换。"没有别的办法，我们只好用马。事实上整个工区内除了雀儿沟和清水河有马车路可以通行汽车外，呼图壁河、塔西河、玛纳斯河在我们工区内都是峭壁悬崖，无法通车，此外全是海拔千米以上的山地。我们从独山子矿务局借了四匹好马。用汽车把家当运到雀儿沟或者清水河安好基地，然后用马驮着轻装到各小区安家，工作数日后返回基地。

问：经常遭遇意想不到的困难吗？

范成龙：当然，野外工作或因计划不周，或遇特殊情况，碰到一些意想不到的困难是难免的。一次，我们一行四人四马携带两顶小型军用帐篷和数日食用品由雀儿沟翻过几座大山去呼图壁河工作，在河西岸陆地上搭起帐篷，用毛毡铺在帐篷里的青草地上，席地而睡。到了夜里狂风大作，雷电交加，暴雨倾盆，我们从睡梦中急忙爬起来加固摇摇欲坠的帐篷，在四周挖出一圈水沟，以防雨水漫入帐篷漫入到被窝里。第二天起来已雨消云散，俯视偌大的呼图壁河，宛如一条白色的裙带，飘落在峡谷之中，汹涌的波涛中只听到哗哗的水声。陡峭的河谷深有百米以上，取一桶水上来要休息几次。由于天气的干扰，在预定任务完成之前，粮食已尽，只好向哈萨克人买羊，煮着吃为食，诸如此类，在各野外队都是常有的事。

问： 上次见你，说起过苏方队长都有极其丰富的工作经验，培养你们也是用心良苦。

范成龙： 其实，地调处领导对中方这一个地质队能否完成任务，心里有时是没有把握的。为了防止万一，他们命令我的邻队 2/54 队队长乌沙诺夫在必要时帮助我们，但是出于策略的考虑，这一点并没有公开宣布。乌沙诺夫的工区是从呼图壁河至头屯河，我们两队以呼图壁河为界。野外工作期间，乌沙诺夫特意骑马在河西岸找到我们，了解工作情况和存在的问题，但并未说明是来帮助我们的。然而他特别留意了呼图壁河西岸我队一侧的地形和地质界线。相邻两队所填地质图能否连接起来，是对双方野外工作是否正确的最好检验。等工作结束后，我们两队的地质图并在一起时竟是十分吻合，这使他们相信我们的图是可信的，工作是可靠的。这就足见苏联专家对培养中方干部用心之良苦。

问： 工作中，遇到过意外风险？

范成龙： 是有一次，印象深刻。冬季收工后，由于工作需要，我又去工区采了几个样品，同去的有王隆祥、维加，司机是老乐师傅。第二天归途中由山里出来上了公路，在呼图壁县路旁的饭馆吃过晚饭后天已大黑，路上汽车很少；我们乘的是一辆尕斯 57 小型吉普，天气似乎有一层薄雾，路上漆黑一团，车灯也显得昏暗，车子飞速前进。刚吃过饭坐车的人都容易瞌睡，迷糊中路上似乎有一个牌子一闪而过，接着车子似乎跳了起来，爬上一个高坡后又头朝下栽了下去。我的前额抵住了车前的玻璃，坐在我背后的维加扑到了我的背上，他的帽子也飞出了车外。老乐师傅急忙脚踏刹车，手拉刹把，车子这才撅着屁股停了下来。乐师傅狠命地拉着手刹，急呼："快下车！"我们下来一看，都惊呆了，车的前轮就停在一个四五米深的深坑前。

原来这里正在翻修一座桥，桥面已经拆除，桥下在清土，挖了地基准备修桥墩，挖出的土堆在路上。土堆前横放着许多原木，木料前的一段路上立了一个便道指示牌，天黑灯暗，再有一秒之差就会跌入深坑，车毁人亡，挺可怕的。

我们下车之后，乐师傅还死拉着刹把不放，如果松开刹把车子会溜到沟里去。等我们七手八脚搬来石块、木头将车轮揳住，他才下得车来，这老乐师傅一来经验多，二来临危不惧、责任心强，使我们免遭一场劫难。这时，车子前行无路，后退不能，根本不能再发动了，只好等后面来车用钢丝绳倒拖出来。

问：你们队为什么以齐古命名？

范成龙：在呼河上游有一条支流，当地哈萨克族人称之为齐古，我们的队号就据此而命名。我和谢列布里科夫商量把呼图壁河这个构造命名为齐古构造，因为呼图壁构造已有名在先了。

问：如此来说，齐古有独特的地质构造？

范成龙：不止如此，齐古是靠近天山山麓第一排构造中最完美的一个背斜构造，走向东西，长 30 公里、宽 728 公里。高点在呼河西岸，核部出露上侏罗系齐古组及中侏罗系头屯河组，所有砂岩不同程度地含有油味、稠油和沥青。

我们根据哈萨克族老乡提供的线索，在呼图壁河谷下的西侧草丛中找到一个气苗。一个小小的泥火山，直径约 1 米，内充满泥浆，不时有气涌出泥浆缓缓外溢，油珠随水漂流。这一切表明，这是一个含油气的构造，顶部被河水剥蚀后油层已经部分裸露，油气正在散失着。

问：有些过于专业，能说得形象一点吗？

范成龙：可以把齐古构造比喻成一个糖馅馒头，把糖比喻为石油。呼河长年剥蚀切割着构造，就好像一把小锯子从馒头表皮慢慢地、一点一点地锯着。现在糖馅已经露出来了，并散发着甜味（气苗），流着糖汁（油苗）。这些发现使我们确信齐古构造含油是毫无疑问的。

经全面调查完成地质填图后发现，构造圈闭面积约10平方公里，除轴部有不大的断层外，背斜完整，两翼倾角30°—50°，呼图壁河切开的地质剖面，侏罗纪杂色条带层，红的、绿的、紫的、黄褐的、黄绿的泥砂岩互层构成半圆形的弧，宛如雨后的彩虹，而且目的层埋藏浅，堪称一流构造。在总结报告及报告评比答辩中，我们给予了高度评价，并在河西岸提出钻探井位。

我们的邻队（2/54队）完成该构造呼图壁河以东地段的调查，对齐古构造的评价和我们执有相同的意见，并同意把井位定在河的西岸。

问：齐古出油了吗？

范成龙：在我们地质调查的基础上，后来俞齐丰的总体设计队来这里做了钻探设计。因为地形和交通的困难，直到1958年才打了第一口探井古1A井，并于当年7月22日喷油，从而发现了齐古油田。

战略转移

问：克拉玛依油田是什么时候开始地质调查的？

范成龙：1951—1955年新疆的勘探工作，不论从探区的选择，还是队伍的部署，都把重点放在了天山南北的山前坳陷带里，目标是寻找独山子类型的油田，主要目的层是第三系。五年来先后钻探了霍尔果斯、安集海、西湖、呼图壁、克拉托、喀什、喀桑托开等构造，都没获得工业性油气流。地台区的黑油山虽然1951年进行了地质详查，由于当时的指导思想是背斜含油，所以1952年只在黑油山小背斜上钻了四口井，见少量油气，就中止了勘探，结果也没有发现克拉玛依油田。

1954年，乌瓦洛夫从盆地的区域构造着眼分析了油气形成运聚的趋势，跳出局部构造的限制，部署了一条钻井大剖面，这才发现了克拉玛依大油田。

问：也由此作出了战略转移？

范成龙： 总结前一段的经验，人们认识到必须跳出单纯从局部构造出发评价一个构造的含油性的做法，必须全面着眼，研究整个盆地的沉积、构造，油气形成的发展，探索油气藏形成与分布的规律，按着客观规律去寻找油气田。于是，1956年地调处成立了准噶尔盆地第一个综合研究大队及吐鲁番盆地综合研究队，地质调查及钻探工作也由山前坳陷向地台区转移。

在具体的战术上也有所改变，过去因为勘探队伍有限，又从查明局部构造着眼布置力量，因此显得力量分散，这是必然的。发现了克拉玛依后，全国支援新疆，勘探队伍不断扩大，因此有条件从盆地着眼选择有利的二级构造带，连片地震，甩开钻探。同时在同一区带使用多种勘探工种和方法便于综合解释，形成了一个所谓综合性区域勘探方法。这种勘探方法，首先在准噶尔盆地西北缘使用，获得了良好效果。在克拉玛依—乌尔禾摆开4到5个地震队连片详查，很快查明了地质构造，地层超覆，克—乌大断裂等地质特征，并以此为依据部署十条钻井大剖面。至1958年已先后发现白碱滩高产区、红山嘴、乌尔禾油田，初步证实了克拉玛依是一个受地层断裂控制的大油田。

综合研究

问：你是什么时候来克拉玛依的？

范成龙： 为了全面研究和了解准噶尔盆地的石油地质情况，1956年成立盆地综合研究大队，下设四个小队，二小队队长唐祖奎，工区在玛纳斯河以西；三小队队长毕传宾，工区在玛纳斯河至乌鲁木齐以东；我担任大队长兼第一小队队长，工区在克拉玛依至德仑山。

问：完成了哪些任务？

范成龙： 第一年的任务是全盆地中新生代地层划分对比。我们分别在所辖工区内的每条河流、大沟中记录地层横向的变化。唐祖奎同志告诉我他们在玛纳斯河上游发现一套红色粉碎屑岩，可能是三叠系。

过去在昌吉河以西没发现过三叠系，为了实地了解这一情况，我由克拉玛依去二小队的驻地玛纳斯河畔的红沟煤矿。由于采煤的需要，河西岸新开了一条简易公路，但再往南进就没有路了。到出露三叠系的地点，骑马需要一天的路途，当地没有房舍和人烟。

　　根据唐祖奎的口述，也可以知道这套地层的岩性和结构，并且他们已做了详细记录。但是为了一睹其真面目，虽知路途艰险，还是决定亲自走一趟。

　　同行的有一位新毕业的大学生李旭和一名工人。我们三人每人骑一匹马，另一匹马带上简易的伙房用具、干粮和行军床。三人四匹马沿着玛纳斯河西岸的羊肠小路缓缓而上，路在半山腰间，越往上游，河谷愈狭，河床愈深。小路时高时低，且左右盘旋，路旁遇到凸出的大石块，就得下马，在马上就有被石头撞到或翻到谷底的危险。路面一尺左右，有的地段被雨水冲刷已模糊不清。危险地带只能步行，这样反而比骑在马上心里踏实些。最后，马乏了，人也累了，但不能休息，因为天一黑路就找不见了。万一马一失蹄，连人带马就会掉到谷底，不堪设想。

　　到了古生代变质岩区两岸的距离更缩短了，几根树干架在两岸的岩石上就是桥。盆地南缘最大的玛纳斯河，滔滔的流水被夹在数米宽的狭谷之中。滚滚的水流撞击在两岸和河谷里的巨石上，掀起了狂涛巨浪，雪白的浪花飞溅，声音震耳欲聋，有了王世仁骑马过桥失身落水的前车之鉴，我们过桥时小心翼翼，不敢莽撞。

　　过桥之后已入深山，山间乌云密布，顷刻间倾盆大雨，我们三人四骑立时成了落汤鸡，衣服湿透了，避也无济于事，只有冒雨前进。重重的雨点打在头上脸上，水顺着脸往下流，睁不开眼睛。还好没有多久雨过去了，但云雾还在身边飘流。天色晚了，深山里又湿又冷，找不到一个可以过夜的地方，地下长满了半人高的青草，湿漉漉的带着水珠。最后，只好在一个哈萨克人过冬的羊圈里忍着臭味熬过了一夜。

次日早起，看了地层剖面，确像是三叠纪地层，可与乌鲁木齐一带的火烧沟组对比，说明乌鲁木齐以西到托斯白，本来有三叠纪沉积存在，不过呼图壁河一带被侏罗纪地层所超覆。不到半小时我们踏上回返的路途，因夜里没睡好，可谓人困马乏已极，有的马走起路来已经是摇摇晃晃。

归途中，我领先而行，后面是李旭和工人。我们无心谈笑，前后拉开一段距离，我刚转过一个弯去，就听到后面一阵扑通扑通的声响，直向河谷落去，扬起一阵尘土。

我被吓了一跳，以为人跌下去了。当我回头看到他二人时，才放了心。原来是那驮东西的马掉下了河谷，布袋子装着的行军床也滚到了老远的山坡上，小铝锅叮叮当当的一直滚到河底下不知了去向。我拉着灌木丛下去看时，马已停止呼吸，马背已经扭曲。我们找到了行军床，其余的由它们去好了。

问：常言苦尽甘来，那年你们也终于对准噶尔盆地的石油地质做出了初步总结。

范成龙：这一年我们大队的四个小队在前人的工作基础上，完成了准噶尔盆地的中新代地层划分和对比工作，尽管还有问题，但为以后的工作初步奠定了基础。并根据前面的调查成果和我们野外观察到的情况，对盆地的石油地质做了一个初步总结。

后记：范成龙后来多次回忆道："20世纪50年代的地质勘探队员们，有的早已调往其他油田，有的走上别的工作岗位，有的已经退休，也有的已献出了生命。

"在回首往事时，大家都有一个共同的感觉，那就是那段生活虽然艰苦，却是充实的、愉快的、幸福的。我们的血汗没有白流，青春没有虚度。那段生活是一生中最值得回味和留恋的一个时代。为了新疆石油事业而献身的同志们，在看到他们为之而牺牲的事业今天如此壮丽地发展时，一定也会含笑于九泉。"

目标指向黑油山

> 论外观，她是一个沥青丘。
> 夸张了，她是一座黑油山。
> 看实质，她是探油大戈壁。
> 踏出的第一个立脚点，
> 我眼里一粒神秘的美人痣。
> 甜蜜蜜笑在克拉玛依脸。
>
> ——胡笳

被采访者：张恺（我国著名石油地质专家，被誉为克拉玛依油田的发现者之一）

1953年，他在新疆中苏石油股份公司地质调查处地质队任实习工程师。1954年，任中苏石油股份公司地调处克－乌地区石油地质普查队地质师。1955年1月任新疆石油公司地调处北克拉玛依石油地质详查队队长。

在他们对黑油山地区的地质普查中，乌瓦洛夫拟定了一个由三口探井构成一个剖面的最初构思。其中，就有克拉玛依一号井。

后来，张恺先后任克拉玛依矿务局副总地质师、新疆石油管理局总地质师。1992年荣获"石油工业有突出贡献科技专家"称号，享受国务院颁发的政府特殊津贴待遇。

张恺：1954年5月中旬，当明园里面杨树已长出绿油油的叶子时，我们开始了野外工作。出发前队上又增加了一位实习生赵学海同志，他是天津大学化工系毕业生，分配公司后，改行学地质，三名工人和一位厨师，连司机同志一共是九个人。当汽车开出乌鲁木齐奔驰在公路上时，自己去年是不停地看望着雄伟的天山，而今年却是凝望着公路右侧茫茫的戈壁沙漠，在脑海中思索着黑油山可能是个什么样的地方？它的地貌景观和天山山前一样吗？

从查阅过的省志和文献中，知道我们的工区归塔城专区管辖，工区西部"小地名叫黑油山，大地名叫青石峡"，北西向延伸的大山叫成吉思汗山（加依尔山）；工区东部叫乌尔禾，是居民点，那里有代木河和艾里克湖；工区东南方向是玛纳斯河，小拐是居民点，但它到底是什么样子？一连串的问题始终在我脑海中转来转去。

前车之鉴

张恺：汽车开到乌苏后，就开始掉头向盆地腹地奔驰了。当时没有现在的克—乌公路，去克拉玛依必须走乌苏—塔城的公路。这条公路基本上是土路，又是奎屯河向西流入艾比湖流经之地，再加上春季翻浆，所以这段路非常难行，有些地球物理队比我们来得早，四月中旬就出发了，许多重车都卧在泥坑中，这对我们来说是"前车之鉴"。

问：有所借鉴，就顺利多了吧？

张恺：我们吸取了他们的教训，一是晚出来些日子，二是小心地绕道而行，顺利地通过翻浆地段，到车排子农场后又转向东北行，经前山涝坝直奔克拉玛依，自前山涝坝以后的路上再就没遇到车子。这时，已经清楚地看到低矮的克勒山和成吉思汗山（加依尔山）。车子已进入干旱的戈壁平原，左侧远处光秃秃的低矮的克勒山和成吉思汗山，右侧是一眼望不到边的瀚海。有趣的是却能隐隐约约地看见雄伟高大的北天山白皑皑的雪峰。

初探黑油山

张恺：当车子开到红山嘴时，要下一个很大的陡坡，这时看到了克拉玛依五颜六色的一片露头区和低矮的丘陵地貌，这和天山山前相比像是到了另外一个世界，这里没有起伏的高山和河流，没有森林，看到的却是光秃秃的平顶山梁和一条条的干沟，它们在山前汇集成大面积分布的冲积平原。平得就像一面镜子，汽车速度开到80公里/小时，一点也不颠。车子停下休息时，我好奇地爬上路边的平顶山梁上，想看看为什么平顶山梁远望是黑黝黝的呢。

问：搞清原因了吗？

张恺：基本搞清了。当我走近一看，却是一层大小不等的石子盖在上面，有趣的是每个石子上面都黑黑的，很是光亮，而拿在手中看它的下面却是青色的，也没有亮光，是岩石的本来颜色。我思索着这是为什么，后来恍然大悟，这就是苏联学者奥布鲁切夫在文献中所描述的"沙漠漆"这个独特现象吧？真像是谁在石子表面涂了一层油漆似的。

问：路上遇见过人吗？

张恺：起初一路上都没有见到。只是当车子快走到去黑油山的岔路口时，碰到迎面走来两个人。车子停下后，我们向他们打听去黑油山的方向，并知道他们的车子在前边出事了，他们要步行到车排子去求救。乌瓦洛夫让厨师给他们的水壶加满了水，并给了他们一些干粮，并向他们说声谢谢，车子就转向黑油山开去。

问：不能给他们更多的帮助吗？比如，开车送他们一程。

张恺：不能，虽然很有心想那么做。（面现愧色）但一直心生愧疚，时至今天还不能忘记。

问：那时的黑油山是怎样的地貌？

张恺：车子沿干沟走了约三公里，首先看到的就是美丽壮观的不整合沟旁的地质构造剖面露头，不整合线下面出露的是一套杂色地层，地层倾角达30°—40°，不整合线上面是一层厚三米左右的黑红色地层，其上是浅黄色厚层砂岩，地层倾角仅3°—5°，形成鲜明的两个构造层。这一重要的地质现象一进入眼底就把我吸引住了，一直到车子开到黑油山停下后，我还是远远地凝视着它。

问：那一刻，感到震惊了吗？

张恺：当我回头向前看时，又被壮观的、大面积分布的沥青丘及液体油苗惊呆了。（停顿片刻）真是百闻不如一见，我前一年在托斯台—加尔特河工区虽然见过许多油苗和泥火山，但规模都小，也很分散。下车后，我们随乌瓦洛夫爬上黑油山的最高处，这是一个很大的沥青丘，地层出露很少，大面积被干涸的沥青覆盖，一些地方沿裂隙仍有黑色稠油流出，在山顶上有一小坑被水和稠油充满，可清楚地看到有水、稠油和天然气不停地冒上来，坑满了后就向山下流去，一直沿着干沟流出很远。

后来才知道黑油山的油虽然很稠，但其凝固点很低，零下70℃才凝固，所以它是一年四季在不停地流着，仅第四纪就有180万年了。乌瓦洛夫告诉我们这水坑是打的一口浅井，钻38米就遇基底变质岩了，并说："浅钻队于1952—1953年根据莫以先可1951年黑油山地区详查报告的建议，在这里共打了三口井，第三口井在南边，深达500米，发生了井喷，这山顶上是第一口井。"

问：当晚，就宿营在黑油山了吗？

张恺：我们回到山下看了看原来钻井队住的地方，认为这里没有水，也是风口，是不宜选作住地的地方，要寻找有泉水和背风的地方。

于是我们就沿着马车走的小路开往成吉思汗山下的吐孜阿肯沟，当汽车下一个陡坎进入吐孜阿肯沟向左一拐弯时，出现了一片树林，像是到了另外一个仙境，顿时觉得这里空气也不一样，有些潮湿的泥土香味，这片绿洲虽然不大，却真是难得。我们下车后仔细察看了一下，这树林里有杨树、柳树，还有草地、芦苇。走近一看芦苇坑是个水泉。最重要的是在树林中发现有一个比较大的木头房子，房子里两边都是用木板搭起的通铺。这房子的主人是谁呢？乌瓦洛夫很高兴地决定在这里安家。

发现小西湖

张恺：这块戈壁滩上的绿洲真像是世外桃源，沟宽约100米，两侧是高 50 米以上的陡崖，在这个沟流向的左侧是现代河床，宽 5 米左右，都是些砂石；在沟的右侧就是古河床的滩地，因有泉水而形成绿洲，我们给她起个外号叫"小西湖"，可以算是克拉玛依的一颗明珠了。

问：小西湖就成为你们最初的生活基地了吗？

张恺：我们很快就在这里建设好了生活基地。把大木房子打扫干净，作为了我们的住处和库房；在其西侧，给乌瓦洛夫搭了一个小办公室，也是他的住处；把大木房南边长芦苇的泉水坑再加深，并修成整齐的长方形，算是我们的游泳池了，它长 3 米，宽 1.5 米，深达 2 米；又把此泉水的上方的一个小泉眼扩大加深，并用一个木箱子支撑起来，搞了一个能开关的盖子，供大家洗衣服时用水；在大木房子的东侧搭起一个简单的厨房；这样就形成了一个小小的庭院，中间有一个约四平方米平整的地面，就算是我们的活动中心了，东侧的现代河床就是我们的停车场。

问：据了解，小西湖的水含氟较高，并不能直接饮用。

张恺：是的。为了解决水源问题，乌瓦洛夫又带领我们在吐孜阿肯沟的西侧干沟上游找到了两个小泉眼，把它同样进行清理，用木箱子装起来，作为我们的后备水源。为了慎重起见，这个泉水我们只用它做了一天饭，第二天，乌瓦洛夫就决定到小拐去运玛纳斯河的水做饮用水，我们来的时候带来五个 200 公斤的大铁桶就是专门装水用的。

问：听有人回忆，乌瓦洛夫队长就像一位和蔼可亲的家长。

张恺：（笑。点头）生活基地安顿好后，乌瓦洛夫手里拿着一把理发的推子到我们大木房来，他宣布每个人都要把长发剪去。他首先就盯住了我，问我愿意不愿意？他解释在野外留平头好处很多。他说着说着，看我还有些犹豫，不等我表态，走上前来就是一推子，这时我才注意到，原来他自己已剪成了平头。很快，我们全队所有同志，除了厨师外都理成平头了，在小小的庭院中响起了一阵阵的欢笑声。这一切我都看在眼里，记在心里。短短的两天时间，乌瓦洛夫就把我们的野外生活基地安排得井井有条，对同志们的生活又非常关心。晚上夜深了，当大家进入梦乡时，我发现乌瓦洛夫拿着手电筒到我们大木房来看看大家，然后他再回去睡觉。他就是我们这个大家庭的家长，对我们这些年轻人就和他的孩子一样，从各方面细心地爱护着、关心着。

问：就你们一支队伍在这里作业吗？

张恺：和我们地质队一起合作的，还有一支测量队，是我们来克拉玛依后的第三天才把他们找到的。他们把基地放在了红山嘴以北的一个干沟中，他们想从工区南端开始测图工作。队长是李异同志，测量工程师是杜庆瑞同志。乌瓦洛夫同他们商量工作后，邀请他们和我们搬在一起来住。李队长同意了，这样，我们的小西湖基地又增加了十几位同志，傍晚休息时，小庭院里热闹极了。

拜访捞油人

张恺：生活基地安排好后，我们第一件事就是实地考察黑油山和那里的地层、构造以及沥青丘分布情况。

问：这之前，有相关材料可依据吗？

张恺：有的。苏联专家莫以先可有关于黑油山地区的详查地质报告，根据这个报告，初步认为黑油山地区出露的是侏罗系地层，著名的黑油山沥青丘是黑油山背斜的西高点。其两翼地层倾角达20°—30°，油层上部黑色泥岩盖层风化后呈褐黄色，在西高点像油层暴露地表，但大部分被流出的沥青覆盖而形成最大的沥青丘，因稠油流动时有大风吹来的砂、石混入，所以干涸后容易误认为是含沥青砂石。在黑油山沥青丘四周的山坡上，因仍有稠油沿储层裂隙流出，故形成许多活的稠油油苗，一个一个的小坑都充满黑色的稠油，我们用木棒搅了搅，发现里面有许多小动物，以麻雀和田鼠最多，有时还有蜻蜓，推测这些稠油坑里有水、有油，太阳照射时闪闪发出亮光，这些小动物以为是水呢，因而却丧生。

问：现今，家喻户晓的是，曾有一位赛里木老人在黑油山捞油。你们遇到了吗？

张恺：（笑）赛里木老人应该是一个代表性的形象，但我们确实在这里遇见了一位老人。

在山顶上，我们发现有人在冒油冒水的大坑旁又掘了两三个小坑，大坑满的时候，上边漂浮的稠油和少量的水就流入小坑；小坑满时，又顺着地势，流向更低一些的小坑。这时流入小坑里的主要就是稠油了，这真是一个有科学道理的分选采油法。另外，我们还看到在小油坑旁有捞油的大铁勺，但没有遇到捞油人，这也让我们很好奇。

我们走下黑油山向东高点走去，东高点隆升幅度较低，这里的黑色泥岩盖层保存下来，并很快向东倾没，一套杂色地层形成的东围斜在远处的陡崖上表现出很完整的空状背斜。但东高点沿断裂和裂隙仍有稠油流出，形成一些规模较大的沥青丘和活油苗。

这时到中午了，天气显得有些热了，但忽然看见远处有一位穿着裕袢（棉大衣）的人向我们走来。到近处才看清他的面貌，原来是一位满头白发、胸前飘着银白色长胡子的维吾尔族老人。乌瓦洛夫很高兴地和他聊了起来，原来他就是我们要找的捞油人。他在一个陡崖旁搭着一个小房子，只一个人住在这里。他已经是七十岁高龄的老人了。他家住在车排子农场附近的一个村庄，家里子孙满堂。他告诉我们，由黑油山向北到吐孜阿肯沟后，沿沟进入成吉思汗山后有条小路可通向庙儿沟、托里的大路，过老风口后就到塔城了。由黑油山向东南到公路上后，有路通到乌尔禾和艾里克湖，在湖边有盐池。他之所以在这里捞油，就是因为经常有马车和驴驮子来往经过这里到艾里克湖去驮盐，而黑油山的原油可以做马车的车轴油用，他就把捞的油卖给他们。他们有时给他点盐，给点钱，也给点麦粉。他饮用的就是黑油山西北侧一片青草地里的泉水。因为冬天这里太冷，风也大，所以老人是初夏来这里，秋末返回家。此外，他还告诉我们，来往和丰、乌尔禾和车排子、乌苏之间的马车驴驮子也到他这里买他捞的油。乌瓦洛夫还很高兴地拜访了老人住的小屋，并看了看他的馕坑和捞油的工具。他很敬佩这位老人的顽强精神，在戈壁滩上只有一条狗和他做伴，就不感到太寂寞了。

问：随后，又开展了哪些新工作？

张恺：紧接着，我们就仔细观察了不整合沟的地质剖面。发现远处看到的、在不整合面上的一层黑红色的地层，可能属风化壳—残沉积，里面混有分选很差、圆度很低的砂粒和小砾石。我们初步认为，不整合面以上的灰绿色砂岩层应属白垩系地层。

通过两个月的地质填图工作，在克拉玛依南北又发现了一些新的油苗。我们从小西湖基地出发首先沿成吉思汗山麓向西南方向踏勘，先是发现了吐孜阿肯沟西南侧一带侏罗系地层，1955 年改为三叠系，不整合覆盖在古生代花岗岩风化壳上所形成的几处沥青砂岩；然后再向西南在蚊子沟西侧又发现了白垩系吐谷鲁地层不整合覆盖在古生代基岩上所形成的沥青砂岩，这里吐谷鲁地层比较陡，达 20°—30°，然后很快形状就变平缓了，推测此处基岩有断裂活动，最后又在平梁沟上游发现了侏罗系露头和几处沥青砂岩。

问：工作中一定遇到了许多困难吧？

张恺：（笑。点头）首先是语言文字上的。

因测量队地形图供不上，乌瓦洛夫就决定分开工作，让我和杜庆瑞一起出工，负责填克拉玛依以北的深底沟、小石油沟和花园沟一带的地质图。虽然地形图是 1∶10 万，地貌又简单，但他的速度还是比我慢。所以，有些特殊意义的地质点，杜庆瑞就给我测绘在地形图上。这对我来说是有利的，我可以有时间仔细观察地质现象，因当时记录本都用俄文写，所以我的地质描述水平就受到俄文水平的限制，只好采取实在不会的词语先用中文写上，晚上回到基地后，再查字典把它改过来的法子。这实际上对我是一个很好的锻炼。

问：又有新发现吗？

张恺：一天，我正坐在杜庆瑞旁边画地质剖面露头，一位工人拿着标尺跑回来，高兴地告诉我，前面小沟里有黑色稠油！并且有许多麻雀田鼠淹死在里面。我很快地随着他走进这条小沟，果然是一个比较大的油苗，这就是比较著名的小石油沟西南侧的油苗。经仔细观察后，这里不但有液体油苗，还有沥青砂岩，就连直接覆盖在沥青砂岩之上的厚层泥岩盖层的底部裂隙中，也被沥青填充了，我非常感谢这位测量工人的新发现。以后，我们在花园沟工作时，又发现了面积较大的花园沟沥青砂岩。这些油苗的层位都靠近下部含煤层，后改为三叠系的顶部。

有趣的是，我们在深底沟、小石油沟和不整合沟下游，都在吐谷鲁地层底部发现了一层厚达10—20公尺的底砾岩。最初，在吐孜阿肯沟记录典型剖面时误认为它是第四河床砾岩了。因其产状平缓，而且大面积风化，又被第四纪覆盖，不在干沟转弯的陡崖下是认不出来的。这样，乌瓦洛夫就把这层暗绿色的砾岩下白垩纪定为依莎克达湾层，并认为和盆地南缘完全可以对比，只是厚度薄一些。

最后，我和乌瓦洛夫一起临时住在白碱滩和百口泉之间的公路旁，完成这一带的地质填图工作。公路东南方向就是一片白茫茫的干湖，在1909年苏联学者奥布鲁切夫所编绘的1∶50万的地质图上，这里还是被水淹没的湖区，其水源一是来自玛纳斯河，一是来自百口泉上游的白杨河水系。

问：环境依旧艰苦吧？

张恺：当然，在这里，我们随时都遭到蚊子的强烈袭击。我们住的是一顶小帐篷，晚上蚊子从未停止过嗡嗡的叫声。一天夜里刮起了六七级大风，耳边再也听不到蚊子的叫声，我想这次可以睡个安稳觉了。谁知，风停后不到一分钟，蚊子又发起了强烈的进攻。

问：通过地质调查，由此产生了新的概念和地质解释？

张恺：是的，我们在这里又发现了大面积分布的沥青砂岩油苗，其层位是下白垩纪的喀拉热砂岩，在这个地区它直接超覆沉积在古生代基础之上，但有的地方粒度粗一些，或有砾石。

这样，在克拉玛依中部黑油山沥青丘南北的白碱滩、小石油沟、花园沟、吐孜阿肯沟、蚊子沟和平梁沟一带，侏—白垩系的底部地层中部发现了沥青砂岩和液体油苗，这些油苗的产状与不整合面、断裂和局部构造有关。乌瓦洛夫对此产生了一个新的概念和地质解释，他认为："成吉思汗山是一个隐伏的古隆起，而白碱滩—克拉玛依—红山嘴一带是它的东南翼"，其中部克拉玛依地区隆起最高，出露地层也最老，而相对其南北的白碱滩、红山嘴地区则隆起较低，仅出露白垩系地层；而油苗有规律地沿成吉思汗山古隆起东南翼的最高部位分布，其油源是来自准噶尔盆地南缘的天山山前坳陷带。所以，他认为沿此隆起东南翼中部的黑油山以南的覆盖区是最有希望的含油气区。这就是他后来拟定的克拉玛依一号井（发现井）等三口井，构成了一个剖面的最初构思。

这个想法，是乌瓦洛夫领着我们向西南方向观察了包谷图河地区，东北看了百口泉地区和成吉思汗山，西北侧又观看了托里地区以后，才论述了他的上述观点的。他这样从整体来分析这一内在规律，对我启发很大。我们的调查二区是克拉玛依地区，但他考虑的是从成吉思汗山的整体来认识这一问题，又把准噶尔盆地南缘天山山前沉坳陷的油源与西北缘白碱滩—克拉玛依—红山嘴一带的油苗分布产状联系起来。虽然仅仅短短的几个月，使我头脑中始终徘徊不解的一连串问题，开始有了一条根本的答案。

走访乌尔禾

张恺：测量队的地形图始终是很紧张的，为了不影响工作，乌瓦洛夫决定先到乌尔禾去踏勘一次。于是我们三人带上一位工人，天不亮就出发了，因为当时是雨季，去百口泉的路不通，我们只能沿成吉思汗山山前的公路绕到百口泉河的上游，因那里有桥可以过去。

王克思很快找来一位蒙古族老乡做我们的向导，他是一位身体健壮的中年人，很热心地告诉我们魔鬼城前有沥青，并且在哈拉阿拉特山下有黑色的油苗。乌瓦洛夫请他和我们一起吃午餐，饭后他就领着我们去哈拉阿拉特山，他让我们先是沿着公路向北走，一直向上爬坡到较高位置后才向西转向哈拉阿拉特山，他一边走一边告诉我们因在山前有一个干涸了的湖，一到雨季就有水，不能通车，所以我们必须绕道避开它行驶。

当汽车沿干沟紧靠着哈拉阿拉特山行驶时，我们忽然发现了大面积分布的沥青砂岩！这就是乌尔禾著名的沥青沟油砂。

问：向导的作用由此可见一斑。

张恺：（笑）但蒙古族老乡不认识它，他要领我们看的是活油苗。当我们爬上一个高梁向四周察看，这一带是白垩系吐谷鲁层厚层砂岩直接超覆沉积在古生界之上，沥青砂岩厚达数十米，分布就达数平方公里，其规模不次于黑油山沥青丘。

这位热心的蒙古族向导很快就把我们带到黑色油苗流出的地方。这是一条很小的干沟，与哈拉阿拉特山平行，四周出露的均是胶泥盆系（奥布鲁切夫图上标著）的火山岩和火山碎屑岩，四周也没有中生代露头。沟中有一泉眼，有水和黑色稠油流出，干沟东南侧是一个很小的山包，仔细观察后发现火山岩裂隙中有很小的沥青脉充填，有趣的是还发现火山岩中有小的石英脉，在石英脉两侧石英结晶体之间的空洞中也有沥青充填。乌瓦洛夫对此油苗很感兴趣，并连连向蒙古族向导表示谢意。

看完古生代油苗后，蒙古族向导又兴致勃勃地领我们去看魔鬼城下的沥青脉。这个沥青脉在苏联学者奥布鲁切夫所编的1∶50万的地质图上已标出。当汽车又回到公路上向乌尔禾方向开出不远，就转向魔鬼城开去。这里同样没有路，汽车沿一些干沟很快就来到魔鬼城山下，走近时已可以看到一条条的黑色沥青脉分布在山坡露头上。我们走近一条比较大的沥青脉观察，脉宽有0.2—0.5米，两侧灰绿色砂岩被油浸为沥青砂岩。我们用地质锤敲打着乌黑发亮的沥青标本，发现它具贝壳状断口。这一带地层出露的是下白垩吐谷鲁层中部灰绿色组，以厚层砂岩为主夹着些灰绿色泥岩。抬头仰望魔鬼城堡时，它的主城堡高达 200 米，这里地层平缓，倾角仅 2°—3°，向东南倾斜，沥青脉走向与地层走向大致相同。推测沥青脉的形成与深沉部断裂和裂隙发生的油流运移有关。很显然当时油质并不稠，因油浸形成的沥青砂岩的产状说明了这一点。乌瓦洛夫风趣地说，当初油流沿断裂和裂隙向上流动时，不是目前自喷生产井的油嘴规模一样几个毫米，而是 0.2—0.5 米，当时的景象是相当壮观的，我自己听了后很钦佩他的想象力和分析力。

赵白

1952 年，他在中苏石油股份公司地质调查处任俄语翻译，并自学石油地质学。

1955 年，他担任南克拉玛依地质调查队队长。

后任新疆石油管理局勘探开发研究院副总地质师、总地质师。

他说："人老了容易怀旧，我是常人，当然也不例外。每当我行走在克拉玛依市宽阔的柏油马路上，或驱车离开繁华的市区到钻采现场上时，1955 年的克拉玛依，如同银幕上的画面一样，一幅幅地出现在我的脑海里。"

大风的洗礼

赵白：1955 年，我被任命为南克拉玛依地质细测队队长，尽管我翻阅了前人片断的有关俄文记载，但黑油山这一名称，我总感到既陌生而又神秘，因为它是人迹罕至的地方。

5 月初，我率队出发。第一天住西湖（乌苏），第二天沿高低不平的便道前进，经车排子向北就没有路了，七拐八弯到了前山涝坝，汽车加了水后，就在戈壁上按地质罗盘上的指针，继续向东北方向前进。傍晚到了南克拉玛依的芦草沟（后来定的名字）。

问：看来，一切顺利啊！

赵白：（笑）哪里？

一路颠簸，队员们个个又饿又困。当我们选好基地，卸下行装，准备生火做饭时，一场大风突然降临，狂呼乱叫，飞沙走石。来之猛，出人意料，弄得我们晕头转向，不知所措，刹那间，碗勺腾空飞舞，把我们卷入了混沌之中。

就这样趴在半打开的帐篷与行李捆上，滚裹篷布熬到第二天天亮，这时风也逐渐小了，我们爬起后，一个个怪模怪样，疲惫不堪。大致安顿了一下，就开始生火做饭。待一个个水足饭饱后，小伙子们的精神都来了。忘却昨晚的狼狈相，眉开眼笑开地议论起来："这次风沙给我的洗礼太彻底了！比教堂洗礼过瘾，弄得我裤子一抖足有半碗沙。""要不是我闭眼抿嘴，说不定眼也瞎了，沙子也吃饱了。""太有趣了，我第一次见到风吹石头跑。""跑！你若不趴下，恐怕要跑到沙漠去成仙了！""真的，如果在赛跑场上风能这样推着我跑，准能跑第一。""哈！我们勘探队员真不愧为开拓者与探险家。生活真是既富有诗意，又蕴藏着冒险，太有意思了！"你一言，他一语，七嘴八舌地互相风趣得没个完。

问：很快就找到防风的办法了吗？

赵白：吃一堑，长一智。为了对付大风，我们开始挖起了地窖，大的小的两三个地窝子。只要大风一起，我们就停止外业，在地窖里整理资料。外面鬼哭狼嚎，室内安然无恙。汽灯一挂，连大师傅也安然地做饭。

听着外面呼叫的大风，有位性格幽默的队员，郑重其事地说："你叫你哭，我也不接见你。"直到年底完成任务收工时，大家还对地窖恋恋不舍。它不但防风、防寒、防蚊，并给了我们一个安静的室内工作和娱乐场所。而且当酷暑来临时，这还是一个防暑的好地方。

奇特的地貌

赵白：我们开始了踏勘，先弄清整个克拉玛依地区的自然地理与地质概况。大风过后，一望无际的荒原，显得十分宁静。沉积岩露头，由于风吹、雨淋和日晒，形成了不少使人感叹和产生兴趣的地貌，如石蘑菇、石笋、天窗、单面山、直立平台与葫芦形山包。又因人迹少到，保存得清晰而完整，是少有的不经人工雕琢与破坏的天然景观。最使我们赞叹的是地层不整合，尤其是今日不整合沟的侏罗系与白垩系的地层不整合，比教科书上所画的还要清晰、标准和壮观。

除却早就闻名的黑油山沥青丘外，还有多处由三叠系、侏罗系与白垩系溢出的稠油，形成了规模不同、形状各异的沥青丘、沥青湖与沥青滩。在阳光照射下，闪闪发光，犹如清澈的湖水一样，正是这一诱人的"清水"，害死了不少的飞禽、小刺猬与昆虫。但遇到少有的几个芦苇泉时，不是惊起一群连蹦带跳的黄羊，便是惊跑了发出哼哼声音的野猪群。这里还有原始梭梭林，有直径40—60厘米的梭梭树，弯弯曲曲，形状奇特，其上还筑有不少老鹰巢。有的老鹰似在孵窝，四周尽是些小动物的骨骼和皮毛。

离开地质露头向南，尽是大片大片的未遭破坏的黄泥滩，平整得如同湖面一样，其上寸草不生。再往南便是沙丘起伏、胡杨丛生的大拐、中拐与小拐了。

苦中也有乐

当时，克拉玛依有6个队，南北有两个地质细测队，两个为地质填图而布的地形测量队，中部一个钻井队，另一个是住在中拐的地震队，总共约百余人，钻井队6月中旬才到，钻塔成了我们夜间的灯塔。尽管钻机隆隆，有时地震队炮声不断，但仍然打不破戈壁荒滩的沉寂。

问：各队之间常有协作吧！

赵白：每个队彼此相距几十公里，各忙各的工作。北克拉玛依地质队，住在今日采油三厂东南的公路边，队长是张恺同志。我们为了两个队地质构造图的衔接，经常共同出入吐孜阿肯内沟，观察与讨论地层划分和接图。该沟上游有草有树有水，空气湿润新鲜，对我们这些饱受风吹、日晒，满身汗臭的人来说，这里几乎成了天堂，能使我们身心感到轻松和舒畅。

问：对未来做过畅想吗？

赵白：休息期间，我们也曾多次畅想过克拉玛依的未来。因为克拉玛依有油气是我们的共识，找油是我们勘探队员的崇高理想。每谈到此，大家都把饥渴、酷热与蚊咬，顿时忘得一干二净，信心百倍地又投入到紧张的地质填图工作中去。

问：据了解，那时还是极其艰苦的。

赵白：由于经常刮大风，影响外业工作，所以一旦有天晴的日子，都是早出晚归地拼命干。无论收工有多么晚，饭后仍还要整理资料，安排第二天工作。

但最艰苦的还是生活。面粉要到塔城去买，饮水要到小拐去拉，菜是黄花、粉条、鱼干和海带，能吃一顿蔫得要枯的青菜，如吃山珍一样。车子去一趟塔城顺利时来回要4天，有时买回点肉，因天热经常带臭味。有一次我托司机捎带买一只卤鸡，回来打开一看，肉上一堆堆蠕动着的蛆蚜。

最头痛的是汽油，当时独山子炼油厂经常供应不上，汽车一去经常要等三四天才能装上油。1个月的大半时间是为了汽油与生活跑车。长途跋涉来去便道，车子在路上经常误车或车坏修车，往返的时间更长了。

没有汽油我们还能工作，而地震队则经常因无汽油而停工。按照工区地形条件，是完全可以乘车到野外填图，但长时间只能靠"11号"包车去跑遍工区的沟沟汊汊与山包、山梁，每天都要跑几十公里的路程。

一壶水两个馍，在炎热酷暑的盛夏，水是生命，口干舌燥时，只能喝一口水润润喉与干裂的嘴唇。中午想休息一下，是很难找到阴凉处的，只有脱掉上衣顶在头上坐片刻，啃个干馍，喝口水，再继续工作。一旦发现罕见的地质现象与特殊的油气苗时，兴趣就会油然而生，困意和饥渴就会忘得一干二净。为了节省些饮用水，经常用芦苇丛中的碱水洗头，洗时滑溜溜的挺好，头发一干，青丝头变成了老苍头，还必须用手揉擦掉头发上结成的盐碱末。由于水不洁净，我头上染上了一块癣，快40年了，还未治好。

问：也有自己感到快乐的事吧？

赵白：每月底，如能提前完成月设计任务，大家盼望已久的美好时刻就到了，那就是放一天假，大家乘车到小拐去一趟。一来拉水，二来去洗掉身上的汗臭与盐碱粉末，再买点生活必需品，当然，会去买点好吃的，个个都是馋得要命。

当时的小拐，只有几户半农半牧的住家和一个小代销商店，但绿树成荫，空气清新异常。玛纳斯河正好在这里向沙漠凸起了一个弯，两岸胡杨丛生，是戈壁滩上一个少有的水草丰盛、牛羊成群、五谷生长的好地方。每次车子一到，大家都迫不及待地跳下车，脱掉鞋子纵身跳入水中，痛痛快快地洗澡、洗衣服。然后躺在树下绿茵茵的草地上休息、吸烟喝水、吃点心，享受着一个月仅有的一次难得的舒服时刻。

"三多"与"三恶"

赵白：这是我们当时就总结的。

黄羊、蚊子与牛虻是名副其实的三多，在7—9月份，是这块茫茫荒原的统治者。

黄羊则是我们所欢迎的，它们不但常常和我们逗乐，而且在9—10月还改善了我们的伙食。数量多得惊人，由于很少接触到我们这些"高等动物"，它们不仅不怕人，而且对人还有新奇感。三五成群，到处皆有，经常与我们形影不离。我们坐下写地质点，它们不是离我们2—3米悠然自得地吃草，便是对着我们摇头摆尾以示欢迎。

当时红山嘴是一片方圆数公里的黄泥滩，黄羊常常在滩上游戏，我们有时坐车遇到时，大家都爱追黄羊，经常把车开到60—80码去追赶黄羊，但黄羊跑起来速度远远超过汽车，特别是追得急时，它们能腾空一跳跑出3丈多远，汽车怎么能追上呢？

特别使我惊奇的是：有一次我记录地质现象时，看到不远处一只黄羊在下仔，当母羊舔干了小仔身上的血迹，小仔站起来后，大概过5分钟，我出于新奇想抱个只黄羊养养，天呀！它们母子一蹦三跳地跑了。看来，基因作用是惊人的。在适者生存的自然界里，任何生物繁衍生息，都必须不断地增强其适应环境和自卫的能力，否则，在优胜劣汰的宇宙间就会自然消失。

蚊子这种干扰工作与生活的小东西，同样到处皆有，特别是每天早起旭日东升或晚上夕阳西斜时，多得惊人，叮得人人身上发燥，有时弄得我们连外业工作都做不下去。幸好蚊子怕烟，有时我们连续观察几个地质现象，记在心里，马上弄一堆梭梭柴点燃，坐在下风的半烟雾里抢着写几个地质点。每天出工都在祈祷着当天最好有5级左右的风，这样的风力，一来不影响工作，二来蚊子轻不能起飞，我们就可以毫无畏惧地工作起来。

为了怕蚊子叮，都改变了大便时间。尽量不在天刚黑或天刚亮时去大便，而且地点都要选择在山岗上无草处。我们的一位地质老总，在北克拉玛依队，一大早头顶蚊帐去大便，这一举动几乎造成了一场误会。

牛虻应当是在牛多的地方才有，但七八月份的戈壁荒滩上不知怎么有那么多的牛虻，多得影响了正常工作。有一次我与司机到中拐地震队去修车，天气干热难忍，不得不打开车窗玻璃，没过5分钟，很多牛虻飞入驾驶室，影响了司机视线，我不得不不停地打牛虻，到达中拐后，驾驶室足足有一公分厚的已死或半死的牛虻。

"三恶"是土鳖子、黑头苍蝇与毒蜘蛛。

说它们恶，的确是恶！如黑头苍蝇，在你眼角一擦而飞过，就会把蛆蚜下到你眼里，很快眼睛发痒，越痒越揉，不久眼睛就会肿得像桃子似的，谁会想到眼里会有蛆呢？后来大了的蛆在眼里蠕动，才发现的，好恶心人呀！只有一个一个往外拨。怎么办呢？弄得我们不刮风也一个个戴上风镜。

5月份经常有大得透亮的土红色蜘蛛，藏在土里或石头下。一次专家顾问乌瓦洛夫见到后，大惊失色地喊着："法郎哥，法郎哥"，并说能毒死人。实际我们受过这种蜘蛛的害，咬一口肿个大包，伤口处能挤出黄水，的确疼痛，但一个礼拜就消了。可能因地理环境不同，据他说在苏联东亚一带的确咬一口能毒死人。经他这么一说，我们挖土撬石时都非常注意，我曾拍了一张照片附在报告后面，以告诫后人。

土鳖子很像鸡虱，野外中午休息时，土鳖子就会爬到身上一头插到肉里吸血。当你疼痒发现时，打不掉也拨不掉，硬揪下会把头留在肉里，一痒就是十几天，很讨厌。由于我吸烟吸得凶，经常手不离烟，一次由于拨不掉，顺手拿烟烧，本意想烧死它，殊不知，一烧就掉下来了，这一经验一推广，不吸烟的也要买包烟带着，以备不时之需。

"油海"与"油杯"之争

> 准噶尔，天山下的一个宝盆，
> 你端出多少液体的乌金？
> 克拉玛依，塞外的明珠，
> 你高悬在那辉煌的凯旋门。
> ——郭维东

关于黑油山油藏的争论，其实由来已久。早在中苏石油股份公司成立之初，由于勘探力量薄弱，对露头及油苗较多的黑油山地区就给予了高度重视。可是根据已掌握的历史资料，当时在新疆工作的部分苏联石油专家认为：黑油山大面积的含油层出露于地面，大量轻质油挥发后形成沥青丘，说明地下原油已大量散失，油藏已遭破坏，现在留下的只有"氧化残余油"，不可能形成大规模的石油蕴藏，不具有开发价值，因而反对在黑油山展开勘探部署，坚持在天山山前地区局部构造上钻探。

1954年11月，在中苏石油股份公司乌鲁木齐明园总经理部，针对乌瓦洛夫等人对黑油山—乌尔禾地区含油远景的高度评价，一场激烈的学术论战开始了。

以公司地质调查处总地质师潘切列捷夫为代表的权威地质工作者，高度评价天山山前坳陷，主张应把勘探主要力量集中在独山子、安集海、霍尔果斯、托斯台等地面构造上，坚持"主攻山前"；以乌瓦洛夫为首的另一批地质工作者，根据对实际勘察所得资料进行综合分析后认为：西北缘所广见的、成带出现的各类油气显示，说明黑油山地区是油气运移的指向，黑油山—乌尔禾地区以南毗连的斜坡区是最有储油远景的地区，准噶尔盆地的大油田极有可能在西北的地台区，而不是南缘的山前坳陷。主张"走向地台，应加强黑油山—

乌尔禾地区的区域勘探"。

其中乌瓦洛夫为说明自己的观点，做了形象的比喻：山前和独山子一样，油很少，像杯水；地台区、西北边缘油很多，大得像油海。

张恺

1954年11月底，严冬来临了，北国边城乌鲁木齐已是寒气袭人、漫天飞雪的世界。1／54队对克拉玛依—乌尔禾地区含油的高度评价，引起了以潘切列捷夫总地质师为首的地质学家们的强烈批评，于是持续一个多月的论战开场了。

以乌瓦洛夫为首的1／54队坚持"走向地台，应加强克拉玛依—乌尔禾地区的区域勘探"，并提出一号突破井井位。

以潘切列捷夫为代表的权威地质学家们则坚持"主攻山前"，高度评价天山山前坳陷，主张应把勘探主要力量集中在独山子、安集海、霍尔果斯、托斯台等地面构造上。

当1／54队以西北缘广见的、成带出现的各类油气显示为依据，论证该区是油气运移的指向，克拉玛依—乌尔禾地区以南毗连的斜坡区是最有储油远景的地区时，潘切列捷夫则认为：这正是该区的弊端，斜坡区无聚集条件，不可能形成大的油气藏；地面所见的沥青丘、沥青砂、沥青脉，正是破坏散失无保存条件的依据。

每次辩论会之后，乌瓦洛夫都筋疲力尽，回到办公室连连摇头表示不解和遗憾，他除了大杯大杯喝水外，一言不发。这次辩论的激烈程度已非寻常的学术讨论可比，但这确是一次科学民主决策的范例。

张文彬

人物介绍：他曾是一名军人，担任19军57师政治委员。

1952年8月1日，毛泽东主席亲自发布命令，第57师改编为中国人民解放军石油工程第1师，他是师政治委员。

1955年，新疆石油公司成立，他是新疆石油公司总经理，后任新疆石油管理局局长。

在转战石油工业的36年中，他参与了许多石油发展战略的重大决策，是克拉玛依、大庆、胜利、四川、大港和华北等油气田开发会战的主要领导者。

他一生为石油工业的发展做出了重大的贡献。

张文彬回忆：

围绕着黑油山勘探上与不上，展开了一场长期而激烈的辩论。

公司大部分苏联专家认为，黑油山大面积的含石油岩石层出露于地面，大量轻质油挥发后形成沥青丘，说明地下原油已经大量散失，油藏已被破坏，不可能形成大油田，因而加以反对，坚持继续在天山山前地区局部构造上勘探。

不过，也有个别苏联专家如乌瓦洛夫和一些中国地质学家却认为，准噶尔盆地的大油田在盆地西北的地台区，不在南缘的山前坳陷地带，并且形象地做了个比喻："山前和独山子一样，油很少，像一个茶杯；地台区、西北边缘油很多，大得像个油海。"

张应骞

人物介绍：大学毕业后积极响应"到基层去，到边疆去，到祖国最需要的地方去"的号召，到陕北延长油矿工作，先后从事致密油藏的酸化、爆炸和压裂等增产措施研究，积累了丰富的油矿地质工作经验。

1954年底调到新疆石油管理局工作。先后在独山子钻井处、齐古钻探处、红山嘴钻探处、克拉玛依采油一厂、白碱滩钻井处、新疆石油管理局勘探开发研究院等单位工作。

张应骞回忆：

当时，苏联地质家中以尼肯申为首的学者派和以乌瓦洛夫为主的实践派，主张把勘探力量主要目标应放在准噶尔盆地的地台区。

他们认为含油希望最大的地区应是盆地中央和盆地的边缘地区，但他们手中无勘探部署权，只能从理论上呼吁呼吁。以后，人们把主张山前钻探者的做法总结为"围山转，找鸡蛋，打个井，看一看"。

1955年3月，来新疆的苏联地质专家顾问西雷克更是围山转的专家。他大刀阔斧地对独山子构造的钻探作了部署，定了几十口井。第一批钻探断层上盘的第三系上部含油情况，第二批钻探断层上盘的第三系下部含油情况，第三批钻探断层下盘的老第三系的含油情况。同时，他还作了五年远景钻探规划，主要力量仍然是放在天山山前褶皱带上。其中，把托斯台地区定为山前的重点，理由是该区是构造成群，也就是说那里是"鸡蛋窝"，可以计划打很多井看一看。他很快又被调回苏联，他的钻探规划也就未付诸实施。

赵炎

人物介绍：他是克拉玛依矿区早期的领导人之一。

1954年7月开始在新疆工作，曾任中苏石油股份公司地调处副处长，新疆石油公司地调处副处长、党委书记，新疆石油管理局独山子矿区党委第一书记。克拉玛依矿区党委书记，新疆石油管理局党委副书记。

赵炎回忆：

从1955年的后半年开始，一些苏联专家的面孔上蒙上了一层阴郁的表情。话也少了，他们经常集结到总经理部开会，这种情况是少有的。开始我们摸不清什么事，后来慢慢从个别专家那里得到一点风声，他们这时候忙着两个问题：一是他们国内的问题，二是对克拉玛依地区找油有两种不同看法。有的人认为很有希望，主张赶快上；有的，主要是专家组的权威们认为克拉玛依地区根本没有石油。后来事情明朗化了，新疆中苏石油股份公司的苏方股份要全部移交中国，由中国独立经营，苏联人要全部回国。整个移交工作主要是在北京、乌鲁木齐进行的。我除了作为地质调查处的代表，参加了一次将两架"里二"飞机移交中国民航办理手续外,从1955年元旦之后到1956年春节后的一段时间里,都是和上上下下一起忙着欢送专家。

在春节的一次欢送宴会上,曾经参加过苏联卫国战争的地质专家乌瓦洛夫同志,可能是多喝了两杯酒,他紧紧地握住我的双手,热泪盈眶,用不熟练的汉语对我说道:"赵炎同志!独山子……油杯,克拉玛依……油海。"既阐明了他对克拉玛依地区含油远景的估价和对在山前找油的看法,又表达了苏联人民对中国人民的诚挚友谊。

一号井的故事

第 二 篇

踏雪卧冰竖井架

> 夜莺飞向天空，
> 回头张望另一只夜莺；
> 年轻人爬上油塔，
> 从彩霞中瞭望心上的人。
> ——闻捷

1954年底，根据乌瓦洛夫等人的建议，经过讨论和论证，独山子矿务局拟定了《黑油山地区深探钻总体设计》，计划在黑油山地区打4口探井，构成一个剖面，以勘探白垩系、侏罗系含油气情况，研究准噶尔盆地西北部的地质构造，并获得地球物理参数。

新疆石油公司批准了这一设计，并迅速上报燃料工业部石油总局。1955年1月，燃料工业部石油总局在北京召开全国第六次石油勘探会议，根据新疆石油公司的汇报，决定：在黑油山地区"为探明侏罗系地层的含油气情况以及研究准噶尔盆地西北缘的地质构造，在获得浅钻补充资料之后，开始打2口探井，其计划工作量为2400公尺（米）"。

1955年3月，由王克恩、王秋明、王连壁等地质工作者测定黑油山一号井井位，作出地质技术设计，苏方潘切享娜作出钻井设计，设计方案报经新疆石油公司代总地质师杜博民批准后实施。

1955年3月，由张福善、荀玉林、安德烈、沙因、苏莱曼、卡德尔、阿不力孜等7人组成的小分队，来到黑油山下，寻找一号井井位，平整井场，为安装钻机井架做准备。

被采访者：张福善
人物介绍：生于1925年8月。
1954年进入新疆石油公司独山子矿务局钻井处井架安装部工作。

他是 1955 年 3 月到黑油山寻找一号井井位、安装一号井井架的小分队队员之一。

先后担任新疆石油管理局安装处调度室主任、钻井处井架安装区队队长、钻井处管子站站长、书记等职。

1955 年 3 月 2 日，被大雪覆盖的戈壁滩上，一辆"嘎斯"车从独山子出发，艰难地向着克拉玛依方向的黑油山行进。

车上，坐着 7 个不同民族的人组成的安装小分队。他们是：张福善、苟玉林、安德烈、沙因、苏莱曼、卡德尔、阿不力孜。

他们的任务是赶往黑油山，完成第一座井架的安装。

2017 年，克拉玛依电视台《城市记忆》节目邀请张福善，录制了一期节目，在演播厅，主持人采访了老人。

问：非常感谢您来到我们的演播室，参加我们的节目。张福善老人家今年 93 岁高龄了，但是精神依然很矍铄。

张福善：一般。

问：平时都是怎么保养的呀？

张福善：不管早饭、中午、晚上，随便，想吃啥吃啥就行了。

问：听老人的口音是河南人。那您当时是怎么来到新疆参加油田建设的呢？

张福善：那是 1954 年。我在烟厂工作。从新疆回去个老乡，说新疆怎么样怎么样。那时候是全国支援新疆，结果我就向烟厂汇报了，烟厂工会就给我办了组织介绍信并迁办了户口，所以跟他来了这以后，便到沙湾县工商局报到了。沙湾冬天天冷，下雪，没有活干。老乡是扎衣服的，我就坐在门边给他看摊。送报纸的给他送的报纸，我一看，咱们独山子招工。我心里高兴得不得了，找人开了介绍信，就这样到了独山子。

问：那在独山子给您安排了什么工作？第一份工作是什么？

张福善：到独山子以后，矿务局把我分到钻井处去了。钻井处给我安排到井架安装部。安装部这个时候把我分配到哪里呢，那时候啥也没有，到运输班去。开始到运输班，运材料。没过几天，我记得是一个礼拜六，晚上召集我们开会，在独山子二食堂开会。宣布抽人到黑油山安装井架子去，几个人呢，七个人，其中有我一个。

问：您到独山子工作没有多久，怎么就会把您和您们那六位同事派到克拉玛依来安装一号井井架呢？

张福善：我分析那时候我有点小学文化，写的啥呀能记下来。我怀疑是这个原因安排我到这里来的。

问：您还记不记得是几月份来克拉玛依的？

张福善：三月份。刘国智主任宣布以后，到第三天（3月2日），就叫我们到黑油山来。坐的苏联生产的"嘎斯"151卡车，雪还没化冻，也没有公路。先到乌苏买的生活用品，主要是方块糖，民族同志抽的莫合烟等这些东西，乱七八糟的；还买了毡靴和毡袜子，用来防黑油山的寒冷天气。

第二天，我们吃过早饭出发时，风大雪也大，司机看不见路，只好走走停停。到下午才走到前山涝坝，大家的肚子饿得咕咕叫，心发慌。可是，天冷比饥饿更厉害。我们坐的卡车连个挡风的帆布篷都没有，脚冻得早就麻木了，鼻子疼得像被咬掉一样。同行的有俄罗斯族安德烈，还有另一个同志喊叫着跳舞，他们跳起来，踏得车厢板"通通"响；车厢低得很，大家跳下去，蹦上来，搞点活动暖和身子。车出了前山涝坝，更颠了，又晃得很，结果把安德烈给甩下车去了。幸亏车走得慢，地上雪厚，他一点也没受伤。

天快黑的时候，到了黑油山。那时候听他们说小拐有来挖黑油的。到了黑油山呢，什么都没有，只有一间房头留门的小土房，还有一个梭梭柴地窝子。地窝子也不行了。领班苏莱曼和我商量，我和苟玉林住地窝子，他们五人住小屋。我和苟玉林来到地窝子，一看里面小得可怜，两人挤着才能睡下。我俩用一块毛毡把门堵住，用被子蒙住头脚就睡了。

问：你们当天晚上住的地方，就是现在一号井的位置吗？

张福善：不是，我们住在黑油山西面。我们为啥住那呢，靠半山坡，背风，那时候冷得很。第二天苏莱曼召集开了个小组会，把工作作了安排，留下两个人修地窝子，化雪水，准备生火。我和苏莱曼还有其他两个人去找一号井井位。

雪太厚，看不到一号井标记。一号井标记就是插到地里的木牌牌。找了很长时间，都没有找到，我们只好分开再找。结果一个同志钻进梭梭丛里迷路出不来了，我们又可着嗓子喊叫，找了两个小时才找到。到了中午总算找到了一号井井位。大伙高兴得不得了。我们每个人带的有馕，怎么办呢，休息一下，坐在那块。吃饭没有水，啃干馕，捧一把雪吃。

问：没有水？

张福善：哪有水，把雪捧到手里吃。吃了我们就回去。一路全是大雪，都累了。说真心话是真累。雪里面走，高高低低没办法走，又不知道方向，净瞎找。哦，就在那个地方，找不到我们就分开找，回去的时候天都黑透了。回去之后也还是民族同志用锅烧的雪水，回去喝点雪水，吃点馕，然后放块糖，就当饭了。这一天的生活过去了。

所以那时候找到井位以后，我们每天得去啊，有时候还刮风下雪。若晚上下雪刮大风，我们住的地窝子的门，就会被雪堵死了，出口出路也没有了。到第二天起来，睡在小房的人过来把雪扒开，才把我们挖出来。

问：挖出来？

张福善：对，挖出来，就这样子。我们的生活天天就是这样，上班下班，没有汽车，扛着铁锨，拿着镐头。第一天去，去了以后找到井位，挖井架的地基，铺地基嘛，还要平一平场子。

问：把井场要平出来？

张福善：是，天天去。不好挖，地冻着，十字镐挖都挖不动，所以说一天干活很少，来回走路。走路得一两个小时。中午吃馕，再找点雪水，这个时间都几个小时了，还得跑回去，都干不了几个小时。为啥哩，并不是不干，地上冻着，三月还没化冻那时候，再跑跑路，来，回去，就耽误在这个地方了。所以化冻以前我们工作就是这样的，天天在跑。

问：天天这样子从黑油山到一号井的井位，每天这样来回走，然后去平井场，去挖那些东西，大概这样有多长时间？

张福善：两个来月，一直到"五一"回到独山子。我们在这平井场以后，独山子运来设备，井架子、木板子、圆木、机器都往这运。独山子第一次来了一辆十轮卡车，拉的木板子过来了。也没有通信设备，问我们工作到什么程度了，他带话回去。来回送什么东西，就是晚上独山子发车，那时候也走乌苏，经车排子过来，第二天早起到黑油山，我们来卸车。后来一到白天，中午化冻，车就没办法走。4月中旬以后，一号井井架的全套设备都到齐了，独山子安装部又派来钳工和电气焊，安装一号井井架才算正式开始。安装井架，是我们在一号井工作的最后一道工序。

当时天气转暖，化冻后的路不好走。我们都是早晨到井场，天黑才回来，中午就在井场上吃点干粮，每天工作十多个小时。

井架安装完，我们任务完成，大伙准备回独山子了。可是，井场有安装好的井架，还有一些材料，需要人看呀。沙因主动请的战，当时，他一只眼睛已经失明了。队上将所有干馕，还有剩下的半袋面粉留给了沙因。车开出很远，我看到沙因还在朝我们挥手，我们都有些舍不得。

后来他对我们说，大家走后，他真有些害怕，晚上怕有狼和野猪，都是爬到井架上去睡觉；近一个月没有说过一句话，快憋死了。

问：每天都是这样，我觉得可能工作特别累，想着是要为油田出油做奉献，可能也不会顾虑太多。我就很好奇这两个来月在那吃什么？喝什么？

张福善：开始，三月底以前，这个时候吃的都是雪，吃雪水的；那时候我是主要找雪水的，最后的时候，哪有雪，哪有水，我就到处找。白天没有啥吃的，只有民族同志做的干馕。其实，当时没有馕坑，就是在锅里打锅饼。大家还是叫馕。

问：到三月底的时候，戈壁滩可能气温低，可能还有雪水，但是戈壁我觉得是这样的，说热就热了，那雪化了怎么办啊？你们喝什么？

张福善：那时候三月底又上人，拖拉机都来了，拖拉机来的时候，雪基本都化得差不多了。没有水我们咋办呢，坐着拖拉机找雪水。那时候我在现在天山小区的后面，重油公司前面找到有水，我们就吃那种水（坑中化的雪水）。四月初化冻了，水里都有小虫子。井架子安装好以后，独山子来水车了。来水车以后，从小拐往这拉水。

问：我看过您写过一篇文章，关于讲一号井在安装井架的过程当中，就是因为喝了不干净的水，然后您还生了一次病。

张福善：拉痢疾。我们七个人，刚才说来了一个礼拜以后，身体不行，拉痢疾，没有药，啥也没有。我找领班苏莱曼，问有没有药，他说没有。没有我得回独山子看，痢疾太厉害了，他最后同意了，我跟着独山子送设备的车回去的。

那拉痢疾厉害啊，司机就没办法走，还是个民族的司机，四轮的卡车，走不远不行了，走不远不行了，气得没有一点办法。

回到独山子一天，医生说你这真是要命的事情。那咋办呢，拿上药，吃了药以后，第三天我就返回来了。

回来的时候说一个事情，我坐的送拉木头的拖车，从独山子走了以后，早起，通过乌苏，住哪呢，住车排子；到了，没有地方住，住哪呢，民族同志是开车的，开车的他住在一个……哪个地方说不清了，反正是民族同志的房子，有几个房子在那里；我住哪呢，我没有地方住，晚上咋办，我带了被子，看到外面一堆草，喂羊的草，扒一扒，我睡那了。

干了一辈子石油的张福善老人回忆说，他对得起工作，但对不住妻儿。

"常年在外，我吃苦受累也早已习惯了。只是有一条，出野外的时间久了，家里照顾不上，孩子和自己很生分，没多少感情。孩子们有啥事也不跟我说，都跟他们妈妈去说。所以，这辈子我对得起工作，对得起这座城市，却对不住妻儿，一辈子都内疚。可是看到克拉玛依越来越繁荣，几代人的日子越来越好，这就给了我很大的安慰，我觉得那时的艰苦创业是很值得的。"

后记：六十多年前，第一代建设者从祖国各地来到了这片没有水，没有草，连鸟儿也不飞的戈壁荒滩，他们付出了青春，付出了汗水，也付出了子孙后代。他们的付出，成为这个城市最深的记忆。他们的付出也构成了这座城市不朽的灵魂。虽然他们老去，但是我们对他们永远无法说再见。

千古荒原第一井

> 亲爱的克拉玛依兄弟们，
> 万千个笑脸带着万千份感激的情意；
> 为了你们给石油工人争来的光荣，
> 我呀向你们致以石油工人的敬礼！
> ——李季

一号井位于克拉玛依南黑油山局部构造上，在加依尔山前沥青丘（黑油山）东南方向5.5千米处，钻探设计目的是"探清白垩系、侏罗系含油情况，研究准噶尔盆地西北部的地质构造和剖面，进行地球物理研究，获取参数资料"，设计井深1000米。

1955年6月14日，独山子矿务局钻井处一支由8个民族36名青年职工组成的1219钻井队，进军黑油山，承担钻凿黑油山一号井的任务。7月6日，已到达黑油山地区的1219青年钻井队，在一号井井位启动钻机。

在这批队员中，有技师陆铭宝、司钻谢达楼、副司钻李世顺、副司钻荆义田、架子工陈海礼等。

由于当时的条件所限，今天已无法厘清一份完整的1219钻井队队员名单。尽管钻探一号井的大部分队员已经离开了我们，但他们为新疆石油工业做出的贡献将永彪史册。

被采访者：陆铭宝（克拉玛依油田的发现者之一）

人物介绍：他1952年从上海中华职业学校石油机械科毕业，分配到中苏石油股份公司独山子矿务局钻井处钻井队，先后担任钻工、钻井技师。

1955年6月，他带领1219青年钻井队来到黑油山下承钻克一号井。

陆铭宝：1955年1月，全国石油勘探会议决定，在黑油山打两口探井。当时，正是我国开始第一个五年计划，全国的原油产量只有30多万吨，苏联又对我们禁运汽油，当时汽车不得不背着一个大煤气包在马路上跑。因此，石油工业部和新疆石油公司领导对"黑油山一号井"的上钻非常重视，新疆石油公司成立了黑油山钻井前线指挥部，坐阵黑油山。

1955年6月，独山子矿务局派出由我和副队长艾沙·卡日同志带领1219青年钻井队，到黑油山钻探一号井。青年钻井队有36人，来自新疆、河南、上海、山东等各个地方，有汉、维吾尔、哈萨克、回等8个民族。我当时22岁，是技师，艾沙·卡日是副技师。

问：经过前期动员，全队都知道使命光荣而艰巨，出发时，大家情绪都很高涨吧？

陆铭宝：14日，我们就出发了。虽是初夏，但戈壁滩上迎面扑来的热风，却燥得车上的人们有些喘不过气来。不过，在车上还是有说有笑，我们都是主动报名参加黑油山一号井钻探的，肩负重任，满怀希望，甚至有的小青年竟扬起脖子纵情歌唱起来。晚上，在戈壁滩上露宿。

问：前期已有相关队伍做了不少工作吧？

陆铭宝：到了黑油山，是第二天的中午。只见一号井井架巍然屹立，在离我们停车处只有五六十米开外的地方竖着，这是在我们到来之前由独山子安装部的工人安装起来的。安装队4月底已离开了黑油山，当时我们是这里唯一的队伍。光秃秃的戈壁滩上，只有一个孤零零的井架和几栋木板房，捡了三块大石头支起一口锅。6月15日，我们在黑油山上安营扎寨。

我们全体队员便投入到开钻前的准备工作。平整场地、摆放管子、整修设备、配泥浆，忙得热火朝天。刚到工地时，什么机械设备都没有，装卸起吊都靠一双手。钻井材料都是一些笨重的铁家伙，而且特别多，我们用肩扛手抬，把它们从汽车上卸下来，运到井台边，再抬到钻台上进行安装。有不少同志手磨出了泡,擦破了皮,血流不止,但还要坚持干。有的同志肩膀被重物压得肿起老高,皮肤都变成了紫黑色,连衣服都没法穿,但是仍然要下工地。

问:那句著名的口号——"安下心,扎下根,不出油,不死心"就是那时提出来的?

陆铭宝:是的。是有针对性地提出来的。我们全体队员的口号是:"安下心,扎下根,不出油,不死心。"这是我们青年钻井队挺进黑油山的誓言。但是,要真正在这里扎根,也不那么容易。那时候的自然环境比现在恶劣得多,6月份的气温已经高达40℃了,木板房里的温度比外面还要高,我们索性把床和蚊帐支在露天里。

当时风也比现在多,一次热浪一次风,一刮就是八九级以上,名副其实的飞沙走石,木板房上砸起了小坑,井架也被打得噼里啪啦直响。有一次半夜刮起大风,我们赶紧躲进木板房。第二天才发现,被子、蚊帐、衣服、脸盆已被刮得不知去向。晚上蚊虻凶残叮咬,要戴上防咬面罩。没有生活用水,喝小拐拉来的水,小拐的水供应不上,就到处找水源,在小西湖找到咸泉水,带有一股硫化氢味的苦水,可那也得喝,没办法。一直到1955年冬天,我们才住上地窝子,不用睡露天了。

问:还记得是哪一天正式开钻的?

陆铭宝:1955年7月6日,一号井顺利开钻。钻机轰鸣,转盘飞旋,地下的进尺在加深。

问:出现过异常情况吗?

陆铭宝:8月初,钻入气层后,开始出现异常情况。有一天,钻入300多米正提钻的时候发生井喷,气、水、油挟带着石头冲天而起,喷了40多米高,打得井架"叭叭"直响。这是大家第一次遇到井喷,一点处理经验也没有,我虽然见过但没处理过,一时间都蒙了。

我知道,只有把钻杆下到井里,才能制住井喷。我把人分成两批,一批人控制柴油机，把排气管放到水里，防止起火；大部分人组成梯队，强行下钻。那时候没有防毒面具、防火衣物，各族青年们凭着血肉之躯，冒着"油淋石头雨"往钻台上冲，有的人支持不住了，被抬下钻台，终于把钻具下到了井里，井口可以控制了。

可是，压井的泥浆怎么解决？那时，没有发现当地有可配泥浆的土，所有配泥浆的土都是从独山子运来的。在发生井喷之后，我们及时地向独山子报告了井喷情况，并要求支援压井材料，但至少要花两天的时间。两天时间，就这样的任它自喷，不知会遭到什么程度破坏？我们在现场召开"诸葛会"，有人提出，只有回收泥浆，才能救急。

于是，我便组织全队人员紧急行动。端脸盆的，提铁桶的，拿碗缸的，还有干脆用双手捧的，大家七手八脚地回收起泥浆来。队员们身上像是裹了一层湿水泥浆一样，但谁也顾不上了，就是用这些回收起的又经过一番过滤的泥浆，再加上独山子运来的泥浆材料，终于把井喷压住了。

问：据说对于这次井喷，你们内心却受到了激励！

陆铭宝：（笑）这次井喷，出人意料，可是它却给了我们新的启示和希望——井喷本身说明了，既然地下有水层气层，那么在它的下边就有可能存在着油层。这种希望，激励着全体队员继续战斗，日夜奋战在井场上。

问：此后一切顺利吗？

陆铭宝：也有意想不到的情况。钻到油层后，出现了给油井下套管和固井的问题。那时用的套管是苏联制造的，套管笨重不说，套管与套管之间的连接都是靠人工操作。我们的工具只有两把链钳，用推码的方式一点一点地往上扣，由于劳动强度大，不得不几个人轮流作业，完成固井任务。

还有一回遭遇猛烈的大风，井架被大风吹得摇摇晃晃，我们不得不把自己绑在井架上工作。

问：感到过苦吗？

陆铭宝：现在回想，那时候真是苦，但也并没有感到特别苦。尽管条件差、困难大，但大家很活跃。下了班唱歌、打球，十分热闹。

汉族工人荆义田会维吾尔族语言，他就教维吾尔族同志唱歌。我们八个民族的同志在一起，互相关怀，互相照顾。有一次荆义田生病，被交班的哈萨克族副司钻沙都发现了，就替他顶班，连干十六个小时。我们之间能这样团结友爱，是因为我们三十几颗心都系在一号井上了。这大概就是所谓的精神力量吧！

问：多长时间完钻的？

陆铭宝：经过三个多月的奋斗，一号井终于胜利完钻了。该井设计井深1000米，由于地层提前，于620米完钻。10月29日下筛管完井试油。当清水替出井内泥浆之后，井下的油气就拼命地涌向了地面，顺着管线喷进了油池。

"出油啦——喷油啦！"在场的人们欢呼着，钻台上的人们奔下来了，地窖里的人们跑出来了，正在做饭的炊事员们也赶来了……井场上一片沸腾。

被采访者：荆义田

人物介绍：他是1219青年钻井队队员之一，副司钻。

他在一篇回忆文章中说，今日的克拉玛依，井架林立，机声隆隆，已经是祖国著名的石油基地了。看现在望将来，不免使我又回想起了当时钻凿克拉玛依第一口井的情景。

荆义田：1955年的6月份，连我在内的，由独山子矿务局钻井处派出的这支36人钻井队，朝着克拉玛依方向出发了。36人中有8个民族，全是青年，是一支各民族大团结的钻井队。我是这个队里的一名副钻井员。出发前，我们就听说，克拉玛依蚊子多，气候不好，而且吃水困难。但是，党发出的为祖国寻找油田的号召鼓舞着我们的心，谁都暗下决心：天大的困难也要克服。

当时往克拉玛依并没有路，谁先来谁就是开路人。我们的汽车绕弯转道地走了190多公里，用了整整两天的时间，才望见了一个孤孤单单的井架立在一望无边的戈壁上，像瀚海里的一只探险的小船帆。望见这副井架，我们觉得特别亲切，因为克拉玛依地下的秘密就要通过它来加以揭示。

问：在陆铭宝的叙述里，黑油山第一夜未多提及，但大多数人都回忆经受了狂风。

荆义田：当天夜里，我们就经受了一次战斗的考验。露宿在戈壁滩上，蚊子成群结队向我们围攻。也不知道那时候为什么蚊子那么多，一巴掌能打死好几个。但是来考验我们的并不单是蚊子，不一会儿的工夫，狂风大作，飞沙走石，不断地从人身上吹打过去，20岁的小伙子，都站不稳脚跟。于是，我们都用被子把自己裹起来给它个四面不透。有时，随着飓风而来的是一场暴雨，被子褥子全给淋得像从泥浆里捞出来的。天明后一看，衣服、茶缸、脸盆全不见啦。在准备开钻的日子里，我们抽空挖了几间地窝子住下来。

问：还记得开钻时的情景吗？

荆义田：开钻的那天，我们收到许多慰问信和祝贺信，大家都鼓励我们要钻出个名堂来。我们全队同志宣誓："安下心，扎下根，不出油，不死心。"

问：开钻后最大的困难是什么？

荆义田：开钻以后，最大的困难就是缺水。要到几十公里以外的小拐去拉，又没有路，跌跌撞撞，一天也拉不上一两趟。一次，车子在去小拐的半路上，水箱的水开了，水不够，又无水可加，跟车去拉水的个个口干舌燥，渴得不行，但是井上急着用水，不能不往前走，最后，大家就往水箱里撒尿，才把车子开动了。

生活用水，就更困难了。一度喝的水全是碱水，还经常不够喝，有时喝了这种水竟然拉肚子。但是，这并没有影响我们照常钻井，谁也没有停下工作休息过一回。

问：遭遇井喷时，你在第一线吗？

荆义田：一天中午，突然井喷了，瓦斯气和水柱直冲蓝天，拳头大的砾石打得井架"当当"响。这时，在站台上工作非常危险，而且有失火的可能。唯一的办法，就是马上强行下钻关上防喷器，可是这时二层平台上的两个工人都是新手，一时心慌意乱，扣不上吊卡。我就一股劲冲上去，把钻硬下下去，又下了一根钻杆，才把井喷制服了。但是，泥浆都喷光了，怎么办呢？如果派车到独山子去拉往返得4天，势必要停钻。全国人民都在盼望着这口井出油的好消息，决不能让它停下来。对此，我们全队同志商量了一下，决定抢收洒在地上的泥浆。桶子、茶杯等一切现有的盛具都用起来了，有的干脆用手捧。有了泥浆，不一会儿，钻机又重新吼叫起来。

问：你们的精神面貌一直很高涨！

荆义田：七八月的天气，真是热得够呛，既没有水，又没有树，火辣辣的太阳照在头上，就像火烤，烤得人头昏眼花；每个人的手、脸都被蚊子叮得青一块紫一块的，有的竟肿得认不出来了。其实认不出来还不光因为肿，还由于经常没有水洗脸，满头满脸都是汗渍和污泥，怎么可能让人认得出来呢！可是36个要强的小伙子偏偏有这么一股顽强劲，生活越艰苦，越要过得像个样子，不管它风再大，天再热，我们照常办黑板报，出墙报，写诗歌，编快板，又歌又舞，日子过得欢乐又愉快。政治学习，组织生活，我们从来没有间断过。

问：终于出油了，可以想见你们的欢乐。

荆义田：辛勤的劳动，终于换来了胜利。10月29日下午，井出油了，我们全队青年欢腾起来，唱啊，跳啊，互相拥抱起来。我们像过泼水节一样，把喷出来的原油抹在身上、脸上，尽情地嗅着原油的香味。天黑了，我们的心还是平静不下来，汽车司机打开车灯，照亮了半边戈壁滩，我们在灯光下跳起舞来，一直跳到深夜。

好消息像一阵风，迅速吹遍全国，千千万万的人们为找到克拉玛依油田而振奋。贺信、慰问信像雪片一样飞来。当时石油工业部李聚奎部长也来了。他带来了中央的关怀，带来了开发克拉玛依油田的决心和力量。从此，大批钻井器材从祖国各地运来克拉玛依。沉睡了亿万年的克拉玛依沸腾起来，伴着全国社会主义建设进行曲的节奏，开始飞跃发展。

被采访者：谢达楼

1953年由地质采集员转行搞钻井，曾在独山子、安集海、霍尔果斯一带打井。

1955年6月中旬，以司钻的身份随1219钻井队来到黑油山下打一号井。

谢达楼： 一个钻井队，几十口人，在荒无人烟的大戈壁滩钻探是十分艰苦的。当时没有任何气象信息预告，气候变化无常。甚至在严寒冬季，都是体力活啊，需要人工操作笨重的机械，干不了一会儿就是满身汗水，当脱下毡靴时，汗水都湿透了垫脚布，有时还能倒出汗水，头发两鬓全布满白霜。全队职工仍然埋头苦干，一心钻井，从不偷懒。

那时，黑油山一号井这一片就是荒漠，没有人烟，生产所需器材、生活必需用品等全部靠汽车从200多公里以外的独山子运来，单程走一趟需八九个小时。伙食极其单调，土豆、白菜和萝卜是三餐的主菜，很少见到新鲜的瓜果蔬菜，肉啊、鱼啊啥的更是餐桌上的稀有珍品。我记得，做饭烧的是独山子运来的油渣，浓烟弥漫，呛得人直流眼泪。

这么多的困难中，缺水是最大问题，生产生活用水全部靠汽车从几十公里外的小拐、中拐拉来。当时的指导思想是"先生产后生活"，首先满足生产用水（配制泥浆需大量用水），然后再考虑生活用水。

无论生产用水，还是生活用水，都节约使用。虽然缺水，但职工之间互相谦让，先人后己。衣服污浊，最多也只用少量的水简单擦洗一下了事。长时间不洗澡，许多同志身上生疮、痱子，还有的长了虱子。

虽然工作环境、生活条件都很差，但是全队职工怀着建设新中国的理想和"我为祖国献石油"的雄心壮志，迎难而上，没有一句怨言，没有丝毫消极情绪，仍全心全意扑在钻井工作上，心甘情愿当好一只垦荒牛。

就是凭着这颗爱国心，靠着这种旺盛的战斗力，我们战胜了难以描述的种种困难，终于揭开了克拉玛依大油田的神秘面纱，打出了新疆准噶尔盆地第一口油井，为新中国的石油工业开创了崭新的局面。

被采访者：李世顺

他是江苏扬州人，并且是家中独子。

1952年，他带着满腔热血奔赴新疆，参加中苏石油公司工作。

1955年6月，以副司钻的身份和1219青年钻井队一起，奔赴克拉玛依，钻探黑油山一号井。

李世顺：那时新中国刚刚诞生，百废待兴，而最急需解决的困难是石油的奇缺。由于缺乏汽油，我曾看见街上跑的汽车，不得不背着一个大煤气包在大马路上蜗行，既不好看，也污染环境。党和政府号召我们青年石油勘探工人，听从祖国的召唤，到最艰苦的地方去，为寻找石油而奉献青春热血。就是在这个时候，我光荣地成了1219青年钻井队里的一员。

问：开钻后你们遭受了很多困难吧？

李世顺：多了去了。生活方面的不多说，单在生产方面，就可以说一个困难被克服，另一个困难又接踵而来。开钻以后的一段时间，钻井的地质情况还一直比较正常，可是当钻到100多米以下的位置时，井下突然冒水，严重影响了钻探进度与质量。当时钻井的机械设备很差，物质条件也不具备。大家开动脑筋，想了很多办法，总算把水层压住，才使打钻工作继续下去，顺利下完表层套管。

记得有一次，打水的水泵坏了，无法打水。为了不影响钻井，全队工人包括在家休息的同志，采用人工装水的办法，拿着水桶或脸盆到一个叫小西湖的地方，一桶桶、一盆盆往车缸内装水。装满一车水所耗的时间要几个小时，人累得喘不过气来，但没有一个逃兵，也没有一个人抱怨。这两件事使我体会到，人的精神力量是无穷的。

钻到油层后，要给油井下套管和固井。那时用的套管是苏联制造的，笨重不说，套管与套管之间的连接都是靠人工操作，这是一项非常艰难的工作。我们的工具只有两把链钳，用推码的方式一点一点地往上扣，由于劳动强度大，不得不几个人轮流作业。现在想来，真是苦不堪言，但那时并没有现在想得那么苦，这大概就是精神力量吧。固井这件事也不轻松，又脏又累。搅拌都是靠人工，沉甸甸的水泥包都是肩扛，送到水泥混合漏斗，从头到脚全身都是水泥，连眼睛也睁不开。但我们坚持干到底，胜利完成了固井工作。

有一天，我们正在生产作业的时候，突然遭遇猛烈的大风，井架被大风吹得摇摇晃晃，人在钻台上根本无法站立，沙子和碎石满天飞舞，打得人面部疼痛，眼睛都睁不开。我们中的有些人索性把自己绑在井架上，一面与风沙做斗争，一面坚持继续生产，没有一个人停止手中的操作。

钻井钻到古生界地层的时候，地层相当硬，司钻操作时跳钻很厉害，钻台上东西放不稳，刹把子也按不住，人的身体像筛糠一般，颠簸得无法忍受。为了生产安全，司钻工始终全神贯注地注视着指重表，仔细观察井下情况的变化，全然不顾个人的安危与劳累。在我们这些操作人员的心里，想的只有加倍努力地工作，早日出油。

被采访者：陈海礼

人物介绍：1219青年钻井队架子工。

说起当年来到克拉玛依的因由，86岁的陈海礼老人混浊的双眸里闪着点点泪光。

陈海礼：1955年7月6日，钻机轰鸣，司钻荆义田精神抖擞，紧握刹把，高喊一声：开钻！瞬间，锋利的钻头打开封闭的地层，黑油山一号井拉开钻进的帷幕。

开钻后，钻井队遇到的第一个难题是物资供应跟不上。当时，物资都是从独山子用车拉到井队，一天最多跑一趟。

除了定量生活用水外，三顿饭也定量。"每顿饭，一人只能吃一碗，多一碗都没有！"尽管吃不饱，可干活的劲头一点也没减少。

那时我们四班倒。大风来了就趴下，紧紧贴住地面，等大风过后，继续钻进。（笑）等爬起来时，人们的头发上、耳朵眼里，全身都是沙子，沙子盖住了身上的黑色油污。

问：听说，在当时的队里，您还算是位有经验的师傅。

陈海礼：是呀，那时，井队里大多数人以前根本没打过井，大多摸索着干。这之前我有一些打井的经验，算是一名老师傅。

问：那次井喷，你们全都冲上去了？

陈海礼：陆铭宝把人分成两批，一批人控制柴油机，把排气管放到水里，防止起火；大部分人组成梯队，强行下钻。从地下喷出的油水，遮住了眼睛，打湿了全身，而1219青年钻井队的小伙子们，既无防毒面具又无防火衣物，硬是这样用血肉之躯往钻台上冲。

问：你们似乎看到了什么？

陈海礼：是啊！井喷的出现，似乎在暗示一个大油田即将诞生。有油就有希望。

克拉玛依名闻天下

> 最荒凉的地方，
> 却有最大的能量；
> 最深的地层，
> 喷涌最宝贵的溶液。
> 最沉默的战士，
> 有最坚强的心；
> 可爱的克拉玛依，
> 是沙漠的美人。
>
> ——艾青

1955年10月29日，黑油山一号井钻成喷油，发现克拉玛依油田。

1955年11月26日，新华社向全国报道了克拉玛依（一号井）出油的消息。国务院副总理陈云、李富春召急石油工业部负责人，指示要加强克拉玛依的勘察工作。

1956年4月14日，新疆石油公司党委决定成立黑油山钻探处，并在全公司掀起"支援黑油山，到黑油山去"的高潮。

1956年5月11日，新华社发布消息：克拉玛依地区已经证实是一个很有希望的大油田。1956年9月5日，《人民日报》发表社论《支援克拉玛依和柴达木油区》。

1956年10月1日，簇拥着"1956年发现的大油田克拉玛依油田"巨大模型的游行队伍，通过天安门广场，接受了毛泽东等党和国家领导人的检阅。

被采访者：韩文辉

人物介绍：他是一名资深记者。

1950年，他从西北新闻局奉调新疆，是新华社新疆分社的创建人之一。

他曾报道黑油山一号井以及二、三、四号井出油的消息。

从20世纪50年代开始，他多次深入克拉玛依油田，和石油工人同吃同住，写出了大量关于克拉玛依的报道，成为了解新疆石油开发史最鲜活、最珍贵的资料。

黑油山一号井出油了，但这鼓舞人心的大喜讯却是在20多天后才报道出去。怎么回事呢？

韩文辉给我们讲述了其中的秘密。

他说："人这一辈子是由无数的偶然拼接成的。采访到黑油山一号井出油的消息就是一个偶然。但细想之下，又是果中有因。"

韩文辉：那会儿，我几乎每个星期都去明园中苏石油公司机关所在地了解独山子的情况，就在那里，我遇见了新疆石油工人报社的一位记者，闲聊中他提到黑油山一号井出油了。我听了心里"咯噔"一下！那种感觉真像电光石火一般。

那一天是1955年11月24日。

问：您感觉到了这是一次千载难逢的机会。

韩文辉：我知道，机会稍纵即逝。我立刻跑去找新疆石油公司总经理张文彬。张文彬面露难色，也搅得我心里七上八下。中苏专家在黑油山一号井出油前后一直争论不休，这事一旦撕撸开了，后面的井一旦效果不理想，岂不影响中苏友谊？所以一号井虽出油一个月了，但大家却很低调。

问：这机会抓住了吗？

韩文辉：要说机会难得呢？张文彬喊来了地质专家杜博民，杜博民闷了半天，说：应该有希望，那就让新华社发吧。两天后，《黑油山第一口探井出油了》的消息由总社发往全国。而且这篇300多字的消息，立刻引起了石油部和国家领导人的注意，仅仅过了十几天，石油部部长李聚奎就亲自来到了黑油山。看来，一篇报道的影响力还真不能以长短来论。

问：新华社发了，似乎更引发了你的渴盼。

韩文辉：那些天里，我的心里喜忧交织，如同在冰火之间来回穿行。我不是怕，因为那篇消息里没有犯忌的话：没提储量，没说它有无希望，更没说它是大油田。但心里着实盼望那是一个大油田啊。

心中的疙瘩既然需要别人解，自然就要紧紧盯着人家啦。所以，我三天两头跑石油公司。还好，黑油山二号井、三号井很快也出油了。这些喜讯撩拨着我的心，每一篇出油的稿子由总社发布后，我的心都要激动上好几天，走起路来都脚下生风呢。那真是火一般的岁月，火一般的激情啊。

被采访人：郭进忠

人物介绍：他从1952年开始，就在中苏石油公司运输大队当司机，多次被评为新疆石油管理局、自治区的劳动模范，全国先进生产者。

1956年，在国庆节的群众大游行中，有一个克拉玛依油田的模型随着游行队伍走过天安门，上面赫然写着：1956年发现的大油田——克拉玛依。全国人民通过这个模型，第一次知道了克拉玛依，记住了克拉玛依。

当年23岁的郭进忠，作为自治区先进生产者代表，参加了全国先进生产者表彰大会，从而有机会参与了这一历史性活动。

问：你参加工作伊始，就在石油系统吗？

郭进忠：不是。以前在乌鲁木齐西街一个叫复兴公司的私人企业里开车，后来失业了，新疆劳动局、总工会介绍我到中苏石油公司运输大队，并在1952年6月来到了独山子。这里是石油公司运输大队所在地。

问：当时新疆有三大公司，是中苏合办的：石油公司、有色金属公司、民航公司（郭进忠连说了三遍，自豪之情溢于言表）。

郭进忠：当时独山子有车没人，车一排一排停在车场，大部分是"羊毛"车，即传说用羊毛从苏联换来的车，都是苏联最新的"吉斯150""吉斯151""嘎斯69"等，也有一部分从捷克进口的"太脱拉"车，还有一些从国民党部队缴获的美式"道奇"车。

斯大林活着的时候，独山子的资源供给没啥说的，苏联老大哥嘛。钻头、钻杆、套管、水泥都是从苏联进口的。除了物资，苏联还派很多专家到独山子搞石油。他们一部分是苏德战争中的战斗英雄，都是好样的，有的一条胳膊，有的一条腿，有的一只眼。什么专家都有，甚至还有种菜养猪的，在离奎屯八九公里的地方就有几间房，专门养猪，附近有菜地。独山子的生活基地，我拉着苏联专家去过。每天拉这些专家去检查工作，当时独山子就巴掌大的地方。

问：除了专家还拉运什么？

郭进忠：（笑了笑）很多。去霍尔果斯口岸拉钻杆等物资，到乌苏北面头台的苏联浅钻队送用于做钻井泥浆的胶泥，到黑油山拉黑油，到车排子拉柴火，到乌苏、车排子、塔城拉冬菜等。1955年黑油山勘探开发时，主要从独山子到黑油山拉运物资。当时叫黑油山，还不叫克拉玛依。

问：路况怎么样？

郭进忠：（摇摇头）当时从独山子到伊犁，大部分是土路，个别的地方有些石子。路不平了，用牛拉着碾子压一压就行了。而从独山子到黑油山就没有路，全是戈壁荒滩。

问：车的行程？

郭进忠：从独山子到霍尔果斯要走两天，第一天到五台，在老百姓家吃住，床铺就是饭桌，第二天才到霍尔果斯。从独山子到黑油山，先是把胶泥送到乌苏头台，卸下胶泥后沿着苇子里面的一条路走，到了车排子住下，那里有一家回族饭馆，吃住全在那里，并准备好第二天的食物。第二天下午到前山涝坝时，在兵团的一个地窝子里休息用餐，晚上才到黑油山。一路上都是在戈壁上的梭梭柴中穿行，沿着车辙印跑。

问：车况与现在比，差距大吗？

郭进忠：那根本没法比。那时开车，在赛里木湖前的那几个大坡和后面的果子沟，夏天经常开锅，需要边走边往水箱上喷水。冬天要给轮胎缠上麻绳，有的地方还要将篷布铺在地上。冬天冷的时候要烤车，当时也没有喷灯，只有用小炉子烤油底箱、变速箱、后桥。每天四点起床，去停车场烤车。

在黑油山开发初期，我们什么都拉，从人到钻杆、套管、钻头以及饮用水等，当时大家都住在一个大地窝子里，里面有钻井的、采油的、开车的、修车的，什么人都有。后来，在一号井下面离泥浆厂不远处才有了一片平房。

问：还记得那个从天安门走过的模型吗？

郭进忠：（兴奋）那个模型是石油部做的，举牌子的人全是石油上的先进生产代表。

问：都有谁？

郭进忠：（摇摇头）忘了。

六十多年过去了，那些英俊男女青年已成了远去的背影，唯独举大牌子走过天安门的情景留了下来。

被采访者：何子立

人物介绍：1954年9月调中苏石油公司工作，先后任党委宣传部部长、党委副书记等职。

何子立：一号井的出油，是新疆石油工业的转折点，从而也拉开了克拉玛依大会战的序幕。你们想想看，1955年职工才36人，对，就只是1219钻井队全队人员。到了1956年一年时间就有500多人，到了1965年更不得了，人数已经达到了4万多人。这样一个庞大的职工队伍，又是这样一个关键时期，政治思想工作、宣传教育工作就尤为重要了。

我是分管宣传的，我清楚地知道为了保证加快克拉玛依的开发，党的思想政治工作必须加强。因此我们通过各种宣传形式，多层次地宣传大好形势，教育引导各族职工顶风沙，战严寒，抗酷暑，艰苦奋斗，战胜困难，忘我劳动，为开发克拉玛依大油田而奉献自己的力量。

我们的宗旨就是根据党的路线方针政策，围绕加快开发克拉玛依这个中心开展宣传教育工作。首先是根据党中央、国务院"加快开发克拉玛依油田"的指示，中央、地方新闻单位加大舆论造势，通过报纸、广播向全国宣传出去。

问：宣传的力度大吗？

何子立：主要是国内各大宣传媒体做的。1955年10月29日一号井钻出油，新华社就向国内外发布消息，报道了克拉玛依油田一号井出油的喜讯；中央广播电台随即播出了张文彬局长向全国人民汇报发现克拉玛依大油田的好消息；1956年5月11日，石油工业部负责人通过新华社宣布，克拉玛依地区已经证实是一个很有希望的大油田；5月23日《人民日报》发表了《加速发展石油工业和石油地质勘探工作》的社论；9月5日《人民日报》紧接着又发表了社论，号召全国人民《支援克拉玛依和柴达木油区》。同时新疆石油公司（后改为石油管理局）通过地方报纸、广播介绍克拉玛依油田的情况，随之而来的新闻记者、作家、艺术家来油区采访报道，很快在新疆、在全国引起了强烈反响，成为全国瞩目的大事。到克拉玛依去！到祖国最需要的地方去！……为开发中国第一个大油田贡献自己的力量，在全国形成了一个轰轰烈烈支援克拉玛依油田的群众运动。

问：你们也做了很好的工作。

何子立：公司党委明确制定了党的宣传工作，那就是必须坚持为政治服务、为生产服务的方针，也就是按照当时党的路线方针政策，围绕加快开发克拉玛依油田这个中心开展宣传工作，以激发职工的劳动热情，艰苦创业精神。

1955年是我国第一个五年计划的第二年，当时国民经济经过三年恢复，虽然取得了很大成就，但国家仍处于百业待兴时期，国家经济建设急需大量石油，克拉玛依油田的发现，引起党中央、国务院的极大重视。1956年公司党委根据中央精神指示，决定开展大会战，拿下大油田，动员各族职工要经受这一考验，要为开发克拉玛依油田做贡献。明园机关、独山子矿务局、局属各单位、各族职工积极响应，踊跃报名，很快形成了一个支援克拉玛依、参加大会战的高潮。

1957年油田开发进展迅速，职工人数猛增到两万来人，职工中的思想主流是好的，但也反映出种种问题。为了动员职工积极投入到开发大油田中去，根据当时党的路线方针政策和职工思想情况，由宣传部李煜良、陈子捷、祁尚文等同志编写了职工教育十讲，内容是拥护党的路线方针政策，拥护党的领导，执行党的民族政策，加强民族团结，艰苦奋斗开发油田等，向全体职工进行宣传教育，很快稳定了职工情结，积极推入到生产中去。

1958年石油工业部在克拉玛依召开现场会议，我们向职工宣传搞好生产，向现场会献礼。现场会后根据会议精神，通过各种宣传形式，发动职工认真贯彻执行，积极参加到劳动竞赛中去，向张云清学习，向先进人物学习，很快掀起一个用实际行动贯彻现场会议精神的生产高潮。

一号井的故事

第 三 篇

撒大网　捕大鱼

> 辽阔富饶的克拉玛依，
> 在祖国大地上闪着金光；
> 我们曾经走过许多地方，
> 从来没有见过这样的油矿。
> ——李季

　　黑油山一号井喷出具有工业价值的油气流后，在点燃新疆石油工业希望之火的同时，也将关于黑油山地区的争论引向深入，即在黑油山地区是否进行大规模勘探部署，以及如何部署大规模的勘探。

　　1956年4月，围绕在黑油山（克拉玛依）—乌尔禾地区，如何规模勘探部署下一步勘探工作，第二场激烈的学术论辩开始了。

　　以时任新疆石油公司地质调查处苏联专家顾问组组长潘切列捷夫为首的一批苏联专家，仍然坚持认为黑油山是一个平缓的单斜带，没有明显的构造，不具备形成大油田的地质条件，继续主张将勘探重点放在准噶尔盆地南缘天山山前坳陷构造带。

　　当时，乌瓦洛夫已经回国，但以杜博民、张恺为代表的新疆石油公司的中方技术人员，继续支持和完善乌瓦洛夫提出的观点，认为黑油山基本上是一个向盆地中心倾斜的大单斜，由于断层的作用造成四个断裂带和一些小型褶皱，丰富的油源从盆地中心运移到这里，被构造、断层、逆掩超覆地层、沥青等阻隔而聚集起来，完全可以形成多种储油圈闭类型，可以形成大的油田，主张扩大勘探成果。

　　双方争执不休，一时难下结论。

被采访者：刘宝宏
人物介绍： 他是市史志档案局副调研员。

他从大学毕业就在史志系统工作，参与了多部克拉玛依市志和新疆油田历史的编撰工作。他通过收集整理第一手资料，还原了克拉玛依油田一些重大决策的出台过程。

刘宝宏：1955年12月21日，石油工业部部长李聚奎来克拉玛依视察，对于当时的争论，他表明了自己的立场。

面对争论与不同看法，李聚奎相信克拉玛依一号井的出油，有力地证明克拉玛依地下有丰富的油藏，是个大场面，找到大油田大有希望。他像指挥打仗一样运筹帷幄地说："我带大家到克拉玛依现场去看看，就像战争年代打仗前看地形，开'诸葛亮'会，待统一思想后再下决心！"

1955年12月，在"千里冰封，万里雪飘"的严寒季节，李聚奎派出以石油部勘探司司长沈晨为首的工作组及苏联专家先到新疆审查新疆石油公司1956年的钻探报告，工作组于8日至10日在独山子召开三次讨论会，认为克拉玛依为很有希望的含油区，1956年应加强该地区的钻探，并将意见报告了李聚奎。

随后，李聚奎带领石油部苏联专家组组长安德列柯到新疆实地考察。一到乌鲁木齐，马上对新疆石油公司总经理张文彬、总地质师杜博民说："你们对准噶尔盆地西北缘含油前景有什么看法？中央负责同志要我来新疆了解多方面的见解。"

张文彬、杜博民摆出了大量资料，论证克拉玛依是个大油田，是个好油田，应抓住时机，加快勘探。李聚奎对此表示赞同，一向严谨、具有丰富实践经验的安德列克也旗帜鲜明地支持大规模勘探克拉玛依。

在抵达乌鲁木齐的翌日，李聚奎乘车经过长途颠簸，到达克拉玛依，了解一号井勘探情况。

他像一名普通的工人一样，到钻台与大家一起干活，他告诉身边的一名工人说："我是石油部的老李。"他和工人们闲拉家常，嘘寒问暖，了解到第一手资料。他对坐镇克拉玛依指挥钻探的独山子矿务局钻井处副处长马骥祥称赞道："你们在这里安下心、扎下根，不出油、不死心，打出了一口很重要的井。今后，还要打更多的井，你们是黑油山的'山大王'啊！"他鼓励大家再接再厉，扩大钻探，早日拿下大油田。

为统一思想认识，李聚奎在独山子召开"诸葛亮"会，研究编制开发克拉玛依的规划方案，决定采取局部构造与大剖面勘探相结合的布井方式尽快查明南黑油山、南小石油沟和深底沟等几个构造的储油情况。并以石油工业部部长的名义下达命令：1956年，新疆石油公司要在黑油山上布钻机10部，钻井43口，进尺24800米。

在乌鲁木齐他向自治区主要领导王恩茂、赛福鼎·艾则孜介绍了克拉玛依勘探进展情况以及存在问题，希望自治区大力支援克拉玛依油田建设。

在新疆石油公司干部大会上，李聚奎传达了党和国家关于加速发展石油工业的指示精神，要求"石油公司的每个同志应巩固以往成绩，要以最大的努力和信心迎接即将到来的繁重而艰巨的任务"。

离开新疆时，李聚奎又叮嘱新疆石油公司领导：一定要像打仗那样，集中力量打歼灭战，加快勘探，尽快把大油田拿下来。

回到北京后，李聚奎一方面向领导汇报了考察新疆的情况；另一方面立即主持石油部党组会议，研究新疆石油勘探问题，决定新疆勘探重点应从准噶尔盆地南缘转移到西北缘，进一步加强这一地区的勘探工作。

在石油部局厂长会议上，李聚奎提出将克拉玛依钻井基地建设和油田建设列为1956年重中之重的工作任务，对克拉玛依充满无限期望。

1956年2月4日，在石油部第一届勘探会议上，李聚奎认真听取了新疆石油公司对克拉玛依开展重点勘探的方案汇报，要求"加紧黑油山的钻井工作和试油工作，争取上半年查明黑油山构造的工业价值"。

根据李聚奎的指示，新疆石油公司迅速抽调一批大型钻机到克拉玛依黑油山和卡因迪克集中钻探，决心在上半年探出黑油山的可采面积。

4月7日，由李聚奎签发、呈送给中共中央、国务院的报告，将准噶尔盆地西北缘列为重点勘探地区，认为克拉玛依是有希望的石油聚集带，应集中力量，大力勘探。4月23日，克拉玛依四号井喷出工业性油流，产量比一号井多4倍，证明了中央决定开发克拉玛依大油田的正确性。4月29日，李聚奎发来热情洋溢的贺电，祝贺克4井喷油。

同时，李聚奎委派部长助理康世恩率工作组和苏联专家组组长安德列克到克拉玛依进行地质考察并部署勘探方案。康世恩将李聚奎关于克拉玛依要加快勘探、要发现大场面的指示向新疆石油公司领导作了传达，充分听取了克拉玛依含油远景和勘探部署的不同意见，对克拉玛依—乌尔禾地区进行了实地考察，果断决定将新疆石油勘探重点由准噶尔盆地南缘转向西北缘，做出以"撒大网、捕大鱼"为勘探方针的《克拉玛依—乌尔禾钻探工作的决定》，决定在克拉玛依—乌尔禾长130千米、宽30千米的规定范围内，按排距30—50千米、井距5—10千米，部署10条剖面，29个井位，开展区域综合钻探，以黑油山为中心，向外扩展，进行整体解剖。

李聚奎亲自起草给新疆石油公司党委书记王其人、总经理张文彬的电报，要求一切为了黑油山，全力支援黑油山，认真实施这一勘探方案，并对这一大胆的方案给予高度评价，认为这是一个苏联经验与中国实际相结合的勘探方案，是我国石油史上的伟大创举。

在"撒大网，捕大鱼"的过程中，克拉玛依不断有新井喷油，勘探进展顺利，形势喜人，拿到了相当可观的油田面积和地质储量，以无可辩驳的事实证实了克拉玛依是一个范围广大的含油区，宣告了对克拉玛依含油远景争论的结束。

被采访者：田在艺

人物介绍：我国著名石油地质学家，中国科学院院士。

1955年3月，他任新疆石油管理局地质调查处总地质师和研究所副所长，参加了克拉玛依第一批探井的部署和解剖油田部署方案的研究，为进一步探明油田规模打下基础。

克拉玛依喷出工业油流，预示着这一地带有很大的潜力。为了加强对新疆石油勘探的领导，1956年4月，康世恩同志率领石油工业部工作组和苏联专家组安德列克等人来到新疆，要实地考察克拉玛依一带的地质情况。当时，克拉玛依至乌鲁木齐还没有柏油公路。康世恩同志率领的工作组和苏联专家一行20多人先到独山子油田，察看了那里的油井生产和炼油情况。

掌握一手材料

问： 实际上考察的重点呢？

田在艺： 康世恩带工作组来新疆，重点在于考察黑油山这一地带。

问： 登上黑油山了吗？

田在艺： 那是一个晴朗的日子，康世恩带着一行人，分乘两辆车，由总地质师杜博民为向导，从独山子油矿直奔黑油山而来。近中午时分，车子开到黑油山。车子停在山脚下，康世恩同志带着大家登上了黑油山，黑油山的顶面有10多平方米宽，中间有一个两三平方米的石油池，石油还不时地溢出来，并带上一些气泡，冒出的时候，"咕咕"作响。

百闻不如一见。康世恩见到油池中的石油，眼睛顿时更加明亮起来。工作组的人员也围着油池你一句我一句地议论起来。

问： 由专家介绍的情况吗？

田在艺： 康世恩是请杜博民总地质师给大家介绍的情况。杜博民用手指着盆地中央方向叫大家望去，视野很开阔，地势逐渐向盆地东南的中心地区低下去。他说："准噶尔盆地西北缘是由盆地中心向边缘逐渐抬高的，地层也是向边缘抬升，向盆地中央倾斜，地质上叫作盆地边缘隆起带。盆地中坳陷地区生成的石油，由地下的砂岩渗透层或不整合面，顺着抬高的西北缘方向运移而来。西北边缘沿着加依尔山山麓，地壳存在一条大断裂破碎带，石油向上移至断层带，就沿着断层面流出了地表。天长日久，石油中的轻质成分挥发了，留下重质沥青，它也会把断层面给堵住。"

有人提出："地层在这一带被断层切开了，在漫长的地质历史中，石油不是几乎从地下都跑到地表散失了吗？""这个问题提得好！"杜博民继续向大家解释："断层有破坏的一面，也有有利的一面。地底下的地层，不全是渗透的砂层，也有不渗透的泥岩层，二者相互交叠。当地壳活动、断层切割地层时，断面一侧的泥岩会把另一侧的砂岩层封闭住，封闭的地方形成了一个仓库，石油装入这个仓库后，就会被储积，再也跑不掉了，除非这仓库再次被破坏。"

康世恩见大家情绪逐渐高涨，于是鼓劲道："我们共产党人，是辩证唯物主义者，辩证就是一分为二，不偏执。唯物就是办事从实际的情况出发，不搬教条。今天，我们在黑油山亲眼看见了这里的石油很丰富。等一会儿，我们还要去黑油山一号井现场，看看那里喷出的石油。"下了黑油山后，又驱车到了附近的一号井井场，询问了作业情况。

问：还考察了其他地方吗？

田在艺：后面几天，康世恩又跑了一些地方。在吐孜玛扎沟看了这一带的地层出露。吐孜玛扎沟出露地层比较完整，可以见到出油的三叠系地层。地层的颜色很鲜艳，有红、黄、绿、白等色相间，一层叠一层组成五彩的条带图案，在太阳的照射下，显出斑斓的景色。他们还考察了乌尔禾地区的风蚀城和沥青脉。风蚀城又称魔鬼城，顾名思义，风蚀城是由风吹蚀而成的，大风扬起的砂石，把原先一个整体的地层切蚀成一个个分离的城堡，大小形状不一，城堡上千疮百孔。经过连日的实地考察，掌握了大量的第一手材料，康世恩对在黑油山带发现大油田已经有了坚定的信心。

召开专家讨论会

田在艺： 结束考察后，康世恩同志带工作组回到了乌鲁木齐。为争取统一的认识，康世恩同志决定召集一次中苏专家讨论会，就黑油山的石油勘探部署制订一个成熟的方案。苏方地质师潘切列捷夫为首的20多位专家，苏联驻乌鲁木齐总领事馆的领事也来参加了。中方人员除工作组的同志外，还有新疆石油公司的主要领导干部和主要技术专家。

康世恩在表示欢迎并感谢苏方专家的大力帮助外，接着讲了这次野外考察的目的和基本情况。强调，为尽快发现大油田我们已经做了不少的工作，但准噶尔盆地的勘探工作以前集中在天山脚下的南缘和西南缘，现在我们要重视西北缘黑油山至乌尔禾一带的工作。目前，已经在该地带钻出了石油，我们还将在此部署更多的勘探力量，尽快探明这一带的石油。同时请各位专家发表自己的意见。康世恩简明扼要的话语，把大家的注意力高度集中起来。

问：苏联专家首先发表的意见吗？

田在艺： 是，苏联专家潘切列捷夫第一个发言。先表示自己十分赞赏中国同志的见解。继而表明自己的心情和各位一样，迫切地想早日在新疆找出一个中国的巴库。他把"中国的巴库"重复了一遍，语气十分重，接着又说道："苏联是石油大国，在石油勘探开发方面有着比中国长得多的历史，也有丰富的经验。所以，把我们的经验运用到中国来，众所周知，苏联的巴库油田闻名于全世界，连美国的墨西哥湾也不能相比。大家也知道，巴库油田是位于古生代地槽褶皱的高加索山脉的山前坳陷带。所以说，在山前坳陷中勘探，能找到大油田。新疆的准噶尔盆地中，在靠近天山山脉的山前坳陷中勘探是同样的道理。大家可以去看看，博格达山下的四道沟有石油，独山子有石油，是有力的证据。至于目前还没有大的突破，我们还可以深入工作，不能泄气。"

"亲爱的同志们，我要说几句话。"苏联专家尼肯申站了起来，以平缓的语调说："我十分赞同康世恩首长同志的意见。我认为，独山子的石油与黑油山的石油相比，独山子油田的石油如果是一杯水的话，则黑油山的石油就是大海。应当去盆地西北缘做更多的工作。"

潘切列捷夫立即问尼肯申："尼肯申同志，你这样说，有充足的理由吗？"尼肯申回答道："我已经和中国的同志在西北缘进行了详细的调查，在以前的基础上仔细分析过了。我们苏联人前两年在黑油山附近打了4口井，一是井位不合适，二是井太浅了，所以没有成功。我和中国的同志跑了黑油山东西方向的白碱滩、乌尔禾、吐孜阿肯沟、蚊子沟等好几个地方，在这些地方的侏罗系—白垩系底部发现了沥青和油苗，它与不整合面有关。而且，我们还到了加依尔山脉南侧的包古图河、百口泉地区，北侧的托里地区，说明加依尔山是个中生代的隆起区，黑油山地段隆起最高，因为这里出露的地层更老。所以说，准噶尔盆地南缘山前坳陷中生成的石油，可以大量地沿不整合面和砂岩层向黑油山一带的高处运移。这就是我完全同意把勘探力量转移到西北缘来的理由。"

康世恩听了忍不住说道："好得很！尼肯申同志。谢谢！"

问：后来，讨论变成了十分激烈的争论。是吗？

田在艺：是的。由于在座的绝大多数专家包括潘切列捷夫都是来自巴库油田，当潘切列捷夫几乎败阵时，这些来自巴库的专家向尼肯申提出好些不着边际的问题，以缓和潘切列捷夫的窘境。尼肯申专家得到了苏联顾问安德列克专家的支持。在这种气氛下，康世恩只好出面圆场了，他说："诸位同志们，苏联专家的意见给我们启发很大，潘切列捷夫同志有丰富的知识和经验，他的发言使我们更清楚了一些问题。我们强烈希望中国的准噶尔盆地山前坳陷中能成为中国的巴库。黑油山地区有利有弊，以利为主，可以作为大规模的勘探对象。"在当天招待苏联专家的晚会上,康世恩和苏联专家喝酒时,还听到潘切列捷夫向同座嘟囔着说:"上帝会证明,上帝会证明。"由于这次专家会议的意见不同,苏联驻乌鲁木齐总领事馆领事还批评了尼肯申专家,说他未坚持集体意见。

问: 在此基础上,作出了怎样的部署?

田在艺: 据此,康世恩同志作出了部署,主要是指示,将勘探重点由山前坳陷转移到稳定区的西北缘,在黑油山发现石油的地区继续扩大含油面积,在车排子—乌尔禾这一长130千米、宽30千米的范围内钻探10条大剖面,康世恩同志称之为:"撒大网,捕大鱼。"同年9月,有23口探井喷出了工业油流,探明含油面积130平方千米,可采储量达到1亿吨以上,属于大型油田。

被采访者:张毅

人物介绍:他从1951年在中苏石油公司工作开始,当过钻井工人、生产技术科科长、采油处副处长,熟悉石油生产的每一道工序。

后来,他担任新疆石油管理局局长,新疆石油管理局、克拉玛依市党委书记,新疆维吾尔自治区政协副主席。

现在,他还住在克拉玛依,他把自己的一生都献给了新疆的石油工业。

张毅: 1956年3月,我作为新疆石油公司(年7月1日更名为新疆石油管理局)独山子矿务局生产技术科科长,从北京参加石油工业部第一届全国石油勘探会议回到独山子以后,即刻匆忙赶到克拉玛依处理2号井井喷的遗留问题,同时带上5部中型钻机,做好在老黑油山、北黑油山、深底沟几个局部构造打十字剖面的准备工作。

4月,时任石油工业部部长助理的康世恩同志率领工作组和苏联专家组组长安德列克等共20多位中苏专家来到克拉玛依。当时,黑油山脚下只有三个活动木板房,一个是负责现场指挥的独山子矿务局钻井处副处长马骥祥同志的办公室兼卧室和每天开生产调度会的会场；一个是电话总机房；还有一个是供专家食宿的招待所和伙房，其他人都住地窖和帐篷。康世恩同志也和大家一样住在地窖里，每天早出晚归，实地观察和考察克拉玛依到乌尔禾地区的地质露头和几处大型油气苗。他先后察看了深底沟的地层剖面和黑油山沥青丘、乌尔禾沥青脉、哈拉阿拉特山东南麓大面积出露的沥青砂岩，高兴的心情溢于言表，并一再讲："我到过许多含油气盆地，从来没见过如此壮观的油气苗，克拉玛依—乌尔禾地区应该是很有含油远景的。"

问：已知当时有苏联专家对此持有不同意见。

张毅：是的，还是大部分专家。

1955年10月29日，虽然克拉玛依第1口油井喷出了原油，但中苏专家对克拉玛依是不是大油田，要不要进行大规模勘探，仍然存在着分歧，有着两种根本对立的认识。以原中苏石油公司时期的地质调查处总地质师，时任新疆石油公司地质调查处专家顾问组组长潘切列捷夫为中坚的在公司工作的大部分苏联专家，在一号井开钻前，就不赞成在这一地区钻探。一号井出油后，仍然认为克—乌大断裂以南是一个平缓的大单斜带，没有明显的构造，没有聚油条件；以北的构造面积很小，又出露于地表，遭到了破坏，不具备形成大油田的条件，开展大面积勘探是"冒险"的，主张把勘探的重点仍然摆在盆地南缘山前坳陷带的安集海、霍尔果斯、托斯台等局部构造上。新疆石油公司的中国地质师杜博民、田在艺、张恺、范成龙等人根据一号井出油之后，南黑油山构造的二号井、四号井相继钻到了含油砂岩，地震队有几条测线在白碱滩发现了数个局部构造，一些地质浅井在前山涝坝、红山嘴、白碱滩、乌尔禾、夏孜街等地区钻遇了白垩系和第三系的含油砂岩、沥青砂岩和稠油，以及地震、重力、电法勘探都证明有克—乌大断裂存在等事实，认为克拉玛依是个向盆地中心倾斜的大单斜带，在区域性大单斜的构造背景上，可以有若干局部构造圈闭；由于克—乌大断裂的存在，可能存在断层圈闭；由于沥青砂和稠油分布广泛，也可能存在稠油圈闭；盆地油气来源丰富，克拉玛依具备形成大油田的条件，建议在详探克拉玛依的同时，应该在克拉玛依—乌尔禾地区展开区域勘探，以期找到大油田。

问：这说明，康世恩的考察时机很关键，也由此作出了重要的决定？

张毅：完全可以这么说，极其关键。康世恩同志经过实地考察，又认真听取了中苏双方专家两种不同意见的汇报。此时，4月23日，位于南黑油山、北黑油山两个局部构造之间的四号井出油了，证实克拉玛依确有不受背斜控制的油藏存在。康世恩同志断然决策：把新疆石油勘探的重点由准噶尔盆地南缘转向西北缘，作出了《克拉玛依—乌尔禾钻探工作的决定》，改变原来只在几个局部构造上打十字剖面的钻探部署，把克拉玛依油田的详探和克—乌油区的区域勘探结合起来。康世恩同志形象地叫作"撒大网，捕大鱼"，即沿盆地西北缘，在从克拉玛依以南的红山嘴到乌尔禾以北长130公里、宽30公里共约3900平方公里的广大面积内，地震、重力、电法、地质浅钻、深井钻探一起上，开展区域综合勘探，部署了10条钻井大剖面，第一批定出了29口探井井位。

这是我国石油勘探史上第一次从整体解剖盆地二级构造带的区域勘探入手，进行综合勘探的伟大实践，摆脱了长期沿用的沿盆地四周找油苗、构造，在一个个局部构造上打十字剖面，即人们常说的"溜边转，找鸡蛋，见了油苗就打钻"的落后勘探方法。

按照这一部署，迅速调集一大批大中型钻机摆开钻探，年底达到了32部，探明含油面积55平方公里，证明白碱滩、乌尔禾都是有含油希望地区，基本搞清了油田的轮廓。

最终，"撒大网，捕大鱼"奠定了克拉玛依成为我国大油田的基础。

随着一口口新井出油，1957年康世恩同志进一步指出，"撒大网，捕大鱼"，就是在含油希望大、油层分布广泛的地区布置较大距离井网，进行较大规模的钻探；当得到有工业价值的油流后，要集中力量猛力钻探，扩大探明范围，这种办法能够获得较好的勘探效果。

按照这一方针，1957年发现白碱滩高产区，1958年发现百口泉油田和乌尔禾油田，1959年发现红山嘴油田，到1960年基本探明了克拉玛依油田的9个区，探明含油面积290平方公里，成为大庆油田发现以前我国最大的油田。

一号井的故事

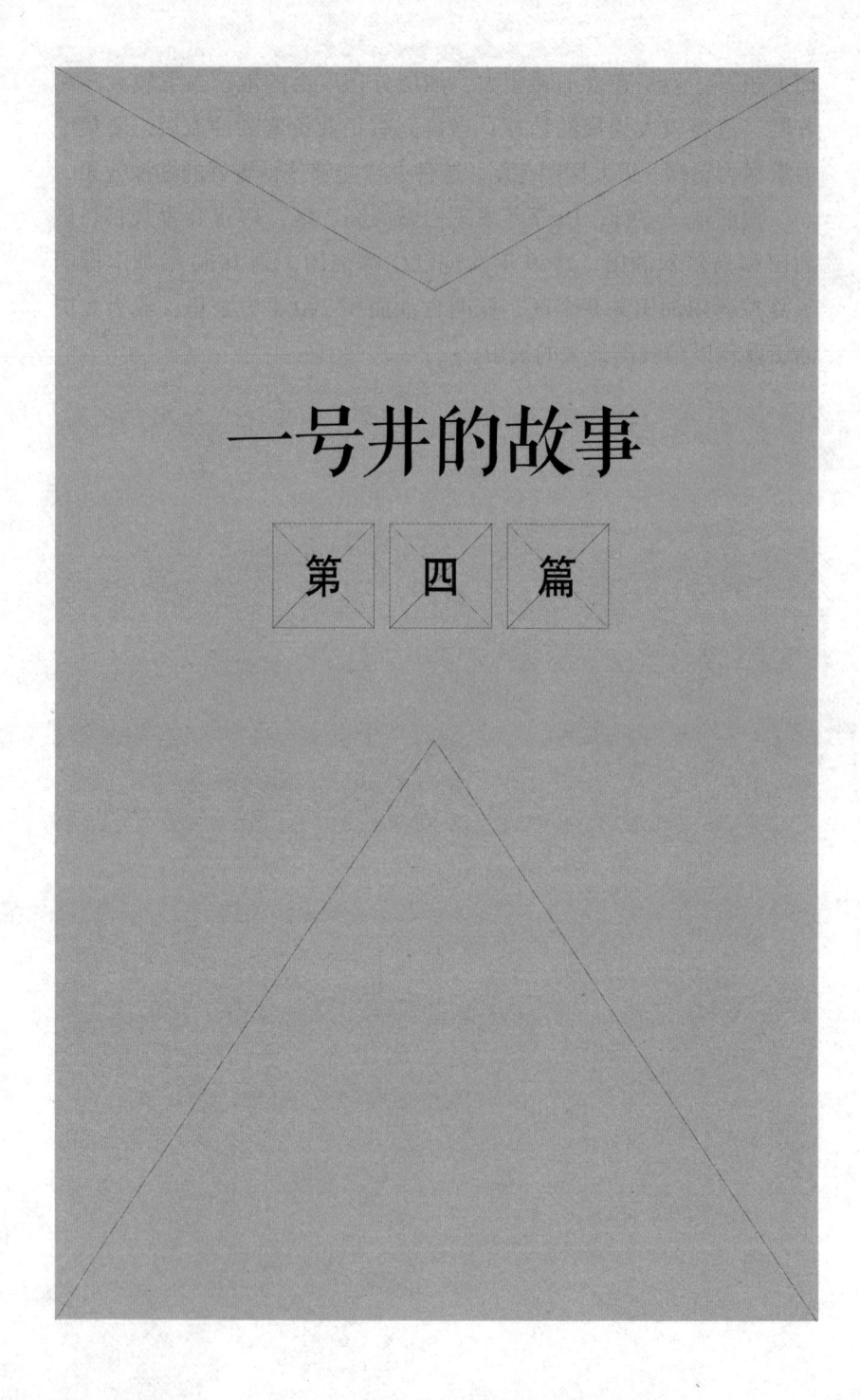

第四篇

中苏石油公司的苏联专家

1950年2月，我国与苏联签订了《中苏友好同盟互助条约》后不久，两国按平权合股原则在新疆创办了中苏石油股份公司。从那时开始，大批的苏联专家来到新疆，帮助和指导新疆的石油工业启航。

据不完全统计，1950年，中苏石油公司只有3名苏联专家，而到了1954年，各类苏联专家增加到365名。他们分布在机关管理部门、基层生产一线以及辅助生产、生活后勤的各个岗位上，发挥着重要的作用。

被采访者：钱萍

人物介绍：1951年10月进入中苏石油股份公司工作，先后任公司副总经理、党委第一书记。

1955年1月后，历任新疆石油公司副总经理、公司党委第二书记、常委、新疆石油管理局副局长。

钱萍：为了发展石油工业，业务学习的气氛还是很浓的，在这方面，苏联专家们抓得很紧，要求也很严。

首先，我这个总经理不懂石油技术，也不懂企业管理，当小学生，老老实实地学。那时，有个计划处长，是个苏联人，他定了一个学习大纲，每个星期都给我讲课，讲企业领导工作怎么做，讲一般的石油知识。也讲俄文。在那样的气氛下、压力下，我还是学了一些东西，可惜学得太少了。

那时在基层，针对各个专业，都有业务学习。钻井有钻井方面的，采油有采油方面的，运输有运输方面的……各方面几乎都有。苏联专家在这方面很负责任，对培养中国石油方面的技术干部花了力气。那时，我们有不少同志，学得还是不错的。技术知识学得好，俄文也学得好。还有一部分同志，送到苏联进行正规学习，也是培养技术人才的一种方法。现在看来，那时抓业务学习是正确的，有好处的。有不少技术人才，以后在油田建设上都做出了突出的贡献。

张毅

张毅：苏联专家来独山子，一是帮助中国发展石油工业，二是要培养人才，他们规定凡是分配到油矿的大中专毕业生都必须先当工人。他们认为只有从工人做起，才能将理论和实践很好地结合起来。苏联专家给每个分来的毕业生都制订了培养计划，谁培养谁都写入文件下发，对职工的要求很严格。

问：您是如何开始一生的石油事业的。

张毅：1951年8月的时候，我们北洋大学的7位同学以及北京大学等大学的一批大学生，成为共和国输送到大西北石油战线的第一批高等学府的学子。我是其中的一员。还未正式毕业，我们就被召集到北京学习，怎能不兴奋，怎能不激动？在为期15天的学习期间，中央领导多次来看望我们。为我们做专题报告，向我们介绍中华大地特别是大西北石油战线掀起的建设热潮。我至今都记得，当时朱德副主席在报告中说："祖国大江南北一片欣欣向荣，大西北辽阔的疆域期待着你们去开发、建设，盼望着你们去发展、壮大！"在乌鲁木齐，中共中央新疆分局书记、新疆军区代司令员兼政委王震激情昂扬的"生为新疆人，死为新疆魂，要在新疆这片土地上生根发芽，开花结果"的动员讲话更让我心潮澎湃。[1]

问：这一切都更加坚定了你们扎根边疆、报效祖国的决心。

张毅：这些激励非常重要。为此，我下定了扎根边疆、报效祖国的决心，还和同学们一起立下"生为新疆人，死为新疆鬼"的誓言。

---

1. 张毅口述《依恋油田不离开》及中苏石油公司时期（1950—1954）相关史料中记载。

问：首先到的是独山子吗？

张毅：1951年9月12日，我们赶到了中苏石油股份公司所在地——独山子。当时中苏石油公司创建不久，矿上的生产和生活设施都特别简陋，二十多人睡在一个大宿舍的大通铺上，两千多人只有一个能容纳50人洗澡的公众澡堂，生活和工作条件都很差。

问：也是按照苏联专家的要求，首先当工人吗？

张毅：是的。按照苏联人的制度，大学毕业生必须先当工人。我还记得，来独山子一周后的9月18日零点，我上班了，正式走上了石油钻井工人岗位。刚开始的工作，叫场地工，是从最苦最累的捞泥浆沙子、搅拌泥浆、打扫井场干起的。

在钻井队，司钻、主任柴油机工等都由苏联人担任，钻井技师是井队唯一的领导，他们白天要处理井队各种问题，夜间还经常处理突发事故，24小时都在对工作负责。常常在漆黑的夜里，苏联专家坐着"嘎斯51"从看不见的山沟直扑过来，雪亮的灯光下各种违章难逃他们的"法眼"。迟到五分钟者，当天上班不给打考勤；不听指挥者，马上停止工作。有个苏联工人犯了错误，立马被罚去泥火山挖泥巴。

问：当工人的时间不长吧？毕竟你们都是名牌大学毕业的高才生。

张毅：也不短，当了5年工人。在当工人这5年里，我吃了不少苦头，可恰恰是这5年，给了我理论和实践结合的机会，让我全面了解了石油生产的技术和规律，锻炼了我指挥生产和管理企业的才能。井喷了，我能制服；钻头在井内卡住了，我有办法排除；走上钻台贴近钻杆听一听，我就能断定钻头大概钻到了什么地层……

因为这期间，我非常用心地跟着苏联专家和工人师傅学习操作技术，也很快发现，在学校虽然学了不少专业知识，毕业前在玉门油矿实习时对石油钻井也有所了解，但真正到了工作岗位，自己不知道、不了解、不会做、做不好的事情太多了。我非常着急，因语言不通，有时候稍有不当就会被苏联专家莫名其妙地骂一顿，我不愿再有这样的事发生。矿上有三分之二的少数民族职工，平时交流起来，我一句也听不懂。我暗下决心一定要努力学习，尽快过语言关、顶岗关和技术关。我不但用心学习操作技术，还向阿尤甫师傅学维语，向苏联专家学俄语。他们都很热情，每天都教我几句，第二天还会抽问，检验我是否学会。我很快掌握了基本对话用语，能说简单的维吾尔语和俄语了，"亚克西目塞斯"（维吾尔语"你好"），"普里为特"（俄语"你好"），"达思维达尼亚"（俄语"再见"），"撕吧西吧"（俄语"谢谢"）等。

　　1951年的独山子车辆还很少，职工上下班都要走着去。从泥火山一带的住处到油田要走几公里，耗费不少时间。我白天上班忙工作，下了班还要忙着做团、工会里的兼职工作，有时一忙就到深夜。为了不影响上班，我想了个办法，睡到井队防喷器手轮下面，因为每天交接班第一道工序就是检查防喷器，睡得太死时，班里的人可以叫醒我，这样就不会迟到。办法虽好，但很遭罪。防喷器手轮下面空间不大，在零下30多摄氏度的冬天，穿着毡筒，盖上覆不住全身的皮大衣，只能蜷缩着身子。一觉睡起来腰酸脖子痛，我戏称自己当了"团长"和"蜗牛"，尽管条件艰苦，却很忙碌与充实，我的工作也越来越多地得到师傅和苏联专家的表扬。

　　有一天，苏联技师突然把我叫到跟前，"啪"的一下，把手里拎着的几节废链条扔在地上，他让我把散开的链条一节节接起来。这活对于我来说已经是小菜一碟。刚开始阿尤甫师傅让我干这活的时候，我觉得并不难，但真正干起来才知道这活并不好干。想把链条对在一起，可怎么摆弄链条都接不上，我两手沾满了黑乎乎的油，手指还扎进了一根钢刺，火辣辣的痛。我忍着痛，一遍遍接，终于接出完整的一根链条。以后，我反复训练自己，直到把这活干熟练。苏联技师看着散开的链条在我手中像变魔术似的很快接成一整条，忍不住笑着说："哈拉哨！"（俄语"很好"）

　　1952年底，经过一年的实习，我从场地工、钻工干到架工、副司钻、司钻，以得心应手的操作通过每一个顶岗考核。我已掌握钻井生产全过程的操作技能和现场生产施工技术，我终于能够登上向往已久的钻台，在轰鸣的钻机声中，手握刹把，大声吼出心中的愿望："开钻！"

问：还记得对你帮助最大的苏联专家吗？

张毅：钻井处生产技术科科长是苏联人毕洛夫，他给我很大的帮助。帮助最大的是阿鲁纠洛夫，他是钻井工程师，从小没父亲，很早就出来工作挣钱养母亲。他毕业于莫斯科石油学院，既有经验，又有技术，每次处理井喷等事故都要带上我。我在北洋大学里学了钻井理论知识，到技术科后苏联专家生产技术科科长米哈依诺夫每周要给中方职工上三次课，每节课都有作业，苏联专家批改作业，这使我在钻井技术上有很大收获，但真正的现场技术是阿鲁纠洛夫和米哈依诺夫这些苏联专家手把手教的。

有一天夜里，阿鲁纠洛夫带着我处理故障。他穿着皮大衣，抽着莫合烟，在零下30摄氏度的晚上忙碌一夜，没有坐下过。我搬了张椅子，想让他休息一会儿。可他却说："我不能坐下来，现场故障还没处理完，我怕我坐下就会睡着。"

阿鲁纠洛夫近50岁，他对待我就像对待自己的孩子。有一天上班，他把自己的一件西装递给我，笑眯眯地说："恰一（张毅），你衣服破了，怎么好交女朋友？你跳舞、参加活动的时候穿这个。"这珍贵的友情温暖着我的心，给了我战胜困难的力量和勇气。到钻井处生产技术科几个月后，1953年5月我接到了任务，将独山子所有井的固井都计算出来，要算出打一口井用多少水泥，算套管的壁厚和管径的大小，后勤保障人员根据这些计算提供材料。我出色完成了任务，为以后的工作打下了坚实的基础。

赵炎

赵炎：陪同测量专家阿诺享到野外测量队检查工作，是我到地调处后第二次出差野外。同行的还有一位翻译，三人各提了一兜子"俄得克"（白酒），乘坐着一辆苏制的"69型"吉普车，由乌鲁木齐出发，径直奔向玛纳斯河以南的老沙湾、莫索湾一带，而后绕到它的西边、西南边，转到车排子，随后又到精河、四棵树和乌苏，最后一站到的安集海。往返一个多礼拜，三兜子"俄得克"喝了个光。

苏联专家每到一处，看仪器，看图板，核对一些观测点，重点是抓质量，了解工作任务完成的情况，还审视画的图、造的标、立的桩号是否整洁、美观。

范成龙

问：你起初不懂俄语，工作中遇到不少障碍吧？

范成龙：是的。因不懂俄语，地质资料是俄文的看不懂，队长乌瓦洛夫交代工作听不懂，工作完成了说不清，有了问题没法问。甚至连领料这样简单的事办起来也很难，因为要用俄文填写领物单，所以几乎是个哑巴、傻瓜和笨蛋。组织对我们的要求是尽快掌握工作，完成队长交给的任何工作任务和苏联专家搞好关系。要做好这三件事，首要的是学会俄语，否则是不可能的。

问：有些生活习惯也不同。

范成龙：那年四月，全队到古牧地工地，在阜康县城南的水磨河安家，队长设计、指挥全队一齐动手，建起了两幢木架木板毛毡房。晚饭时大家坐在树下用木板钉起的餐桌前，享受着面包、羊肉汤，别人吃得津津有味，而我还不习惯羊肉味，吃的很少。队长（乌瓦洛夫）叫我多吃，否则适应不了一天的强体力劳动。他握起我的胳膊看看，显得十分忧虑，指着周围的山说："你能爬这样的山吗？"我说："试试看吧！"因为我年轻身瘦，比较轻快，而乌瓦洛夫则因为已年过四十，身体重，再加不适应炎热的干燥天气，所以爬起山来倒把他落在后面，以后他就不再为我的身体担忧了。他感到非常奇怪，吃得那样少，从早爬山到晚，哪里来的许多热量和能量。

问：俄语学习方面，身边的专家是最好的老师吧！

范成龙： 对，这是最快捷而有用的。为了尽快独立工作，除学会工作方法外，更重要的是尽快掌握俄语方面的学习生活用语，同时也学习地质词汇，学习记录地层剖面和描述地质点。当我学会写岩石名称、颜色单的岩性之后，队长就叫我单独去附近记录地层剖面，统计剖面的砂、泥岩比及颜色比，这是最简单不过的工作了，一方面对工作有些帮助，另外也是对我的信任和培养。

他经常叫我有问题时问他，但因为语言不通很难提问，虽然王克思可以帮忙翻译，但他的汉语水平有限，生活用语尚不尽如人意，地质词汇更难翻译。可他对培养中方干部十分认真负责，要我每天向他提三个问题，我不提，他便问我。一次他发现一块砂岩裂缝里充填的一种银白色矿物，问我是什么？我用汉语说是白铁矿。他当然听不懂，说："什么？"我无法用俄语回答，只好用俄语说："不知道。"他有点生气地说："什么不知道？"我灵机一动给他写了 FeS（白铁矿的化学符号），他看了非常高兴，用中文一字一句地说："您，很好，工程师。"然后又向王克思讲解了 FeS 的含义。

问： 还接触别的苏联专家吗？

范成龙： 有一个苏联女专家伊林娜·伊万谐娃，莫斯科人，曾在东西伯利亚从事野外地质工作，经验丰富。初到中国即来我队，人地两生，对她来说也是很不容易的。女专家为人纯朴，真挚和善，在野外工作和室内整理工作期间，我们一直合作得很好。1954年我去北京开会回来，买了一串象牙雕刻的项链送给她，她笑着说："项链是送给爱人的礼物。"但她明白我的意思，还是笑纳了。

吴华元

1955年进入新疆石油公司工作。

先后在克拉玛依油田、大庆油田、大港油田从事石油地质勘探40多年。

1956年4月，我奉命调到独山子矿务局工作。这是一次大换班，把乌鲁木齐公司经理部地质处的四名工作人员和独山子矿务局地质科的四名工作人员对换。好在当时只有一个独山子油田,地质处和地质科的工作一致,说换就换。其实独山子矿务局和下属的钻井处都有苏联地质和测井专家,于是我和苏联专家的接触就不限于开会而是朝夕相处了。

问:相处得如何?

吴华元:和我共事的地质家已到中年,可能近五十岁了。为尊重他们的习惯,不打听年龄和收入。曾参加过卫国战争,也曾在苏联的老油区工作过,阅历比较丰富,为人热情直爽,态度认真,不含糊其词,所以和我相处得不错。

问:向他学到的东西多吗?

吴华元:我与他无论在年龄、资历、技术上都不能比拟,有自知之明,甘当小学生。每天一上班先携翻译到他办公室见面,谈一些工作安排,然后就是我独自活动。有时也随他到各生产基层单位去检查工作,学一些生产管理上的工作方法。

这位苏联地质家的室内工作以地质统计为主,很少用作图的方法来分析研究或阐明地质问题,这也许是由于他长期在油田从事生产管理形成的习惯。起初,我觉得他的一套办法太简单,没多大用处,时间长了,慢慢体会到很实用。

问:为工作交流,也开始学习俄语了吗?

吴华元:工作中每天要和苏联专家见面,虽有翻译帮忙,但自己不懂总是个很大的不便。20世纪50年代初,全国都学俄语速成时,我在陕北山沟里工作,没有机会学,也曾买了本中俄字典和一些入门书,却不曾入门,一则无师不能自通,再则知道俄文语法中的变格很麻烦,不易掌握,不像英文的专业读物能把单词弄明白就大致知道其意思,俄文却不然,所以想自学很不易。但看其他到新疆较早的同事们多少都能说几句俄语,也十分钦佩。

有一次,出了个笑话,我一个人在办公室,苏联专家进来问我,汇报会上有您的报告吗？我听懂了他的意思，想着应该回答我没有报告。不料说出来的俄语却是"我不是报告"。苏联人很有礼貌地点头退出，却惹得邻室中国同事的哄笑。看来，离开了翻译真是寸步难行。

过了几个月，听的多了，慢慢习惯起来，约莫半年时间，我也可以连比带说地单独和苏联人交谈了，这才使我明白，学外语最重要的是天天用，最容易的是听，然后是说，再其次是看，最难的是写（中文译外文）。专业上的用词是有限的，有不少外来词英俄同音。说话时也不讲究语法，要写在纸上就不容易了。

问：苏联专家的生活状况要好得多吧？

吴华元：在当时的情况下，要好于我们，有对他们专门的供应点。有一次，他邀我一个人去他家吃饭，苏联人（后来知道西方人大都如此）除了节日宴请以外，一般不请客人到家里吃饭，连他们同胞之间也一样。那一次是因为他得悉我老婆在上海生了个儿子，所以请我去，也有庆祝之意。吃的是饺子，面很白，馅却是土豆泥。他还特地为我开了一盒从苏联带来的鱼罐头，据说是很名贵的，但是腥味太大，我也只能尝尝而止。难怪上海人提起罗宋大菜（即俄式西餐）来时，颇有贬义，在提到法式大菜时则眉飞色舞，想必苏联人是不大讲究菜肴的，而喝白酒（伏特加）则很来劲。

问：工作中，接触到的苏联专家很多吧？给你的印象如何？

吴华元：接触的苏联专家不止一人，其实，他们也是各人各异，不一个类型。负责任的地质家有三人，一是在乌鲁木齐公司经理部的，二是与我接触最多的独山子矿务局的，三是下属钻井处的，这三人都是中年以上，都比较有经验。第一位职务高、年纪大，显得十分稳重；第二位则有话就说，直言不讳；第三位则十分谦和，也从来不提任何意见，我甚至怀疑他业务上不行。再以下的地质家则大多是年轻人，有的是大学才毕业的，有的在国内表现很好，当过劳模。那些专家，实际上也就是一般工程师、具体工作人员。值得一提的是有一位测井专家,不过30多岁,既热情又有专长,能在井场上操作,排除事故,也能分析解释资料,给我的印象很深。

问:苏联专家内部的工作关系如何?

吴华元:苏方人员内部的工作关系表面上比较平静,可能是内外有别,不在我们面前暴露,也可能是他们的文化素质高些,涵养深些。但人总归是人,工作毕竟是工作,矛盾总是有的。上下级之间,尽管等级森严,有时一锤也定不了音,像和我共事的苏方地质家就经常要申述表达自己的看法,有时就怒冲冲地走回自己的办公室;地质与工程之间的矛盾更是表面化,在独山子矿务局里各种专家都有,组长就是搞钻井的,还有钻井工程师,于是他们之间的争论就时有所闻。这位地质家还经常告诫我,要坚持原则,不能屈从于工程师,因为地质家是油田的主人。其实,地质和工程的矛盾在我来说并不突出,反正有苏联专家做后盾。

问:据说他们也过政治生活。

吴华元:苏方人员除了讨论工作以外,政治生活怎么过?据中方专家工作室的翻译说,他们每两个星期过一次党、团生活,一个月一次工会活动,时间都很短,甚至只是读报而已。

问:还接触过别的苏联人吗?

吴华元:值得一提的是,我在此期间遇到的另外两位苏联人。

一位是当时苏联驻乌鲁木齐的领事,那是外交官,他到独山子去,不知为什么让我陪他,既然专家工作室通知我,就陪他到油田看看。大概在相隔不长的时间里见了他两次或三次。第一次他给我的印象很好,年纪不大,风度翩翩,服饰整洁,外罩一件米色风衣,或是夹大衣,说话的声调也很动听。一副外交家的派头,不知怎么见了他就使我联想到1952年看过的苏联小说《远离莫斯科的地方》里面的主人公——负责建筑输油管线的局长,书上没有插图,仅凭文字描写,似乎就是一个仪表整齐、工作很有魄力、说了算数的领导。怎么能和前面这位领导联系起来,我也不明白,见了好多个苏联专家也不曾想到过这部小说里的局长。领事大概是刚上任，到油田检查苏联工作人员的情况，也了解一些油田的概况，第一次就在现场说了几句，互相留了个好印象。后来又见了一次，情况大不同，又到油田现场，他忽然问我，钻机的井架多高（指的是苏制的乌兹德姆型），我以为他真的不知道，我回答：41米。这是之前听几个钻井工程师（包括苏方的）异口同声告诉我的。他却纠正说：42米。我还以为他听错了，又重复了一遍：41米。不料他竟不屑一顾地也重复了一遍：42米！这几句简单话都不经过翻译，是我与他对答的。我看得出他的神色不大礼貌，使我对他的好印象一扫而光，于是冷冷地回答：我没量过。他当然也听出我的潜台词：你量过吗？于是就说不下去了。

另一位是由北京请来的气测女专家，是个参加工作不久的女大学生。陪她同行的中国人是一位上海籍的女翻译，也很年轻。矿务局让我陪她们一起上井，局长还特别嘱咐要保证她们的工作条件，除了吃住不管以外，均交付给我了。我陪同她们一道去外探区的井场，食宿条件当然差些，好在她们倒也不在乎。当时我就不明白石油工业部为什么要聘请气测专家？她在独山子逗留的时间还不短，从工地回来后又逢上周末，如何打发这空余的时间，专家工作室是不管的，在独山子的苏联人也不招待她。本来，业余时间的安排也不是我的职责，但这位女翻译却来问我有什么活动，这使我很为难，苦思之下，决定周末晚上陪她们看一场电影。电影里肯定说的中国话，好在有翻译，也不管她看懂了没有。星期天下午请她们到我家里去做客，她听了很高兴，还通过翻译说："听说你夫人的俄语说得很好。"想必是听别的苏联人说的。做客时就聊聊家常，她倒也随和，三位女性都差不多年龄，且都说俄语，我就很省事了。

问：苏联专家之外，似乎还有别的国家的专家。

吴华元：有的。我还接待过一位石油工业部请来的罗马尼亚石油地质专家，约近50岁，他一见我就说中国的油田总地质师这么年轻。我赶紧声明，我不是总地质师，是主任地质师。这句话连翻译这一关都没过去，翻译告诉我，在他们那里是不分的，这不是级别，只是指油田的地质负责人。我只得据实以告，我在这里已经是年长的了，其他同志比我还年轻！这是大实话，当时我们的地质同行超过25岁的很少，还就数我的工龄最长，上哪儿去找50来岁的老头当总地质师。然后我说了一句较为得体的话，中国其他油田的地质人员也很年轻，这说明中国的石油工业是很年轻的。

问：遇到过权威专家吗？

吴华元：有一位，是石油工业部请来的苏联油矿地质专家米尔钦克，专为到克拉玛依指导工作。

克拉玛依在1956年初上钻的那批探井基本都出了油，于是奠定了基础，在北京的苏联专家组组长安德列柯主持制定了一个很有气魄的钻探规划，从西南端的的红山嘴一直到东北端的乌尔禾，定了若干条钻井大剖面，完全不受局部高点的限制，把一个大单斜当作整体来解剖，这些井的大部分也出了油，于是就形成了由红山嘴、克拉玛依、白碱滩、百口泉和乌尔禾组成的克—乌大油区。

这是新中国成立后发现的第一个大油田，不仅面积大，有的部分还有高产井，如白碱滩的井，油田的开发方案还是在莫斯科答辩时制定的。米尔钦克来华要解决什么问题，我不清楚，但因独山子矿务局承担了红山嘴的钻探业务，我也得去参加汇报成果。

米尔钦克在苏联国内享有盛誉，当时可能有60多岁了，他著有《油矿地质学》一书，已译成中文，所以中国油田的地质工作者大多也熟悉他，并以他的书为教材。

我去参加汇报会之前就听说这位老专家很主观，近乎固执，听汇报时也不大客气，有不同看法时就当面"开销"，例如：他从不承认克—乌大断裂的存在，明明断层两侧的井同一地层的高差很大，下降盘的地层厚了许多，但他认为只是地层的沉积增厚。他的这个看法在中国工作人员中都不能接受，但也不能与之争辩，后来就在断层两侧专门定了井距不足 100 米的"对子井"确证断层是存在的，不过其时他早已回国了。

我先参加别人的汇报，听听这位专家热衷于什么问题，以便对答。听了以后，深感大专家确非一般，"派头"很大，说一不二，而且也不大礼貌，如克拉玛依的主任地质师在汇报开始说了几句开场白和一般的地质情况，米尔钦克毫不客气地插话："您这是在给大学一年级学生上课吗？"关于克乌断裂，我想也只有他能这么说，如果是中国地质家，甚至即或是他的助手，也不敢说出这样的结论。地质问题本来就有多解性，谁敢斩钉截铁地断言一定是什么结果？他很反对把探井定得很密，而红山嘴恰恰是这个做法，于是我就得为此辩解一番。红山嘴最早的探井（安德列柯布的大剖面井中的一口）出油以后，又在周围打了一圈共六口井，距离当然很近。于是轮到我汇报时，他首先就问，您定的这些算什么井？我回答，是具有探井性质的生产井。这一回答竟使他再也问不下去了，我在大专家面前算过了一关。

被采访者：杨炅

人物介绍：她参加了克拉玛依油田石油开发大会战，获得了计划工作"插红旗好干部"的光荣称号。

后参加了大庆油田石油开发大会战，是计划统计工作全包的唯一一位女性工作人员，并获得了计划统计工作"全能冠军"光荣称号。

曾任大庆石油管理局钻井处计划科代理科长。

千里迢迢奔赴新疆

问：来新疆工作，是为了心中的理想吗？

杨炅：当时，在"向苏联老大哥学习"的号召下，全国都在学习苏联。那时，我还年轻，父母家在上海，我响应国家号召，千里迢迢来到祖国的西部边陲新疆，于 1953 年元月加入中苏石油股份公司。到公司不久，公司领导让我到公司下属独山子矿务局钻井处生产计划科报到。于是，我就搭便车来到了独山子，从此开始了我漫长的石油生涯。

报到前，我经过了中央人民政府燃料工业部干部学校的政治学习，初步确立了革命人生观，懂得了一个人只有为人民服务，努力投入国家建设，才能成为对社会有用的人。后来，又进入新疆军区俄文专科学校学习。很快，我便掌握了俄语，有了与苏联专家一起工作的起码条件。因此，组织上派我到公司报到时，我非常有信心学好知识，干好工作。

问：据说你曾取了个俄文名字。

杨灵：为了便于称呼，每个与苏联专家一起工作的新人都要取一个俄文名字。此前，我已读过当时很多苏联小说，如《钢铁是怎样炼成的》《青年近卫军》等。其中，《青年近卫军》主要描写青年英雄奥列格带领一批年轻人在遥远的边远地区艰苦创业，无私奉献，白手起家，在茫茫原野建起了一座朝气蓬勃的"共青城"的故事。我读了非常受感动，也佩服那些青年英雄，尤其是奥列格。而在俄文中"奥列格"这个名字男女通用，用在女孩身上就是"奥丽雅"。于是，我毫不犹豫地给自己取了这个心仪的名字——"奥丽雅"。

问：在新疆，你得到了重点培养。

杨灵：这种培养，不是只对我一个人的。当时中苏石油公司是按照党中央确定的方针"查明新疆的石油资源，满足新疆的需要，大力培养干部"进行工作的，故双方领导层对培养干部十分重视。

我分到计划科后，立即参加了为我们这一批新人和原有的计划人员特地开办的"经济师培训班"，大家一边工作一边学习。有多名具有专业知识和实际工作经验的苏联专家定期给我们讲课，不仅传授知识，还结合实际给我们介绍经验教训。专家们如此深入浅出地无私传授，使学员们在为期一年的培训班里，由从未接触石油知识的门外汉，变成了具有石油行业勘探钻采炼运营等应备知识的石油新人。

在科室里，当时只有科长、经济工程师和我三个人。科长明确告诉我，半年学统计，半年学计划，结合培训班在计划科也给一年学习时间，只做辅助工作而不承担正式工作的责任。这样，他给了我一个极其良好的学习环境，让我专心学习并快速成长起来。

第一位苏联老师

杨炅：我的第一位老师是塔西尼亚·别特洛夫娜·斯婕潘诺娃女士。当我报到的第一天，斯婕潘诺娃女士在询问我名字和年龄时，就很惊喜地说："你出生那年正好是我工作的那年，你的年龄就是我的工龄。真的是太巧太巧了！小奥丽雅，你是我的有缘人，你来我们科室太好了。我喜欢你！"说完还热情地拥抱了我一下，使我倍感亲切，从而消除了紧张不安的情绪。

问：有了好的开头，此后相处得极为融洽吧？

杨炅：有了好的开头，两人相处极为融洽，斯婕潘诺娃女士先给我安排办公室里应学会的基础工作，细致到要学习削铅笔、练蘸水钢笔，练阿拉伯数字和俄文字母，画统计表格，练习苏式算盘、手摇计算机、半自动计算机，绘图，用仪器绘制大表等。开始，我应付了事，写出的字大小不一，歪歪扭扭。她看了几天，忍不住摇头叫重做重写。又过了几天，见我仍无起色，便约我到她家详谈。起初，我想到入厂教育时，组织上说中方人员要尊重专家，一举一动要有分寸，不当行为不是个人小问题，而是有关两国关系的大问题。所以她几次相邀，我都借口推托不去。后来，她提出，不去就是不礼貌了，我才勉强答应去。

于是，在一个星期天的上午，我到了她的住所。当时，专家们居住的地点和供应的食物与中方人员是分开的。她见我去了非常高兴，拿出各种糖果、点心、饮料，摆了一桌子，还烤了一个大大的蛋糕款待我。她请我多吃些，这些东西我平时都是吃不到的。在边吃边谈过程中，我告诉她，自己从小体弱多病，有过两次病危和一次落水差点丧命的经历，是家中七个子女中唯一幸存下来的，因此父母特别溺爱。为了关心爱护我，母亲放弃了工作，除了上学时间，从不许我外出和别人接触，一直要待在母亲身边，是在封闭中长大的。对此，她不仅原谅了我的进步不快，也说起了自己的不幸遭遇。她的丈夫在卫国战争中牺牲，而唯一的儿子刚参加工作不久就病故了，她很痛苦。为了振作起来，她主动申请援华，要在新疆奉献爱心，传授知识经验，帮助石油工业尚在起步阶段的中国人民加速开发石油，以体现自己存在的价值。

她对我推心置腹地说："我喜欢你，但对你的不认真是不满意的。今天听了你的成长故事，才知道你不是故意的，我就原谅了你。你父母养大你不容易，又肯让你离家千里为国效命，这是让我尊敬的老人。我真心希望你能学好本领，以后为国家建设多做贡献。"她看到我很激动，涨红了脸并流出来眼泪，就语重心长地说："我为什么要求你书写整洁美观、数字计算准确、表格正规无错、算计仪器使用熟练，因为这些都是统计工作最基本的要求。过了这关，你还要认识到统计工作的重要性，它是编制计划时重要的第一手资料和依据，更能起到组织生产的参考作用。作为一名统计工作者，如果做不到这些，你也就丧失了职业道德底线，失去了从事统计工作的资格。"

我惊呆了，我不知道她对统计工作敬业到如此程度，还对我如此期盼，让我一时不知所措了。她见我极为不安，又亲切地安慰我说："知道你不是故意的，你也不要紧张，但你一定要牢记，这是职业道德。一个人要活得问心无愧，没有道德是绝对不行的。"

问：这样的言传身教，一定受益匪浅。

杨炅：是啊！这次谈话后，我一下长大了。从此以后，我在办公室不再东张西望不耐烦，而是伏案苦练，除了规定的工间休息时间外，其余时间就一直在办公室苦练不休。有几次，反倒是她看不过去，就和我说几句话分散我紧张情绪，让我稍微放松一下。不久，我在基础工作方面完全达到了她的要求，算是过关了。

过了第一关以后，就是学习统计工作阶段。那时候，统计数据基层上报后，她在得到报表后经常带我根据上报统计数据到基层抽样调查按时间要求上报的旬、月、季等统计数据，进行现场计算核实，使我体会到了统计工作正确的重要性。最后是如何填报正式的统计报表，她在传授技术要领后，叫我做了几次模拟，即开始做某月实际上报的正式统计报表，从收集资料到填报，必须由我一手完成。

当我认认真真将学的知识化成第一份统计报表后，她拿来与她自己填写的正式报表对比时，意外发现两份报表如出一手，一分不差，她非常开心地拿给科长看，科长也找不出什么毛病，即宣布这就是我学习统计工作的考试成果，学习结果成绩优良，终于胜利过关。

第二位苏联老师

问：在此后也是斯婕潘诺娃女士带你吗？

杨炅：不是。接下来，是由科长亲自带领我学习钻井计划工作的。科长是我的第二位苏联老师，一位男老师，巴维尔·依凡诺维奇·拉里昂诺夫先生。在工作之初，他首先告诉我说："你刚来时，我觉得你太小，文化又不够，对你能否学出来没有信心。但半年来你刻苦努力得到好的成绩，让我感觉你是一个有上进心的好孩子。我有信心培养你成才。"听到科长的鼓励，使我有了进一步克服知识路上困难的勇气。

问：带你的方法有什么不同吗？

杨炅：是有所不同，这位老师很重视理论和实践的结合。在学习的过程中，多次告诉我，计划工作是一项知识性极强的综合性工作，不仅要懂得专业生产的详细工艺流程，也要有与生产配套的相关生产知识。要在学习如何编制钻井生产计划的同时，加强对各种知识的学习与培训，这样在今后的计划工作中才能得心应手，编制出既能保证国家计划的完成，又能发挥指导生产最大潜力的有效计划指标来。他还告诉我，编制出一份好的生产计划，除了贯彻上级指示要求，还要综合收集横向有关生产配套科室对生产情况的宝贵看法，再结合一线生产实况分析着手，就可以获得成功。

问：谈谈对你工作的影响。

杨炅：拉里昂诺夫先生所特别强调的，计划工作者一定要有清醒的头脑，遵守国家计划就是遵守法律，不能违反，但要结合实际生产情况提出经过努力才能完成的建议指标，才可避免冒进或拖生产后腿。加之此后的反复强调，使我将这些教诲深深印入了脑海，并在一生的工作中奉行不变。

问：你与两位老师相处的时间长吗？

杨炅：经过"经济师培训班"学习培训和科室两位专家手把手的教导，短短的时间里，我就得到了理论与实践双丰收，一方面得到了经济师的合格资质，另一方面得到了在科室里担当统计工作和计划工作的资质。这两项学习结束后，我便以正式工作人员的身份开始参与科室工作，与两位良师益友亲切相处了宝贵的三年。

由于历史原因，专家们提前回国了。科长走时我一无所知，但斯婕潘诺娃女士走时，她提前告诉了我，也留下了与独山子矿务局部分统计人员一起合影的珍贵历史照片，成为我回忆历史的最好纪念品。

杨炅回忆这段往事时，已是年近八旬的老人，她说科长若活着的话，差不多也年近百岁了，斯婕潘诺娃女士应该百岁有余，不知道他们是否都健在。虽然时光过去了六十多年，但他们的师恩，长远施惠了我一生，我会永远怀念他们。

倪寿坤

曾任新疆石油管理局审计处副处长、塔里木石油勘探开发指挥部审计处处长。

苏联专家文明礼貌

问：这种感觉很深吗？

倪寿坤：是的。与之相处，可以发现苏联专家很讲文明礼貌。

问：具体的体现。

倪寿坤：仅在相互间的称谓方面，他们有这样的习惯，年轻人称呼长者不称呼姓，而是称呼字和父名。我称呼我的会计长尼格雷·格里果里诺维奇，第二位会计长是阿力克赛·阿力克赛诺维奇，主任经济师代依西亚·别特罗夫娜。苏联人的称呼一般是男性父名后加维奇或某某的儿子，女性父名后加夫娜或某某的女儿。他们比我年长20多岁，当然要用对长辈的称呼，以表示对他们的尊敬。我们对处长且尔纳柯佐夫、总工程师马利亚生、总机械师互亭、计划科长腊里沃诺夫、生产科长毕罗夫、定额工程师罗迈诺娃都是这样。他们不习惯用汉语称呼我们，专家们给我们起了俄罗斯名字。叫我谢列盖，爱称谢廖沙，叫我的女同事沃列格，爱称沃，这是长辈对晚辈的称呼，表示亲切、喜爱。苏联人对人很和气，早晨见面讲早安！行动影响了对方要讲请原谅！经常使用请坐、没关系、谢谢、晚安、再见等文明用语。

苏联专家工作严谨

问：日常是如何体现的？

倪寿坤：我们的会计长斯脱拉丘克·尼格雷·格里果里诺维奇，曾是苏联红军，到中国来当专家，还穿着红军的制服，蓝色毛哔叽军装，长筒皮靴，看起来十分威严。上班进办公室后先向大家问好，然后坐下来工作，把井队技师、车间主任拿来的大把领物单认真审查，核准领用数量，签名批准；然后检查登记的账簿，用俄罗斯大算盘加减，核对有关数字，有时阅读俄文摘要。每当发现差错，就要求我们在错误上画红线，再在上面写上正确的数字，到出纳室清点现金，核对银行对账单，没有什么问题后，他才会露出满意的微笑。

当时全处拥有大中型钻机 y3TM 型、从 −4 型共 10 部，都是苏式先进的钻井机械。钻井处每天消耗管材、水泥、柴油、机油、重晶石粉、烧碱、木材、配件等，数量相当可观。人工费用也很大，半月工资要发 10 亿元，钞票要装两麻袋。尼格雷·格里果里诺维奇通过总账和到山上井队了解钻井建设进度，了解各车间的工作情况，考察生产活动是否正常运行、是否有浪费现象。

他每年要进行一次财产大检查。通过对技师、车间主任报来的清点表和明细账编成财产对比表，然后一个个井队、一个个项目进行核对。发现未清点的财产时，他要求井队补报或重报。对于库房贵重材料的短缺、现金短少，都要责成经手人赔偿，保证总公司财产不受损失。油井完井或年终，他要求井队、车间清点未使用完的材料，从成本中减出来，保证成本数字真实准确。最后把总账各会计科目调整正确，填入资产负债表，向中苏石油公司总会计处报一本清账。经总会计处审查核对无误，进行汇总，然后报送两国石油部。

问：因为合营，苏联石油工业部曾有工作延伸到独山子吗？

倪寿坤：有。主要是针对中苏石油公司的工作。1954 年 9 月，苏联石油工业部来了一位会计专家，检查中苏石油公司的财务会计工作。他考虑独山子钻井处消耗物资最多，费用量大，选定独山子钻井处作为他的检查重点。他采取核对账目、抽查会计凭证、抽查库房材料、核对银行对账单、清点出纳室现金、询问会计处理方法是否符合苏联会计核算规程等方式进行检查，最后，他的检查结论是：库存物资余额与明细账一致，各科目明细账余额同总账一致，总账各科目与会计报表一致。当然，产生的报告将分别上报中苏石油公司经理部和苏联石油工业部。

苏联专家倾囊相授

问：这是你所经历过的吗？

倪寿坤：是的，是亲身体会。主任会计师都夏是一位苏联大学生，工作数年后来到中国当专家。她热情地指导我们的工作，做每一种工作先讲理论，提高我们对工作重要性的认识，然后教我们具体操作。工作做完后，先要自我核对，发现差错立即改正，保证工作质量。她用苏联会计核算规程，检查我们的工作，精确计算各种费用，真实反映生产经营情况。

问：通常也这么严肃吗？

倪寿坤：有时判若两人。那时都夏大姐29岁，对人和气、风趣，她把我们当她的弟弟，教我们业务工作，还同我们开玩笑。我去独山子时穿着部队发的棉军服，因为只有一套无法换洗，经常又油又脏地穿着上班。她不解地问我："你是否没有钱？我给你买一件皮夹克吧？"我当然不能说没有钱，也不能在专家面前丢人。于是，就让我大哥从上海寄来时装"五叶牌"衬衣和花呢毛布长裤，穿着去上班。她很羡慕："你们中国还有这样好的毛布衣料和裁缝技术吗？"

有一次，我在认真加数字，都夏把凉水浇在了我的头上，凉水直流到我的背上。看到我滑稽的样子，她在一边哈哈大笑，我知道这是她同我开玩笑了。都夏和我们五个小伙子好像一家人，经常逗笑玩耍，和睦相处。我们用半生不熟的俄语和她交流，她似懂非懂听我们叙述，还不时纠正我们表述的错误。我们会计科成了中苏友好的缩影。

"五一"国际劳动节、圣诞节，他们都要愉快地度过，还要与中国的朋友联欢，请我们到家里做客，吃他们自己制作的面包酸瓜、生鱼片、苏泊汤、赤豆煮羊肉、伊犁马肠子，还有苏联名酒"康亚克"。在他们家里，我们边吃边喝，听留声机放的音乐，大家同唱《山楂树》《莫斯科郊外的晚上》《共青团之歌》等歌曲。有时，她的丈夫还会跳苏联的独舞来助兴。我们在四食堂（专家食堂）回请他们吃中餐：饺子、烤包子、红烧肉、回锅肉、鱼香肉丝等。喝独山子的名酒——格瓦斯。他们吃了我们的食品也很满意，伸出大拇指说："味道很好。"

辛子龙
曾在新疆石油管理局地调处工作。

和苏联专家巴基洛夫一起工作的这几年，我不但留恋，还经常回忆起。跟着他，我学会了很多地震方面的专业知识。生活在这个时代的人很难想象，当时的检波器和现在有着天壤之别，像罐头瓶样的检波器，里面装着汽油，都要求我们每次工作时需平稳，不能有丝毫含糊。巴基洛夫对于每一个细节都精益求精，时间上如此，从不迟到早退，也正是他这种严谨的工作态度教育了我们，感染着我们。

日常生活中的巴基洛夫，有着和蔼的面容、亲切的微笑，决不摆专家学者的姿态。我和爱人结婚时，他很高兴地参加了我们的婚礼，并带来中国式的贺礼和俄文书籍。由于经常搬家，现在我只保存了一个茶盘，这个茶盘虽然已经斑驳陆离，但是它记载着我们深厚的友谊。

李正芳
20世纪50年代在中苏石油公司从事地质勘探工作。
曾任辽河油田勘探公司计划科科长。

李正芳：我的勘探队长丹青是1952年从苏联来到中苏石油公司的一名专家。他刚来的时候，我们勘探队只有两辆小型的钻井机和一辆仪器车，工作人员里中方技术人员一个也没有。我们队长就东奔西跑地筹备着所需的人员和器材，经过两个月的时间，我们的勘探队终于在戈壁滩上正式投入生产。

问：勘探工作不但艰苦还需要复杂的技术。

李正芳：勘探工作是一项复杂的技术工作，培养中方技术人员更是一项艰苦的工作。在开工前，队上就举办了一个短期炮手训练班，参加学习的是一些文化程度很低的青年学生，既没有理论基础，又没实际经验，更严重的是他们都不懂俄文。在众多困难面前，丹青队长为他们创造了一切学习上的便利条件，与另一名专家在一个半月内就完成了爆破技术基本知识的教学计划，为公司培养出了第一批勘探工作爆炸员。

在队上，会掌握使用勘探仪器，要有相当高的文化、技术理论水平。苏联专家们说，在苏联要学习十年、实习两年才能培养出掌握这种勘探仪器的操作员。丹青队长只用短短两年时间，就将中国一个初中毕业而且没有什么技术基础的青年训练出来了。我们的副队长是1953年来到公司的一个大学生，丹青队长更是无微不至地教导他，带他参加每一项实际工作，连到独山子矿区办事都要副队长同去。他向我们的副队长说："要你来看看，办事情应该怎么办。以后我回国了，什么都得你们自己办理。"

因注重安全，丹青队长总说："人是国家最宝贵的财产。"

丹青队长一方面掌握全队的情况，另一方面还从实际操作上教导着我们这些年轻的中国工人。他在生产中严格要求技术工人执行操作规程，注意安全，再三地给工人们讲解技术安全规则，每一个细小的生产环节，队长都以身作则地遵守安全规则，钻井时，无论是谁想进入爆破工作地区，都必须得到允许后才能进入。

队长每次到爆破地区检查工作时，都是先问负责爆破的工人，"我们进入工地行不行？"工人答允了，他才把汽车停在很远的地方，步行到工作地点。每当工人在工作中有些疏忽大意时，他总是严肃地批评，耐心地教育。他时常向我们说："人是国家最宝贵的财产。"三年间，我们做的虽然是复杂的机器钻井工作及危险的爆破工作，但没有发生过人身安全事故。

　　他的关心令人温暖又感动。

　　丹青队长在中国边疆的戈壁滩上一待就是三年，住的是木房子或帐篷，喝的是生水。他不顾炎热和寒冷，总是兴致勃勃地领导勘探队队员们在石滩、碱地、沙山中前进。有一次，我们正在戈壁上工作，忽然刮起了狂风，眼看着暴雨就要来了。我们被迫停止工作。这时，丹青队长的吉普车飞快地向工地奔来，他命令我们收工回营地去，保护身体和仪器。而队长任雨打在他的脸上、身上，都没有动，一直等到最后一辆车离开戈壁滩，才上车往回走。

　　早上，队长安排工人出发了，自己才开始办公。有一次，我被派出去用拖拉机拉一辆中途坏了的汽车，直到半夜才回来。一进场子，我就远远看见一个人迎着我们走来，他这样遥望我们已经半个夜晚了，让我们感到既温暖又感动。

李声庆
曾在新疆石油管理局地调处工作。

　　问：关于专家维克托，请说件具体的工作场景吧。

　　李声庆：1952年11月下旬的一天下午，维克托主任地质员对我说："明天上午跟我去山上选矿采样，带上帽子和饮用水。"次日清晨，我们乘车向黑油山北面博格达大山驶去，途中他告诉司机下午四点左右在这里等候，按响喇叭等我们回音。

　　汽车由山口沿山沟进入山谷停下，我们将携带的东西取下，汽车返回驻地。将挂包中的一个罗盘、一张地质地形图取出放入另一个小袋里，手持一个榔头，我将盛满物品的包和一个空包挂在肩上，手拿一根木棍。他告诉我说："虽然山上树木不茂密不会隐藏野兽，但要有所准备。"

　　他指着木棍、竹鞭说："这是我们驱狼和打蛇的防卫武器。"我们开始爬山。维克托又说:"要提高自我保护意识,爬山时步子要小,不踩疏松岩石,要踩稳坚实的岩石,再起第二步。"面对这个上司,我很钦佩,心想年纪不大,知识和经验却很丰富,想得周到,说得到位。

问:对维克托最深刻的印象是什么?

李声庆:维克托具有很强烈的施教观念,他很热心地帮助下级提高业务水平和工作能力。有一次,将采集员召集到放置岩心的帐篷内,面对大量的岩心给采集员作简要讲解,描述岩心的重性及在找油开发油田过程中的特殊作用。他说,要把岩心的特征、性质、成分、颜色、胶结物及胶结程度写清楚。他强调,根据颗粒的大小可划分为泥岩、砂岩(粉、细、中、粗砂)及砾石。他把事先准备好的几块有代表性的岩心取出来,并逐一加以解说和分析,很有针对性和实用性,我们细心倾听还作笔记。他还把自己描述好岩心的笔记本提供给我们参阅和查照。我从中学到许多地质知识,提高了直观能力,扩大了视野,丰富了我描述岩心的地质词汇。

维克托是我的启蒙老师,他给我打开了石油地质学这个深宅大院的一扇大门,让我跨入它的门槛,让我热爱地质工作并做出了一定成绩。我十分感谢他的热情教诲,他的谆谆教导使我受益 40 年。

张恺

张恺:乌瓦洛夫回国的时候,我不知道。他走的时候,有一个很大的玩具娃娃,就是女孩子喜欢的娃娃,他送给我的大女儿,因为他知道我住在哪,他到我家里去,跟我爱人说要走了,知道我还在野外回不来,他把这个大娃娃留给我的女儿,做个纪念。我还在野外工作,他就走了。

问:书信方面他联系过你吗?

张恺:他回去以后,又给我来了几封信。

问:书信的基本内容是什么?

张恺:乌瓦洛夫来的信,基本上就三个概念,一个呢很怀念克拉玛依，很想念一起工作的人，将来有机会的话，他希望还能回克拉玛依来看一看。他回去以后，开始是在一个托拉斯工作，后来他又到东边，日本海那边有一个群岛，他在那工作过一段时间后就退休了。

问：后来得到过他的消息吗？

张恺：最后，我到北京以后了，有一个苏联人到北京来，到我们家里座谈的时候，谈起他，说他后来去世了，他是退休以后去世的。

问：谈谈对他及其他专家的印象。

张恺：跟他工作这段时间，学了很多东西，觉得那人思想非常开阔。另外我1954年跟专家一起工作过，我对他们专家的作风呀各方面，我很佩服。特别是他们这一点，就是说在学术问题上，争论起来可以拍桌子，吵得一塌糊涂，但下来以后还是好朋友，这个对我印象非常深，就是说在学术问题上，从来没有说是你官大，我官小，你是大队长来检查我工作，验收我工作，我是野外队队长，你是大队长，拿不同的观点我一样跟你吵，他们就是这样。两个队长，他都吵过，跟乌瓦洛夫也吵，跟那个队长也吵，在学术问题上吵得很凶，可是下来以后还是好朋友，所以这个对我印象非常深。

赵白

1952年，我从新疆军区俄文学校调到当时的中苏石油股份公司工作。由于在校当过助教，对俄语的听、说、读、写能力基本还过得去，因此，与苏联专家们相处不但容易些，而且沟通交流起来也能向深度与广度发展。

启蒙老师尼·阿·乌沙诺夫

1953年初，因国家急需石油地质人员，我停止了翻译工作，被派到当时的吐谷鲁—玛纳斯地质详查队当采集员。队长乌沙诺夫是一个在苏联卫国战争中当过兵、战后在莫斯科大学深造、毕业后工作近4年的年轻石油勘探专家，也是一个直爽热情、工作严肃认真的人。

当我向他报到时，他首先问我上过什么学，当知道我是上完大学又在俄专毕业时，十分惊讶："那你已经是专家了，为什么还要来当采集员？"经我一番解释后，他十分高兴地说："好啊！你基础好，我一定好好培养你。"从此，我这个年近30岁的人，在同样年轻的苏联地质专家的指导下，开始踏入石油勘探之门。

乌沙诺夫是一个干劲十足、善于思考、勤于采集第一手资料的实干家。他对我在工作上严格要求，学习上谆谆教导，而且抓住一切机会和空闲时间教我。同时，他又把我当作同龄人和同行者对待，我们相处得十分融洽与和谐，毫无隔阂。他首先手把手教我如何当好一个采集员，从岩石如何采集，什么岩石作什么分析，标签如何写，怎样包装、装箱与运交，等等。两个月后，开始教我主任采集员的工作和学习内容，并且按主任采集员的任务要求进行工作。遇到有兴趣的地质现象，他一方面工作，另一方面向我耐心细致地讲解。在野外短暂休息时，他会捡一块成分复杂的岩石，顺手抛给我，要我详尽描述，然后他检查讲解。对于丈量地层剖面、看地形图和描述地质点等，他都详尽地教我，并不厌其烦地回答我的提问，真是一位责任心强、诲人不倦的好老师！

野外工作结束时，我完成了主任采集员的工作量，他郑重其事地签名送给我一本俄文原版新书——《野外地质工作者之友》。这本书在我第二年野外工作中，起到了很大的帮助作用。他本人完成了全队技术工作量的50%以上（按设计工作量规定，队长50%，地质员30%，主任采集员15%，采集员5%）。对于复杂地区的地质构造，他绝不远视填图，即使在地形陡峭的情况下，他也要尽力爬上去实地考察研究一番。

记得有一次需要溜段陡坡，下到第二个台阶上才能走近观察。他先溜，我紧跟其后，但是坡陡又滑，他摔了跤，前半个身子已经悬空，下面是刀切一样的深沟，幸而我及时赶到，双手拉住了他的双腿，硬把他拉离了悬崖。我在气喘吁吁中看了他一眼，天啊！他胸前的汗毛被岩石擦去了大半，刮伤的部分红红的一大片，并不停地在渗血。这时，他脸色苍白，往日的"关公脸"一下变成了"曹操脸"。

在生活与娱乐上，他一反严肃的态度，有说有笑，因为我们住在一个帐篷，饭后喝茶水和抽烟时，往往无话不谈。他向我介绍他的家世，讲他如何出他父亲的洋相，说他又如何爱一个女同学，等等。因为我当时还是一个单身汉，他就教我如何向女友求爱，要用什么方式方法等。

中午休息时，他喜欢在玛纳斯河洗冰水澡，这是苏联人从小养成的习惯。而我总怕冰水太凉，不敢深入"龙潭"，爱在浅水擦洗。有一次，他对另一个俄罗斯技术员使了个眼色，趁我不注意一下把我搂起丢进了深水潭，我冻得直哆嗦，他们则在一旁哈哈大笑。

这一年，我的确学到了不少基础地质知识，学到了不少俄文地质术语，为我一生从事石油勘探奠定了基础。他夸我基础知识面广，勤于学习，好像我的学习收获与他无关似的，这使我由衷地感谢他与敬重他。

地质队长马夏根与毕鹤亭

领导为了使我能学到更多的工作方法和技术知识，1954年，把我作为主任采集员派到了阜康—吉木萨尔地质详查队。队长毕鹤亭，他与乌沙诺夫性格相反，总是沉默寡言，严肃有余，开朗不足，整天绷着脸，很少有笑容。他刚做完野外施工设计书，因老婆有病住院，就匆匆飞回莫斯科了。

当时，我在准噶尔地质大队队长马夏根的鼓励下带队出发了。马夏根是一位在苏联有点名气的老专家，在卫国战争中被打断了右臂的伤残军人。他工作认真，对人热情，别看他右臂残疾，在野外翻山越岭进行考察时，一点不输给正常人。由于我当过翻译，和他接触较多，头年在工作中他还表扬过我，对我有些了解。因此，在野外经过一番周折后，他要我正式开展工作，并答应每星期到我们队上来检查指导。

由于工区露头好，虽然队上的采集员和实习员都是化工系毕业生，但他们好学听话，加上得到了天时、地利与人和的三个优越条件，我们白天拼命干，晚上努力学，终于完成了设计任务，并发现了普查阶段未发现的油苗与地质现象。

马夏根大队长肯定了我们的工作成绩。队长毕鹤亭从苏联飞回来，命令我到乌鲁木齐汇报。汇报时，马夏根大队长也在场，我作了详尽的汇报。汇报结束时，在大家的表扬声中，毕鹤亭却绷着脸说了一声："我不相信这是你赵白做的。"马夏根大队长听了猛地敲了一下桌子，毫不客气地说："不相信，那你自己到野外去检查吧！"汇报就这样不欢而散，把我弄得十分尴尬，左右为难。

事后我仔细回想，毕鹤亭不相信是有根据的。事情是这样，我转业到地调处后，穿了一身军装，没当翻译前，领导要我坐到毕鹤亭专家的办公室，要他教我学点地质，为当翻译打基础。但是坐了三天后，他一不说，二不讲。到了第四天，他拿了一张柱状剖面图要我透描，什么透明纸、鸭嘴笔等，以前我从未见过。我感兴趣的是，剖面上的灰岩与砂岩符号，如同砌砖错缝一样，排列有序。我这次透图当然以失败告终，得到他唯一的回答是不高兴地"哼"了一声。从此，他不教我了，我坐了近10天的冷板凳，无事干我只好看书，直到我正式当翻译为止。我给他留下了对地质技术一无所知的印象，他怎么可能相信在一年后我填下的地质图呢？这深深地刺痛了我的心，成了我一心干好地质工作的动力。

毕鹤亭到野外后，他面无笑容地检查了我20多天，吹毛求疵，弄得我难以忍受。直到检查完毕，他才微笑着对我说："赵白，放你一个星期假，回乌鲁木齐玩吧！"天哪！这一肚子气快憋死我了，这时候才吐出来。

在地质填图上，构造点的确定与描述是头等重要的工作，这次毕鹤亭把检查改成室内分析，研究与切图，切来切去符合了他的要求，但是构造点在地形图上的位置他有些怀疑,要测量员再去一个个实测。一个星期后,测量员刘荫南提出了意见,认为图上的点与实测的点完全符合,没有必要浪费人力。这使我又一次取得了他的信任。到发现新地层后,我第三次取得了他的信任。从此,我们在工作和感情上开始接近了,并且有时谈心、闲聊时还开开玩笑。

毕鹤亭参加过莫斯科保卫战,随后又随大军挺进柏林,解放柏林后,他又马不停蹄地回师东进,参加了解放我国东北的一些战役。战争结束后,他经过专业集训,近50岁才结婚,婚后不久,又于1951年被派到中苏石油公司工作。由于战争的磨砺,他变成了一个头发稀疏、走路蹒跚、不是老人恰如老人的人了。战争改变了他的性格,成了一位有点冷酷而且沉默寡言的人。

我的工作他是满意的,但他从不表扬我,对我要求越来越高,越来越严。大概是在野外工作5个月后的1954年国庆节,他写报告提升我为地质员。年底,我被中苏石油公司授予劳动模范称号,并获得奖章一枚。

工作结束了,回想起来很有趣,这一年是大队长扶着我走路,小队长逼着我跑步,一扶一逼,使我历尽了千辛万苦,走过这一段难忘的勘探历程。当然,这不平凡的经历,却使我受益匪浅,也奠定了我从事地质工作认真负责的态度。

指导专家勒·依·乌瓦洛夫

1955年,中苏石油公司移交中国后,我担任南黑油山地质细测队队长,勒·依·乌瓦洛夫成了我的技术指导。他在苏联卫国战争中,流过血,负过伤,腿还微有点跛。每次谈到战争,他总是双眉紧锁,摇头叹息,由于德国当时已有火焰喷射器,他曾经多次在火海中向前冲锋,受了严重的伤。

乌瓦洛夫是一个工人学成的地质专家,为人热情、和蔼、开朗,是一个人未进门而肚子先进门的大胖子。他的"嘎斯"67专车司机一直抱怨他,因为他坐的一边把钢板都压弯了,车子向一边偏斜。

工作经验丰富，性格直来直去，为了将勘探重点移向地台区，他大声疾呼自己的观点。1954年，他率队完成了克拉玛依—乌尔禾的1∶10万的普查工作。克拉玛依一号井和两个细测队的工作就是根据他的建议办的。当时，虽然一切设计、报告与野外记录均已改成汉文，但为了争取他的指导和帮助，我还是写了一份俄文设计资料。

这一年工作比较顺利，因为地形平缓，地面构造简单，过了国庆节，我们就完成任务收工了。收工后，应另一名苏联专家什洛科夫邀请，与他一起考察了吐鲁番盆地。这年11月，我面对一大批苏联专家组成员进行了初步答辩，并顺利地通过了，当然这与指导老师的帮助是分不开的。出工后，他领我观察、讲解和分析了工区的地质构造，要我尽量独立去思考问题。他对我的工作不直接干预，有不足之处，他往往点到为止，提个建议也是要我考虑，他从不批评和发火。

苏联专家的一些共同特点

由于我当过翻译，语言通，与不少苏联专家比较熟悉，除工作外，我们经常在一起跳舞、溜冰、打球和打猎。每逢年节，常互相请客，以联络感情，领导也鼓励这样做。我常接触而且比较熟悉的有：总地质师潘切列捷夫、钻井地质师克拉依诺夫、地质师什洛科夫、孜科夫和尼菲德溶娃等。这些专家对我以后的工作和为人都起了一定的作用。当然，跟着学会喝酒却不是一件好事。他们在工作与生活中所表现出来的共同特点，有些是值得我们深思和参考学习的。

一是有着强烈的民族自豪感。在谈话中，只要提及民族，他们会认为俄罗斯民族是世界上最伟大的、最优秀的民族，是不可欺负的民族。他们打败了拿破仑，消灭了希特勒。世界上最著名的军事家、政治家、文学家和科学家、发明家，好像都是俄罗斯人，有些发明并非属于俄罗斯，但他们能找出许多牵强附会的理由来说服你，使你相信。

二是嗜酒如命。他们会找理由来大讲特讲喝酒的好处，甚至把喝酒与爱国，以及打败法西斯连在一起，认为苏联士兵的冲锋陷阵，英勇杀敌，靠的就是酒；认为善于饮酒的民族，才能称为英雄民族。但他们从不谈及喝酒误事，喝醉酒后出洋相或犯错误。

我不少次亲自经历过，他们同桌喝醉时，洋相百出，互相打骂，有时拳脚并用，打得鼻青脸肿，狼狈不堪地各自回家。第二天，个个衣冠楚楚上班，有时往往帽子往下一压，匆匆走进办公室。如果互相厮打过的两人相见时，就互相挤挤眼，点点头，微笑着过去了。真可称为：

酒醉打架不记仇，

酒后失态怎算丑。

酒醒相见一挤眼，

酒桌不骂不为友。

三是性格倔强，工作向上，不服输的争胜心。在工作中或其他活动中，他们都具有顽强争胜心，无处不表现出倔强、自信和真理在他一方。为地质现象的解释或者一个地质倾角的大小，大队长和小队长可以争论得不可开交，甚至再跋山涉水去验证，一争高低。由于当时地质罗盘有的精密度不高，甚至两人相差 $1°—2°$，也各不服输。他们遇事爱冲动，往往过分自信，为了"争胜"因此要付出加倍的代价。

四是绝对服从上级命令，按命令办事。而他们的上级命令非常简单具体，执行时难取巧，难打折扣，无法讨价还价；执行起来干脆利落，无拖泥带水现象。接到命令的单位与个人，有多大困难也要不折不扣地去完成。有些命令，往往不太切合实际，但必须去完成。

五是敢于直言，从不隐瞒自己的观点。在任何场所他们均能如此做，讨论问题也好，上级布置工作也好，成果答辩也好，他们争着发言，不开长会，不会冷场。有时争论得面红耳赤，但是散会后，大家照样有说有笑。

在地质工作中，从他们的工作方法上，我悟出了地质工作者所必备的思考方法：臆想、假设、推演、确定与解释。复杂的地下地质结构，是看不到摸不着的实体，必须根据已取得的简单而不全的资料，进行多种假想方案，再对每个方案进行分析研究，一个个排除，最后选择出最佳的、切合实际的解释方案，有条件时再反复验证。地质工作者若不具备这一工作方法，等于只有堂堂外表，而没有灵魂的机器人，谈不上开拓、创新与前进。

赵白最后说：从1952年至1955年这四年，是我学而不厌、勇于奋进的四年，是工作上既有压力而又有成效的四年，是思想上既活跃而又轻松的四年，是生活上既潇洒而又自由的四年。这四年是我终生难忘的人生历程！

秦峰与克拉玛依

在克拉玛依油田早期的开发建设中,涌现出许多卓越的领导人,原新疆管理局局长、克拉玛依市首任市长秦峰就是他们中的代表。

秦峰是20世纪50—60年代新疆石油工业创业时期的主要开拓者和领导人之一,他襟怀坦荡,性情爽朗,心口如一,平和求实,选贤任能,兢兢业业,为新疆石油工业的发展和克拉玛依油田的勘探开发建设做出了巨大贡献。

秦峰

1915年5月出生于安徽省和县。

1939年11月参加革命。解放战争时期,历任十七师、五十七师团政治处主任、副政委、政委,师政治部副主任、主任。

新中国成立后,任石油工程第一师政治部主任。1952年转业到石油部门,任西北钻探局副局长兼酒泉钻探处处长。1955年调入新疆石油企业,历任新疆石油公司副总经理兼独山子矿务局局长,克拉玛依矿区党委书记,克拉玛依矿务局局长,克拉玛依市市长,新疆石油管理局党委书记兼局长。

1983年4月,秦峰撰文《发扬克拉玛依的光荣传统 开创新疆石油工业的新局面》,深情地回顾了自己参加克拉玛依油田会战的亲身经历,总结了克拉玛依油田会战取得成功的原因,并预言克拉玛依油田勘探开发的美好前景。

克拉玛依石油会战能在短短的时间里取得这么大的成果,主要有下面几个原因。一是党中央的正确领导和亲切关怀以及自治区党委、石油部的正确领导的结果;二是全国人民发扬了"一方会战,八方支援"的共产主义风格的结果;三是各族石油职工团结一致、艰苦奋斗的结果；四是尊重科学，重视技术，较好地发挥了知识分子作用的结果。我认为新疆石油工业的前景是非常可观的，在新疆工作的石油职工是大有作为的。新疆石油工业的工作，一百年也是干不完的。

被采访者：黄光淑

人物介绍：秦峰爱人。

她说，她和秦峰是在1950年"三·八"节联欢会上认识的，因为秦峰朴实近人，又是老乡，他们才有来往。

1951年8月8日，他俩与副师长张忠良夫妇同时结婚。那时秦峰36岁，她25岁。

她说：秦峰出生那年，他爹70岁，给他取名"阿庆丰"，有祈盼庆祝五谷丰收之意。他们全家紧紧巴巴供阿庆丰读书。最大的希望就是盼他长大后能当一名受人尊敬的教书先生。我参军之前是教师，我们结婚后，秦峰对我说："我家的希望在你身上实现了。"

黄光淑： 1952年8月解放军五十七师转为"石油工程第一师"后，他到了玉门油矿，1954年，又奉命赴新疆参加中苏石油股份公司接管工作。他是在前面打头阵的。

我们1955年挥师进疆，一行人乘坐13辆卡车，其中10车拉人，3车拉水、拉油，浩浩荡荡向西行进。我带着儿子大宝和其他孩子、家属，在酒泉遇到车祸，我们的车被前面开来的一辆车撞翻了。幸好孩子们都没有受伤，我的头却被饼干盒、暖水瓶砸破，出了血，孩子们哭成一团。

带队的丁同茂、蔺恩选立即给已在新疆的秦峰发电报，准备让我们坐飞机到乌鲁木齐，秦峰当时已是新疆石油公司副总经理，他回电说："不坐飞机，和大家坐车同行。"第三天，汽车上路，好不容易才赶到乌鲁木齐，可是下车一看，其他领导都在，就是没有秦峰，我感到很委屈，就问党委书记王其人："我们在酒泉给他打电话，说他到南疆去了，马上回来，现在我们到了乌鲁木齐，他又不在，他心里还有没有我们。"王其人连忙解释："上次老秦是上南疆了，这次正好他又上独山子去了，真是不巧。"秦峰就是这样，忘我无私地工作，忙起来连家都不顾。

问：秦峰进新疆20年，几乎都是在克拉玛依战斗生活，人们都说那是个工作起来不顾家的人。

黄光淑：是的。1958年，秦峰任克拉玛依市市长、市委书记。1960年，张文彬局长调去大庆会战后，新疆石油管理局及克拉玛依市领导的重担压在了他肩上，把他累得心力交瘁。他是党的领导干部，他必须带头吃大苦，耐大劳，以身作则，为党的事业冲锋陷阵，顽强拼搏。

在新疆的20年，大干苦干，他没有礼拜天，连大年三十的晚上还要"零点起步"，给井队送温暖，去送羊肉馅饺子。大年初一还要给基层坚守岗位的工人拜年，他哪儿在家吃过团圆饭？他是全身心地扑在了工作上。他经常到基层调查蹲点，出差办事，外出开会，我们这个家啊，别离要比欢聚的时候多。

问：他心地善良，很爱孩子。

黄光淑：秦峰心地善良，对家里孩子充满爱心。上海解放以后，我们得知大哥、二哥相继去世，二嫂的子女都很小，经济困难，生活无靠。我们就按月寄钱给二嫂（因大嫂不识字），以贴补家用。后来二嫂把大女儿阿美琴送到新疆，由我们来抚养。阿美琴很乖，很听话，我们待她如亲生的女儿。阿美琴住了一段时间回上海后，二女儿阿美珍又被接来新疆，和我们一起过了。后来，考上了北京石油地质学校，毕业后照顾分配到了新疆石油局电测站。她下面还有个弟弟，也由我们供养，一直供到高中毕业参加工作。

秦峰特别爱孩子。我们是1953年生的大宝，1955年生的二宝，1957年生的三宝。孩子们有些返祖，小时皮肤白皙，眼珠发蓝，眼窝深陷进去，长得都有点像"洋娃娃"，我们夫妻都爱得不得了。

秦峰教育孩子说："你们要好好读书，长大当一个对人民有用的人，不能学坏。当了坏人就被公安局抓起来，关到监狱里。"孩子们拍着他的胖脸蛋说："我们不当坏人，我们当好人，做好孩子，听爸妈的话。"

秦峰有着一颗善良、纯朴的心，且到老年都童心未泯。在矿区，有时他看到小孩子们打架，上前解劝不听，就从衣兜里掏出一把糖扔了过去，小朋友一下子吓跑了，待捡起来一看，原来是他们最喜欢吃的巧克力，于是孩子们又追着他喊："巧克力爷爷,巧克力爷爷！"他最关心的就是孩子，唯独没有他自己。

问：你怎么评价他的性格？

黄光淑：秦峰一生为革命奔波，也遇到过坎坷，这是由于他直言不讳、刚直不阿的性格所造成的。刚直不阿成就了他，在某些方面也影响了他。他为人厚道、直爽、善良、宽容、谦让、勤俭、朴实、乐观，他一身正气，兢兢业业干事，堂堂正正做人，严于律己，宽以待人。许多事显示了他的人格魅力。

问：他不但对部下要求严，对自己、对亲朋，好像更严？

黄光淑：是的。很多人都反映，秦峰在部队是个好官，在企业是个好领导，在克拉玛依市是个好市长。他对自己严，对亲朋严，对部下要求严。我每次陪他外出，他都没报销过差旅费。我三次应该涨的工资，都被他指示负责劳资工作的康书丛同志给拿掉了。康书丛曾激动地对他说："局长啊，你屈了自己，还屈了黄光淑，这是为什么呀？"他总是拍拍康书丛的肩膀就走了，回家来反而做我的思想工作，"咱们得见荣誉就让，见困难就得扛"。他经常对家里人这样说。

秦峰就是这样一个忘我无私的人，从不为亲人的升迁说话。老大秦毅，在华北油田供应处当副处长，20多年来，完全靠自己努力，秉承他父亲的性格，以厚道待人，谦虚和气。老二秦立，当年把上清华大学的指标主动让给了别人，还心甘情愿地说："咱家应该有个当工人的。"至今，他仍坚守在北京石油机械厂普通机床电工的岗位上。老三秦亮，在石油科学规划研究院油田开发所工作，20世纪70年代中后期，社会上出现一股出国热，英国外宾看上了他，要带他走，秦峰不同意，孩子哭了，我也忍不住哭了。后来孩子发奋考上了北京邮电大学。中途有点怕苦，秦峰对儿子说："你这叫什么苦，我小时候站到捂桶里学习那才叫苦，点着煤油灯学，电灯就没见过。解放后，我开始见电灯都怕炸，不敢靠近。年轻人吃点苦有好处。"

1985年克拉玛依开发建设30年大庆时，我们被邀请回到了克拉玛依。当时，侄孙女撒英凤来认爷爷奶奶了，她哭着说："爷爷，过去您的官位太高，怕给您找麻烦，所以，我们就老老实实地在采油一厂当一名工人吧！"秦峰拉着侄孙女及孙女婿的手激动地说："爷爷当的是共产党的官，不能以权谋私搞裙带关系，更不能一人得道，鸡犬升天。你们沾不了我的光，让你们受苦了。好好干吧，咱克拉玛依大有发展，你们会大有前途的。"

问：秦峰是回族，在生活上从不搞特殊，三年困难时期一定克服了许多难以想象的困难吧？

黄光淑：秦峰十分重视民族感情，也很关心群众生活。他是回族，但为了适应面临的艰苦环境，他硬是咬牙锻炼自己，逐步适应当时的生活习惯。

国家三年困难时期，为了广大职工能吃饱肚子，他亲自到生产建设兵团农七师、农八师及农四师去求援，为大家搞菜搞肉，并鼓励职工食堂用泔水养猪，农场养羊，自力更生，克服困难。

问：对于克拉玛依，他一定怀有深厚的感情。

黄光淑：可以说，他的后半生，始终心系石油，情系新疆，他想念天山，想念克拉玛依，想念他战斗过的地方，想念老领导和老朋友。他的老战友也纷纷来看望他。原石油部副部长陈烈民同志用颤抖的左手书赠老首长十个字："忘我无私无畏无愧无悔。"一直挂在他的病床前。他的老部下、老战友、原新疆石油局党委副书记、书法家李保孚同志给他赠书法条幅:"高风亮节堪称贤,律人律己一生严。年过花甲不服老,忠心翰墨诗百篇。"我认为,这些都是对秦峰高尚人格精神的公正评价。

黄光淑在回忆完这一切后,深情地说:"我今年已经76岁,我庆幸我这一生没有白来这个世界,作为一个女人,我找到了一位好同志、好领导、好丈夫,这是我的福分。

"我和秦峰相知相亲,相敬相爱,甘苦共尝,相濡以沫,休戚与共,共同生活了48个春秋。我的丈夫秦峰是一个高尚的人,一个有益于人民的人。他为党和国家做了许多工作,为人民群众做了许多好事,献出了毕生的精力,他的一生是光明磊落的。我崇敬他,思念他,他的丰碑将在我心中长存,直到永远!"

被采访者:倪寿坤

1954年10月12日,中苏两国政府发表联合公报,宣布自1955年1月1日,中苏两国合营的中苏石油股份公司移交中华人民共和国燃料工业部新疆石油公司,继续经营石油勘探、开发、炼制;任命马载为总经理,钱萍、秦峰、米吉提·扎依托夫为副总经理。除秦峰副总经理,其他几位领导大家都见过。这位秦副总经理是谁呢?大家都想见见。

1955年4月,一位中等身材、身穿中山装的中年男子出现在独山子矿务局办公楼上,他就是秦峰副总经理。他面带微笑,待人和气,给人一种和蔼可亲的样子。他每天都要爬山上井,到车间、到干部职工中间了解情况。因此,对油田勘探、开发"炼油"生产做到了如指掌。他和石油公司各族干部职工群众在一起,奔波天山南北,拼搏奋战找石油,在新疆这块热土上艰苦奋斗了20个春秋。

被采访者:王连芳

新疆石油史研究专家,克拉玛依市政协原副主席。

在学校学的是石油钻井工程，大半生从事的是石油企业生产行政工作。

自称好读书不求甚解，喜文史浅尝辄止。

几十年工作之余，致力于新疆石油工业发展史和克拉玛依城市史资料的收集、整理和研究，出版了多部研究新疆石油工业发展和克拉玛依城市历史的专著。

1964年，为了解决南疆不再从国外进口成品油问题，根据石油工业部的指示，新疆石油管理局按照"一手抓山前，一手抓地台"的部署，扩大南疆石油勘探。南疆地广人稀，经济基础薄弱，交通困难，社会依托条件差。身为局长的秦峰同志在到各石油探区现场考察后认为，要使勘探队伍能站住脚并取得成果，必须有强有力的后勤保障，其中生活保障主要依靠生产建设兵团就近的农业生产团场。

回到乌鲁木齐，秦峰同志登门拜访当时任自治区党委常委、新疆生产建设兵团第二政委（第一政委由自治区党委第一书记兼）的张仲瀚，向他汇报南疆石油勘探部署，提出希望能得到生产建设兵团在南疆各师团支持帮助的请求。

张仲瀚政委对石油建设也十分关心，早在50年代初他在石河子任二十二兵团九军政委时，就曾受王震司令员委托，从生活物资供应等方面支援独山子矿区。这次听了秦峰同志汇报后，当即表示，在南疆找石油是件大好事，兵团一定大力支持，不成问题，然后讲了一段感人肺腑的话："我们在新疆就是为各族人民办好事，要努力办成几件大事。一个人一生能办成一两件大事不容易，我这一生能把生产建设兵团的事办好，就心满意足了。希望你们把石油的事办好，在南疆找到新油田、大油田。"张仲瀚政委这席话使秦峰同志深受感动。在此以后一年多的时间里，秦峰同志多次在大小会议和与人交谈时谈到这段谈话，并深有感触地说："我这一生争取能办成两件大事，一是把克拉玛依油田的原油年产量搞到300万吨（当时不到100万吨）；一是在南疆找到新油田。这两桩心愿能实现，我就死也瞑目了。"[1]

后来，秦峰同志在担任新疆石油管理局军管会生产指挥部副主任和革委会副主任的两段时间，在十分困难的条件下，为油田的正常生产和产能建设、白杨河水库水渠建设、克乌管道建设等工程做了很大努力，取得了一定成绩，但那两桩心愿却难以实现。到1974年调离新疆时，克拉玛依油田原油产量只有180多万吨，南疆除1958年发现的依奇克里克油田外，也没有突破性进展，秦峰同志带着夙愿未酬的这两件憾事，离开了为之奋斗了近20年的新疆油田。

被采访者：杨湘岳

1955年毕业于西北大学地质系，后到新疆石油管理局地调处工作，曾任地质队队长等职。

后任秦峰秘书。

问：选你给秦峰当秘书，是否很突然？

杨湘岳：是的，在这之前，新华社新疆分社要调我去当记者的。那是1960年春天，秦峰刚上任新疆石油管理局局长。当时我正在南疆地质队准备出野外，突然接到调令通知，我赶到乌鲁木齐报到时，管理局干部处处长陈烈民和局党委组织部部长于耀先都亲自同我谈了话，说明工作变动情况，就是我被调去给秦峰局长当秘书。也解释了管理局之所以不愿放我到新华社新疆分社当记者，是因为我是学地质专业的。这回，考虑到油田的需要，秦峰新任局长急需配一名懂专业的秘书，经组织研究并与新华分社协商后，决定把我留下的。

问：能谈谈对秦峰的最初印象吗？

杨湘岳：当时我刚从基层到局机关，对秘书工作不熟悉，第一

---

1. 此段出于秦峰同志在市政协《文史资料》上所辑回忆文字中。2009年克拉玛依市政协《克拉玛依文史资料》第十八辑，作者：王连芳《秦公轶事》。

次见到秦局长时有些拘束，他态度热情和蔼，问了问南疆的地质情况，然后爽快地向我交代工作："你是学地质的，平时注意收集整理油田勘探开发方面的资料，对我个人生活上的事情不必多管，你协助我把油田情况掌握好就行。"秦局长平易近人，诚恳直爽，没有领导架子，爱护尊重知识分子，善于用人，熟悉油田地质生产情况，革命事业心强，处处想着工作，关心照顾别人，很少考虑他自己。这是秦峰给我留下的最初印象。

问：他本人的经历是很丰富的。

杨湘岳：秦峰这个名字是他参军后自己改的，体现了他的意志和追求，勉励自己要像巍巍秦岭那样坚强，不畏艰难险阻，为中华民族的独立解放而斗争。1954年调入新疆石油管理局任副局长，开始兼任独山子矿务局局长，克拉玛依油田发现后，他又兼任克拉玛依矿务局局长、克拉玛依市市长，主管克拉玛依油田的勘探开发工作。原管理局局长张文彬奉命调往大庆参加石油会战的领导工作以后，石油部决定由秦峰继任新疆石油管理局局长职务，全面主持管理局的生产、行政工作，领导新疆石油事业的历史重任就落在了他的肩上。对他的任命书是由国务院总理周恩来签署的，这更使得他感到责任重大，任务光荣。

问：他为克拉玛依油田的建设和发展做出了突出贡献，并始终怀着强烈的责任感和使命感。

杨湘岳：我一直认为，不是突出贡献，而是重大贡献。

秦峰受命于危难之时，一上任就遇到新的考验，面临着三大难题：一是国家遭受三年自然灾害，经济建设和油田生产受到了严重影响；二是克拉玛依油田刚投入开发就出现"两降一升"的被动局面；三是新疆三大盆地的石油勘探战线太长，地质情况复杂，当时已抽调大批勘探队伍参加大庆会战，新疆的力量相对减少。这些困难使他感到压力很大，肩上担子沉重。

特别令人忧虑的是，由于开发方案不合理，缺乏经验，盲目追求产量，放大油嘴开采，违背地下油层规律，注水工作没有跟上，地下能量亏空过大，致使克拉玛依部分油区的产量和压力急剧下降，油气比上升。面对这些情况，秦峰忧心如焚，坐卧不安，他敏锐地意识到问题的严重性，如不引起重视，不及时采取措施扭转，就会使油田开发逐步恶化，后果不堪设想。他向领导班子通报了这一重要情况，并召集有关干部和地质技术人员专门开会研究。

他在各种会议上大声疾呼，克拉玛依油田是祖国的一颗明珠，把它开发好、建设好、保护好，是我们的神圣职责。如果我们工作没有做好，把这颗明珠砸碎了，就是失职，就是犯罪！我们要为党和国家负责，为子孙后代负责，绝不能让好端端的大油田毁在我们手里！强烈的责任感和使命感鞭策着他，接踵而来的困难没有压倒他。秦峰肩负重任，沉着应战，这件事，他是决心作为扭转克拉玛依油田被动局面的一件大事来抓的。

问： 他经常深入基层，并做了大量的调查研究工作。

杨湘岳： 是的。当年为了弄清油田"两降一升"的详细情况，他亲自深入基层做了大量细致的调查研究工作。我跟他第一次出差就是到油田蹲点调查，住了近一个月时间，收集整理了大量的地质资料。

问： 他也非常重视技术干部的意见，广泛征求意见。

杨湘岳： 他多次召开地质技术干部座谈会，广泛征求意见，研究扭转油田被动局面的对策和措施。

问： 他很善于学习，很快成为了石油战线的行家里手。

杨湘岳： 秦峰同志从部队转业到石油战线后，起初完全是石油行业的门外汉，但由于刻苦钻研，坚持在实践中学习，较快地熟悉和掌握了地质勘探、开发和生产管理方面的知识。他在工作中重视调查研究，坚持依靠群众，善于倾听和采纳科技人员的意见，因而能够取得指挥生产的主动权，及时发现重大问题，做出战略性的工作部署，体现了高超的领导艺术。

问： 有时出于强烈的责任感，他会亲自向上级部门和领导汇报工作，曾经战火考验的他竟也会紧张？

杨湘岳：1960年8月初，正是炎夏季节，秦峰率领地质、采油、计划等部门的老总、技术专家由乌鲁木齐飞往北京，我也作为工作人员参加。这是秦峰上任后第一次以局长身份进京汇报工作，而汇报内容是专门反映油田开发中暴露的问题，因而心里很紧张，等着挨批评，坐在飞机上还在翻阅汇报材料。

石油部领导对新疆局的工作汇报非常重视，并做了日程安排，汇报会由余秋里部长亲自主持，在京的副部长李人俊、康世恩、周文龙及勘探司等部门的领导同志都参加，并多次插话做指示。部领导对克拉玛依油田在开发中出现的"两降一升"问题并未指责批评，而是实事求是地帮助分析原因总结经验教训，要求以科学的态度正视这个问题，但不要惊慌失措，一切工作从长远着想，要狠抓地质资料，重新认识油田，摸清油层地下规律，掌握一套开发油田的本领。还提出了今后油田工作的方针，要以采油为中心，加强注水、修井和油井管理，逐步改变油田生产的被动局面，使油田逐步走向合理开采。这些决策性的指示，为新疆局的工作指明了方向。

问：此次北京之行，也增强了他扭转油田被动局面的信心。

杨湘岳：返回新疆的前一天，余秋里部长又专门召集新疆局的同志在他办公室开会，就新疆油气田勘探开发工作和领导班子建设问题做了重要指示，特别强调党政领导干部要下功夫学习地质业务和生产管理知识，并提出9月份他要亲自到克拉玛依油田去考察。会议结束后，秦峰让我连夜整理余部长的讲话，第二天8点，就一同前往电讯大楼召开电话会议，他以最快的速度，向新疆局各级领导干部传达了石油部领导的指示，这对克拉玛依油田各项工作是有力的鼓舞和促进。

问：回来后，他集中抓了哪四件大事？

杨湘岳：回来后，秦峰发现，当时有的干部对油田缺乏正确认识，产生了一些悲观情绪，认为克拉玛依油田的青春一去不复返了。

秦峰在干部大会上批评了这种论调，并进行细致的思想宣传工作。他还带领党政干部认真学习地质知识，倾听地质人员讲课虚心向技术专家请教，不断充实自己，从理论上提高对油田的认识。

在油田工作的安排部署上，他根据部领导的指示集中主要力量抓了四件事：一是组织地质人员加强油田研究工作，重新认识克拉玛依油田，摸清油层地下分布规律；二是组织开展油田调整攻坚战，根据地下实际情况调整修改油田开发方案，把原来的行列切割注水方案改为面积注水方案；三是组织各级干部深入基层开展群众性的油井分析能手活动，提高油井管理水平；四是加强"三队（采油队、注水队、修井队）、"两线"（输水、输油管线）工作，特别是抓好注水和修井作业，提高注水效果，确保油井稳产。经过油田广大干部职工和地质技术人员的努力拼搏，油田调整工作很快取得成效，油层压力逐步恢复，油井产量上升气油比下降，注水见到了效果，油田生产逐步稳定，被动局面得到扭转，油田转危为安，恢复了青春，大家通过实践初步摸索出一套适合克拉玛依油田特点的开发经验，为今后油田的科学合理开发实现稳产高产奠定了良好的基础。在这方面，秦峰同志为克拉玛依油田勘探开发所做出的贡献，功不可没。

问：关于油田勘探开发所方面的贡献，请举个例子。

杨湘岳：20世纪60年代初期，在克拉玛依油田开展调整工作的同时，秦峰非常重视区域勘探工作。过去在克—乌油区深部乌尔禾系曾开展过钻井和试油工作，发现乌尔禾系是一套砾岩储油层，并见到了油气显示，后因故停止勘探。地质人员对这个地区的资料重新研究后，认为乌尔禾系是一个具有很大潜力的新油层，为了扩大油气勘探新领域，建议在克—乌断裂带五、八区打一口取心井全面了解乌尔禾系油层特点。秦峰积极支持和采纳了这一建议，并与地质工程人员一起研究制定钻井方案，亲自到井队进行动员，终于打出了高产井，发现厚达数百米的深部砾岩油层，后来又沿着断裂带部署了一批井位，也喷出了高产油流，从而开辟了克—乌断裂带高产油气区的新域。

问：他不但顾全大局，在工作中还很善于抓大事。

杨湘岳：秦峰同志在工作中善于抓大事，顾全大局，用战略眼光分析和处理问题。1961年夏天，他通过地质人员的汇报，从原油分析化验资料中，发现克拉玛依油田某区块的原油性质属低凝点原油，零下20多摄氏度不凝固，是炼制高级航空用油的宝贵原料，对国防建设具有重要价值，经过有关地质技术人员进一步调查摸底，分析各种资料数据，详细测算低凝点原油的范围、储量及其分布规律。他从国家长远利益出发，为了有效保护和充分利用这一重要资源，提出了暂时控制开采的措施。当时油田产量任务虽然比较紧张，但他以大局为重，仍然主张把低凝点原油这块宝地圈起来，待以后单独开发利用。他以高度负责的精神，向国家经委和石油部作了汇报，让我帮助起草专题报告，及时反映低凝点原油的情况及今后的开发方案意见。经批准实施后，克拉玛依的低凝点原油得到合理开发利用，在经济建设和国防建设中发挥了应有的作用。

问：同时代的老人总夸，他是位艰苦奋斗的实干家。

杨湘岳：是的。秦峰同志不仅是具有远见卓识的指挥者，也是艰苦奋斗的实干家。他转业到石油战线后，继续保持了部队的战斗作风，雷厉风行，说干就干，忘我无私，一心扑在工作上，把根扎在油田上。他经常深入基层，跑井队，现场，早出晚归，总是闲不住，走到哪里，就在哪里办公，招待所的住处成了他的办公室，有时深夜听说井上有事，也立即要开车奔赴现场。他家住在乌鲁木齐明园，却总是把屁股坐在克拉玛依，只是开会时才回明园局机关。

在工作中，也是与群众打成一片，亲自带头干，常以普通劳动者的身份出现。在克拉玛依油田建设初期，管理局为解决油田工业和生活用水问题，决定修筑一条克拉玛依至百口泉的水渠，施工之前地调处水文队要到加依尔山勘察水源，他不畏艰难亲临工地，同地质队人员一起驱车前往野外考察，跋山涉水，风餐露宿，日夜战斗，取得了可喜的资料，激励了大家的斗志，推动了水渠工程的进展。

像这样同群众一起战斗的事例还有很多。记得有次，我跟他乘车到独山子炼油厂检查工作。晚上一到矿区，突然看见车间上空燃起冲天大火，车子立即赶往现场，他一下车就奋不顾身地同大家一起救火，弄得浑身都是灰土、泥水。火扑灭后回到招待所，顾不上休息吃饭，他又连忙召集炼油厂领导和有关人员到招待所开会，调查着火原因，修订安全防火措施。那天一直忙到半夜才休息。

问：新疆石油管理局就是在他的坚持执行下，由乌鲁木齐搬迁到克拉玛依的？

杨湘岳：为了转变油田机关作风，更好地为基层服务，秦峰积极主张管理局机关搬到克拉玛依油田，并身体力行做了许多工作。当时管理局机关设在乌鲁木齐明园，距离克拉玛依油田400多公里，机关远离一线，指挥生产很不方便。余秋里部长明确指示管理局要搬到克拉玛依来，秦峰坚决执行，并毫不迟疑地与领导班子成员一起组织带领局机关职能处室，于1962年全部搬到克拉玛依矿区，前后仅用了三个月时间。为适应生产需要，在机构设置上做了很大的调整，更加适应生产的需要，砍掉了矿务局这层机构，管理局直接指挥生产，以采油为中心更好地为基层服务，这对改进领导作风和机关作风起到了很大的推动作用。

问：克拉玛依的绿化，他也留下了浓重一笔。

杨湘岳：秦峰对克拉玛依矿区绿化工作也很关心。当时光秃秃的戈壁滩上，见不到一点绿色。1960年我们到克拉玛依出差时，宾馆前面种了几棵白杨树，成为当时矿区唯一的风景点。秦峰住在宾馆有时同管理人员一起浇水培土，并叮嘱农副业部门把这片幼林作为绿化试验点管理好，今后还要在矿区建防护林带和油城公园。

问：人称真是位"大好人"。

杨湘岳：秦峰处处严格要求自己，热情关心别人。他善良、豪爽，有一副热心肠，乐于助人。有时在路上遇见有车陷在泥坑里，他就下车同大家一起推车，挖土垫坑，没有一点局长架子。对别人的困难，他同情体贴，总是尽力帮助解决。

　　他与基层干部和工人关系密切，常与他们交朋友，同吃苦，共欢乐。钻井队技师陆铭宝的妻子杨立人在克拉玛依油田生了他们的第一个孩子，秦峰作为克拉玛依的第一任市长，特地向住在井队地窖的陆铭宝夫妇道喜，并高兴地给这个孩子取了一个具有纪念意义的名字"陆克一"。

　　有人说秦峰是"橡皮刀子"，批评人表面很厉害，却心软手软不动真格，实际上他对下面干部要求是严格的，既关心爱护，又热情帮助。有一段时间克拉玛依油田注水大队工作上不去，水质不合格，注水任务未完成。秦峰在全局生产调度电话会议上对注水大队领导干部点名批评，很严厉，要他们限期整改。会后他又专门派我到注水大队了解情况，督促检查，具体帮助落实整改措施。后来注水大队工作有了明显改进，秦峰又在生产会上及时进行表扬。不少同秦峰一起工作过的同志，每次提起他，都称赞"秦局长是个大好人"。

杨理衡

　　曾任新疆石油管理局总调度室基建组组长，华北石油管理局老干部处处长。

　　1956年，我参加工作后，任新疆石油管理局基建处技术员。那时，秦峰同志已是新疆克拉玛依矿务局局长。

　　记得1958年我国修建第一条输油管线，设计单位是北京石油设计院。施工单位是玉门石油局建安公司，负责由克拉玛依油田到独山子炼油厂147公里6英寸输油管线的施工。基建、设计单位成立了工作组，施工单位上了近500名职工。恰逢八九月份，石油工业部现场会在克拉玛依油田召开，当时全油田生产热火朝天，到处放"卫星"，输油管线工地上也不例外。电焊工额定每天地下焊口

8个，一打擂比武上升到38个，以后焊工白天黑夜连轴转焊50个，上下都很高兴。有一天中午，在食堂吃饭时，秦峰局长见到我，叫我通知工地大队长崔海天到他办公室说说情况。下午两点，我和崔队长等人在办公室见到他。当他听说工地怎样热火朝天24小时连轴转时，就很严肃地说："要注意职工的生活和安全，不要蛮干。我宁愿要个百分之百的优质工程，也不要九十九个凑合工程。做领导的要牢牢记住百年大计，质量第一。工地必须按照设计要求、质量规范进行检查。以后每十天向我汇报一次。"会后，工作组成员对管线所有焊口按百分之二进行抽检，结果发现管线前段有5公里不合格，进行了认真返工。这样，开工不久就带了一个保质保量的好头。

李淑贞

她是克拉玛依油田第一位女工程师，后任克拉玛依市政协副主席。

1958年我在"三八"炼油厂工作时，秦局长陪同朱德和康克清同志到厂视察，他详细介绍了建厂情况。秦局长说，三八厂成员绝大部分是部队转业战士的家属，文化程度低，但做出很大成绩。他还特别介绍了我的情况，说我是名牌大学毕业生，志愿报名服从国家统一分配来新疆，参加石油工业建设。他还说我能自力更生，白手起家，自己设计，克服重重困难，培训了那么多女同志参加了工作，当时真使我受宠若惊，激动万分。

"文革"后，秦局长调到北京石油规划设计院担任领导职务，我去北京勘探开发研究院出差，因为在同一个大院里，有时见到他，他总是笑眯眯地非常高兴地拉住我说："走，和我一块回家吃饭。""吃饭"像是他的口头禅。

最后一次见到秦峰局长是20世纪80年代末，局里请他和夫人黄光淑来克拉玛依。有一天，研究院给我打电话，说是秦局长来了，院里开座谈会,叫我参加。那时,我正在采收率室上班,正忙着,去得晚了会儿,坐在一个角落里,也没发言。会开完后,秦局长看到我,马上拉住问长问短,好像有说不完的话。后来,有同志告诉我说,秦局长已于1998年12月25日永远地离开了我们。我想他对我还有话没说完,但再也没机会听他说了。

张耐

1958年,抗美援朝结束后,30岁的他随志愿军511医院转业来到克拉玛依,支援边疆建设。在医院一待就是60年。

几十年来,他笔耕不辍,记录下了克拉玛依中心医院的成长,也记录下了克拉玛依这座城市的发展。

在家中,阳光侧照在脸上,张耐沉浸在往事的回忆中,语速极慢。回来后整理,是按年份叙述的几件有关秦峰局长工作和生活中的片段:

1961年9月份,克市八区一口井钻完固井,抢时间下整袋水泥(每袋50千克),秦局长和工人一样抱整袋水泥,撕开口倒下,水泥喷得全身都是。工人要他下去休息,他不肯,直到同工人一起干完为止。

1958年,管理局在克炼厂附近重点打井的片区成立一个临时指挥部,秦局长几乎天天都到那儿和同志们一起研究新问题、新情况,采取新措施。由于他不仅是行家,又善于听取下级的建议和不同的意见,大家都心悦诚服,使钻井采油工作蒸蒸日上。

1959年以后,克市生活相当紧张,早上许多人都到唯一的夜间门市部排队买一碗羊杂碎汤吃,秦局长也去排队。大家见他来了都纷纷让他到前边去,他不肯,很随和地说:"这儿没有局长、职工之分,只有先来后到。"

1959年,新疆石油局铺设我国第一条石油管线克—独输油管线,秦局长同司机崔照德同志到工地上检查工作。下车后,他告知泵站的同志："给我的司机搞点热饭吃。"而自己抓一个冷馒头，由管线负责同志陪同检查工程去了。平时，他很关心司机和身边工作的同志，到地方总是先关照所到单位给司机等人安排好休息，可以睡好觉，有热饭吃，而自己就去检查工作或开会去了。

1960年，新疆石油局红砖厂全由人力生产，劳动强度很大，全局都急用红砖，而生产又跟不上。秦局长知道后，找粮食局把他们的粮食定量提到每月50市斤（比钻井工人还高2斤），肉食无法解决，给拉去一批羊头和几桶清油，以鼓励工人生产，补充体力。

余兴发

1960年从部队转业后，在新疆石油管理局地调处601放射性试验队工作。

1961年7月的一天，我队来了一位看上去像个当官的人。他身体矮胖魁梧，一下车就问长问短，询问工人的身体、工作情况，态度和蔼，平易近人。当队长介绍他是石油局的局长时，我们都感到十分激动和敬佩。

中午开饭时，职工只炒了一个菜，队长就安排食堂单独给秦局长再炒一个鸡蛋。秦局长看到职工只吃一个菜，就问队长："职工一个菜，为什么给我两个菜？"队长红着脸不吭声。接着秦局长就把炒鸡蛋拨到几名职工碗里，并语重心长地对队长说："以后我们来队工作时，不要特殊招待，大家吃什么，我们也吃什么。"

第二年也是夏天，秦局长又来到我队，这回和职工吃的是一样的菜。秦局长风趣地说："去年我来到你们队，给我增加一个炒鸡蛋，批评了你们，今年改了，和大家吃一样的菜，这样就好嘛！今后不管谁来，都不能特殊照顾。"

民族团结铸辉煌

克拉玛依油田从被发现到后来的大规模开发，到中国西部第一个千万吨级大油田的诞生，再到世界上第一个数字油田、智能油田的建成，一直就是各民族相互帮助、共同奋斗的结果。从由4个民族组成的安装小分队到黑油山下寻找一号井井位，到由8个民族36人组成的1219青年钻井队钻开千古荒原第一口井，各族人民在这片热土上，牢记初心、砥砺前行，创造出了令世人惊叹的人间奇迹。

1957年8月29日至9月1日，全国政协副主席包尔汉视察克拉玛依油田，他听取了克拉玛依矿区关于民族团结的报告，对矿区开展的民族团结工作给予了充分肯定。

包尔汉
全国政协原副主席。

随着矿区的发展，各民族职工的队伍也迅速地壮大起来。目前矿区共有职工8558人，其中少数民族职工有2554人，有16个民族，有党员150人，团员207人。

在党的培养和汉族职工及苏联专家的帮助下，各少数民族的职工很快地掌握了技术并熟悉了业务，许多优秀的职工被提拔到领导工作岗位上。一年来，从技术工人提拔到矿区处一级或相当于处一级的干部有5人，如钻井技工克尔已斯，现提升为试油处副处长，努尔艾合买提原为井架安装技工，现提升为井架安装大队副队长。

矿区各民族职工间基本是团结的，特别是领导干部之间的团结是好的。各民族职工间一般能够互相帮助，互相尊重。如二十八号井钻井队技师倪元兴，帮助民族同志很快地掌握了钻井技术，六十六号钻井技师哈克木帮助刚从部队转业的3个汉族同志很快地成为副钻井员。这种事例在矿区很多。

刘宝宏

这是李聚奎对新疆石油公司（新疆石油管理局）领导多次强调的问题。

在新疆发展石油工业非常重要的一条就是必须坚定不移地贯彻执行党的民族政策。新疆是少数民族地区，新疆石油的勘探开发离不开少数民族的支持和帮助，必须批判大民族主义和地方民族主义思想。

民族团结的关键是各民族领导和全体党员的团结，增强民族团结是新疆石油工业顺利发展的需要，是工作胜利的重要保证。要把执行党的民族政策，增强民族团结当作一件大事，常抓不懈。要像珍惜生命一样珍惜民族团结。

1955年1月1日，中苏石油股份公司中的苏联股份移交给中国，新疆石油工业由中苏两国联合经营变为中国独立经营。新疆石油公司成立初期，对移交后在民族工作中可能出现的新情况与新问题认识不足，缺乏充分的思想准备、组织准备和工作准备，因而出现了某些管理混乱与工作被动现象。在编制方面，只考虑机构精简的一面，而忽视了某些需要民族干部的岗位和提拔、培养少数民族干部的一面，致使工作受到严重影响，虽然采取了一些补救措施，但仍然不能适应新形势发展的需要。

李聚奎上任伊始了解到这一问题后，及时告诫新疆石油公司领导："你们处理问题的做法都是结错误的"，要求公司党委认真总结执行党的民族政策的经验教训，适应新形势，研究新情况，解决新问题。之后，又多次关注新疆石油发展中的民族团结工作。在审阅新疆石油公司关于民族工作的汇报材料后，他作出批示："情况有些好转，应继续抓紧检查，使其彻底好转，否则经过一个时期又会回到原来的样子。"

针对把少数民族干部只当摆设问题，李聚奎指出："少数民族干部要使其有职有权，任何轻视、小看、不执行工作指示，都是错误的。如果遇到不正确的指示，也只能商量解释，不准用简单拒绝、不执行的方式。"对犯错误的少数民族同志，李聚奎要求进行个别谈话，加以批评，并交代今后不准再犯；对那些积极工作，而又学到了一定技术的少数民族工人应大胆提拔。对公司的民族习惯问题，李聚奎提出："尊重民族习惯，尊重个人人格，这是人与人之间平等的具体表现，否则，就谈不上民族平等。"针对公司互相学习民族语言，少数民族语言翻译力量比较弱的情况时，李聚奎指示："应从下层一般干部及工人中选调一些，除了请自治区帮助训练外，应积极从现有人员中找一些能一般懂维吾尔、汉两种语言的人跟随少数民族干部一起工作。"要求公司的十几个民族要下决心学习民族语言，"一天学一句"，形成一个民族之间互相学习语言的氛围。

当听说公司尚有400余名少数民族职工住在地窖时，李聚奎指示赶快制作30万元的预算报告报石油部，由他批准。

对如何更有效地做好民族团结工作，李聚奎特别强调："要着重做好少数民族职工的党建工作和大胆培养提拔少数民族干部，必须帮助少数民族同志提高技术水平和尊重他们的风俗习惯以及帮助学习语言文字，这将大大推动公司的工作，对这一问题，必须形成制度，认真解决。"

克拉玛依油田的发现，对新疆的经济建设和社会发展意义深远。当自治区人民委员会主席赛福鼎·艾则孜向李聚奎提出，希望油田多吸收少数民族职工、多培养少数民族干部并提出具体数量时，李聚奎要求石油部有关部门与新疆石油管理局协商尽量满足，尽快落实。

克拉玛依是维吾尔语"黑油"的音译，汉语称为黑油山，得名于克拉玛依市区东北角的一群天然沥青丘。赛福鼎·艾则孜向李聚奎和新疆石油公司领导建议，把黑油山改为克拉玛依。李聚奎立即表示尊重和采纳这一建议。新疆石油公司党委作出决议，自1956年5月1日起，黑油山对外称克拉玛依，黑油山油田更名为克拉玛依油田，克拉玛依作为一个地名从此出现在共和国的版图上。

秦峰

克拉玛依的会战队伍是由多民族组成的，在整个会战中，各民族职工团结在一起，互相尊重，互相帮助，亲密合作，共同艰苦奋斗，克服了种种困难。

当时，在局、厂、队三级单位的领导班子中都配备了民族干部，甚至在工人队伍的班组也配有少数民族班组长。对民族干部和民族工人无论从政治、生活待遇上都适当地给予了照顾，在工作中放手大胆地让他们去干，并注意在实践中锻炼、培养、提高他们。

参加会战的第一个钻井队就是由8个民族组成的，在会战中被评为石油部、自治区的标杆钻井队。井架安装队队长乌守尔和崔连庆同志亲密合作，领导全队工人不断刷新安装纪录，创造了全国最快安装纪录。井下作业处维吾尔族工人克尤木·买提尼亚孜吃大苦，耐大劳，勤勤恳恳努力工作，刻苦钻研技术，被誉为全心全意为人民服务的好工人，当选为全国人大代表，五届全国人大常委会委员，是自治区、石油部、新疆石油局的劳模和标兵，为井下作业工人的优秀代表。建筑工人出身的优秀工人瓦力斯江，成长为新疆石油局副局长兼副书记，自治区、全国党代会代表。

总之，在会战中各行各业都培养出了一批具有一定技术水平的民族干部与技术工人。他们是经过政治考验与技术培训的一支素质很好的民族队伍，他们立场坚定，界限分明，坚守工作岗位。这支队伍为各民族团结战斗，搞好"四化"建设打下了基础。

张毅

当时在独山子，汉族同志非常少。我刚到井队时，我们班只有我一个汉族。那时中苏石油公司有两千多名职工，其三分之一是苏联人，近三分之二是新疆本地的各少数民族职工，汉族同志寥寥无几。但是，无论是苏联专家，还是维吾尔族同志，团结得都很好。

解放以后，新疆的石油工业之所以发展很快，主要是靠三条，一是党的领导；二是中苏友好政策，苏联专家的具体帮助；三是民族团结。

和我在一个井队的师傅们对我非常好，像兄长一样关心我的学习、工作、生活，耐心地教授我技术。危险的、重的、脏的工作他们都抢着干。我到钻井队碰到过很多师傅，像现在的新疆石油管理局的副局长阿尤甫，原来钻井处副书记司马义。他们对我都很好，我从他们身上学到了很多宝贵的东西。在工人中生活，使我亲身感触到了阶级的温暖，使我真正理解了什么是阶级感情，什么是阶级友爱，什么叫工人阶级，什么是阶级兄弟。直到现在，和我在一块劳动过的工人师傅见到我都亲热得很，没有一个叫"张书记""张局长"的，还是"恰一""恰一"（张毅、张毅），"恰一、你好"（张毅、你好）。而且他们有什么事也都愿意来找我。工人，什么是工人？这就是工人。什么是阶级友爱？这就是阶级友爱。我永远不会忘记曾和我在一起工作过的各族工人同志们。

张福善

首先是我们团结得好。这是第一。维吾尔、汉、回、俄罗斯这四个民族，我们团结得好，没人吵架，大家有困难都互相帮助，这一点是特别的难得。我感觉是这样子的，没有因为工作问题、生活问题拌过嘴，都是互相帮助，你咋着呢，我怎么帮助你，都是这样的，这一点我最有体会。

苏莱曼是维吾尔族，班长，我们一个回族，一个俄罗斯族，还有两三个维吾尔族，不管上井、在家，有啥事情都互相帮助。老张，你有啥事情？今天怎么样？累不累？或者啥的，有没有事，他都问你。有时候话说不清楚，叫他翻译，苟玉林嘛。几个人，特别是苏莱曼，对我们团结抓得特别好。在这方面各民族团结得特别好，尽管艰苦，七个人就一直坚持下来了，都坚持下来了。

郭蔚虹
1955 年，毕业于西北大学地质系。
后到新疆石油管理局地调处工作，曾任地质队队长等职务。

我们这个由十多人组成的野外地质队，有三个民族，是一个战斗的集体。队上大多数是汉族，此外还有两个维吾尔族和一个回族临时工。维吾尔族工人一个叫吐尔逊，一个叫买买提，回族工人叫尼牙孜，年纪不大，都是二十多岁，他们都会说汉话，也很能干，打柴、打石头、背标本、挖探槽都争着干，他们很会用坎土墁，不费劲就能挖很深，没人能比过他们。

维吾尔族工人很爱唱歌，我们也很喜欢听他们唱维吾尔族歌。每当收工回来的路上，他们总是喜欢唱《解放了的中国》和《我们新疆好地方》这两支歌。歌声总是在山野里、戈壁滩上飘荡！我们对民族同志很尊重，也尊重他们的生活习惯。对羊头羊蹄，他们喜欢用梭梭柴烧着吃，我们也跟他们学会了烧烤羊头，吃起来别有风味。

因为大家互相尊重，互相照顾，关系融洽，所以并无维汉之分。队里只有我们两个女同志，在野外工作，他们的衣服破了，缝缝补补，自然是我们义不容辞的事。有一回八月初，北京地质学院徐怀达助教带了一个男生两个女生到我们队上实习，人员增多后，野外生活也显得热闹了，特别是外号叫小豆的同学，很活泼，又爱开玩笑，她的字写 tj 特别的小，她的记录特别整齐。我们在一起工作时，总是互相取长补短，工作之余天南海北地聊，跟维吾尔族工人学歌，傍晚打会儿排球，全队充满团结友爱的气氛，真像是一家人。

为有牺牲多壮志

在新疆石油早期的勘探中，地质调查队员们与天斗、与地斗，为了祖国的石油事业，不惜牺牲自己的生命。从1955年到1958年，先后有多名勘探队员把生命留给了大漠，留给了戈壁。

他们是因马受惊掉入河中牺牲的王世仁。

突遇暴风雪在三塘湖牺牲的杨拯陆、张广智。

被突发洪水吞噬生命的戴健、李越人、李乃君、杨秀龙、周正淦。

遇狼群不幸牺牲的陈介平。

他们虽然过早地离开了我们，但他们为新疆石油工业做出的贡献，将永远留在人们的记忆里。

范成龙

每当回忆艰苦创业之初时，我们不能忘记第一个为新疆地质调查工作献出宝贵生命的年轻的共产党员王世仁。这个刚出校门不久的同志，1955年担任岩石物性队队长，性格爽朗、活泼。他们岩石物性队的任务是采集古生界及中新生界岩样，分析其物理性质，为各种地球物理勘探方法提供解释的基础数据，这就必须深入到深山中采样。那一天，王世仁队长在头屯河上游骑马过桥时，因河狭水急，河里翻滚的浪花咆哮如雷，坐马走到桥上畏缩不前，反而掉头转身，因桥面太窄，马蹄踏空，连人带马翻入滚滚巨浪中，再未见踪影。队员们顺着河水顺流而下，反复多次地找，只找到了他装笔记本用的军用皮挎包，王世仁牺牲时年仅19岁。

王世仁曾在出工后一两个月因公回过乌鲁木齐，临回队上那天，来过我家里。他是山西人，喜欢吃面条，王大钧出去买醋，他自己煮面。吃饭的过程中汽车已开到门口等他，他匆匆吃完面，出门时把醋瓶拿起来又放在桌子上说："这醋还给我留着。"接着就上车出野外了。

谁知，以后他再也没有回来，这一切回想起来好像就在眼前。

傅滦滨

他是作家，曾担任克拉玛依市文联副主席。

他多次深入杨拯陆战斗过的地方，了解挖掘杨拯陆的事迹，编辑出版了杨拯陆的故事集，克拉玛依电视台拍摄了由他编剧的以杨拯陆为题材的电视剧《呼唤》。

杨拯陆是著名爱国将领杨虎城将军的掌上明珠，当年，杨虎城惨遭蒋介石杀害的时候，杨拯陆正好随两个姐姐到了西安才幸免一死。

1955年，杨拯陆听从在玉门石油管理局当局长的哥哥杨拯民的指引，自愿分配到新疆石油管理局地调处，杨拯陆不愧为将门之女，由于工作努力，不久就被任命为地质队队长。

1958年复天，杨拯陆率队进驻三塘湖盆地，对三塘湖盆地进行有史以来的第一次地质普查。三塘湖盆地位于新疆东北缘，南临天山东段的白依山，北接蒙古的阿尔泰山，面积约3万平方公里，沙漠连绵，山丘重叠，是一个无人问津的荒凉戈壁。这里的自然环境极为恶劣，大风刮起来，沙石铺天盖地，常常使队员们做不成饭，也使得他们工作的速度大为减慢。

9月25日这一天，黎明来得特别早，朝霞像孔雀开屏那样五彩缤纷。杨拯陆的心情正像这满天彩云一样美丽，她把全队分成三组，两个小组外出完成区块的收尾工作，留大部分同志在家整理行装准备搬家。工作安排得有条不紊，一切都按计划进行。

杨拯陆和另一位队员周则民各带一个小组出发了，但是，到中午，万里晴空突然阴沉起来，过了不久，一场狂风骤雨就席卷了整个三塘湖，又过了不久，雨转雪，气温猛降到零下十几摄氏度。

这突如其来的暴风雪惊呆了在家里的勘探队员，他们为两个外出小组的安危担心。大家立即停止手中的工作,让司机老刘去接两个外出小组回来,司机开车出去,很快把一个外出小组接了回来。却怎么也没有找到杨拯陆和队上的技术员张广智。

因为风雪大,到下午四五点钟,天就黑了下来,能见度越来越差,在家里的队员们全体出动去寻找杨拯陆和张广智。

消息传到附近的居民点,老乡们也骑着马出来帮着寻找。他们在戈壁滩上喊,用火光打信号,可茫茫戈壁实在是太大了,找一个人就像在大海里捞一根针。

次日凌晨,队员们终于在离驻地不远的一个小山坡下发现了一串脚印,顺着脚印找去,他们先找到了一把地质锤,顺着锤把指的方向,找到了牺牲的张广智。再顺着脚印,又找到了牺牲的杨拯陆。大家找到杨拯陆时,她还没有被完全冻僵,她身体向前匍匐着,双手紧抓着大地,朝着基地方向呈前进姿势。

队员们不相信他们的队长会牺牲,他们给她做人工呼吸,但是,曾经率领他们奋战克拉玛依,又酣战三塘湖的队长已经不会再醒来了。当人们解开她的衣服时,一张完好无损的地质图紧紧贴在她的胸口上。

这一年,杨拯陆只有22岁。

张怡蓉

1958年大学毕业后,自愿到边疆,在新疆石油管理局地调处工作。

1958年8月18日,与戴健、李越人一起在依奇克里克野外勘察,经历了生死一线的考验。

她说:"虽然那是几十年前的事了,如今每想起当年在洪水面前生死搏斗的情景,犹感惊心动魄,同时对那两位早逝的战友,心中涌起了深深的思念。"

1958年8月中旬,山区连续下了6天瓢泼大雨,使得我们连帐篷都出不去。到 8 月 18 日那天，突然云散天晴，太阳吐出金闪闪的光芒。我们已焦急地等了一个星期，好不容易盼来个晴天，个个喜笑颜开，都想赶快出工，把耽误的时间抢回来。

队长戴健更是迫不及待，带着我和李越人抢先出发了。雨后山路泥泞，步履艰难，我们翻过几个山头就已气喘吁吁。虽然十分疲惫，一到工区，马上投入了工作。戴健在描述地质点和填图，李越人在量地层形状，我在采集岩石标本。突然我们发现了油砂和沥青脉，3 个人高兴得几乎跳了起来，个个激动得流下了眼泪。

油砂，这是蕴藏着石油的显示，是我们梦寐以求的珍宝。按队长的叮咛，我们小心翼翼地把标本装好。休息时话题仍离不开油砂，从油砂谈到油田，又谈到过不了多久就可进行钻探和开发。我把北疆的一位同学来信所说的，钻机即将运往依奇克里克的消息告诉了他们两人。戴健高兴地说："这太好了！不久这里就能打出油来，南疆只要有了油，很快就会改变落后的面貌！"

山区的气候瞬息万变。原本晴空万里，霎时间阴云密布。紧接着豆大的冰雹铺天盖地而降，由于气温较高，冰雹落地迅速融化。无数细流汇集深沟，随后又大雨滂沱，沟中顿时波涛滚滚，到处成了水的世界。

戴健让我赶紧丢下榔头以免触电，并招呼大家收拾行囊，一股劲地顺着山沟往山下跑。戴健边跑边叮咛我保护好地质资料，告诉我说过去曾发生过洪水冲走样品的事，给工作造成了无法弥补的损失。

山沟里的水急剧上涨，我们 3 人只好跳到一块约 50 厘米高的大石头上，忽听得身后一声巨响，我们惊恐地回头一看，只见汹涌咆哮的洪水，翻滚着浊浪，排山倒海般倾泻而来，顷刻间涌到脚下，把我们一齐冲倒。我们挣扎着爬起来，手挽着手，紧紧地抱在一起，拼出全身的力气，抵御洪水的冲击。可哪里抵御得住，忽然一声咆哮，巨浪涌来，把我们 3 人冲散，卷入奔腾的洪水之中。

我被洪水吞没，连喝了几口泥浆水，又被浪头卷着顺流直下。突然碰到一块大石头，我拼尽全力去抱住了它。本是盛夏天气，我却冷得发抖。我大声呼叫戴健和李越人的名字，声音一次次被洪水淹没。

大约过了半个小时，山洪逐渐退了下去。我从大石头上爬起来，满身满脸都是泥水，像是泥人。虽是疲倦不堪，心中却充满了脱险的喜悦。我抑制不住立即见到那两位战友的渴望，放开嘶哑的喉咙，不断地呼喊他们的名字，然而百唤不应，得到的只是山谷的回声。我心想他们两人都会水，李越人又是个男同志，想必已经脱险回住地去了。于是，我沿着沟向下游走去，仍旧边走边喊。

当我挣扎着回到住地时，看到帐篷被冲倒了，资料柜、行李和炊具都荡然无存，只有几名测量队员和炊事员坐在板凳上，垂头丧气。

住地的几名队员见我回来了，都急忙走上前来表示慰问，并问我戴健他们现在哪里。这时，我惊愕极了，戴健他们两人还没有回来！我的心焦急万分。这时天色已黑，但战友生死未卜，我顾不得自己身体疲劳，立即由一位队员陪同，返回出事地点，沿途寻找。嗓子喊得已喊不出声了，仍然不见踪影。我们急得心如刀割，其他队员接着也都出动找人。深更半夜，到处一片漆黑，也不知是怎样走的，竟走出了20多里山路，找到了测量队队长阎森，牵着队上的骆驼，沿着曾被洪水冲击的山沟下游寻找。

下午1时许，在距离轮台不远的地方，我们终于发现了早已停止呼吸的戴健和李越人，他们衣服破碎，体无完肤，面目全非，直挺挺地躺在浩瀚的北壁滩上！看到这个情景，在场的人无不痛哭流涕。

在料理他们的后事之后，当晚我回到住地，久久不能入睡，悲痛在折磨着我。戴健那瘦小而矫健的身影，那鼓励我做"建设时期游击队员"的亲切面容，那叮咛我保护好地质资料的认真态度，那谈论南疆石油勘探前景的欢声笑语……在我眼前浮现，多好的队长、多亲的姐妹，同志啊！我在睡梦中又哭出声来。

一号井的故事

第五篇

在克拉玛依最初的日子里

> 别人的乳汁是白的，
> 我的乳汁是黑的。
> 因为我生在风沙滚滚
> 共和国竖起第一座钻塔的克拉玛依。
> ——赵天山

克拉玛依一号井喷出工业油流后，随着勘探领域的扩大，新的发现不断增加，出油喜讯不断传来。1955—1962年，一场大规模的石油开发建设会战，在克拉玛依百里油区展开，揭开了中国石油工业发展史上第一次油田大会战的序幕，形成了新中国第一次石油投资高峰，加快了新中国第一个大油田的诞生。

勘探和建设初期，生活和工作条件极为艰苦。几千名职工来到周围几十公里荒无人烟的戈壁滩上，没有一间房屋，从工人到技术人员和领导干部，都住在帐篷和地窖里。附近没有水源，生产和生活用水从60多公里外用汽车拉运，按人分配，定量供应，节约使用，一盆水从早晨用到晚上。有时几天供应不上，只能用硫化氢含量很高的油田水洗漱。蔬菜和日用品从几百公里外运来，经常不能保证供应。沙漠大陆性气候，冬季严寒，夏季酷暑，戈壁滩上冬春雪暴风狂，夏秋蚊蝇牛虻成群。各族建设者不怕困难，发扬战争年代艰苦奋斗的英勇顽强精神，在戈壁滩上站稳脚跟，勘探和建设油田。

钱萍

问：你第一次去克拉玛依是什么时候？

钱萍：1952年。那时还不叫克拉玛依，叫"黑油山"。我是和苏联专家一起去的。我们的地质队员在黑油山打浅井，搞勘探。井很浅，只有几百米。我向工人们了解情况，大家劲头很高。当然条件很苦，除了我们的地质勘探人员，四周全是戈壁滩，一眼望不到边。我们在那里查看了周围的地形，看了看水源，留下的印象，荒凉得很。那次，我们待在那里时间不长，照了相，留了影。那些照片是很有意思的。过去，我一直仔细地保存着，可惜在"文化大革命"中，全部遗失了。

还有一次，我和李聚奎部长一块儿去克拉玛依。夏天，天气热得很。工人都住在活动板房里，李部长找工人谈话，工人说："李部长来啦，和我们大家一块儿吃烤鸭子吧！"刚听这话，我还不大明白，后来一想，原来工人把闷热的活动板房比作烤炉了。李部长哈哈笑了笑，便和工人坐在一起交谈起来。谈工作，谈生活，谈未来。工人们赤着上身，汗水直往下淌。这些说明，那时候克拉玛依确实是很艰苦的。克拉玛依后来成了新中国第一个大油田，没有那时艰苦奋斗的精神，是搞不出来的。

条件艰苦，逼着人动脑筋。以后，大家想了个法子，把房子修得半截子在地上，半截子在地下，这叫地窝子。这东西，比活动板房凉快得多，而且还可以修宽敞一些。由于有优越性，所以，当时以至以后很长一个时期，油田上都在使用，客厅、食堂、办公室、新房，全都能行。

问：当时条件艰苦，男同志可能比较多，他们的婚姻问题怎么解决的？

钱萍：石油公司一下子上了那么多的人。其中好大一部分都是从部队来的，年纪都大啦。人大了，总要有个老婆，可他们在部队，行军打仗，没时间，也没条件找，所以年岁一大把了，还都是光杆一条。当然，他们也不是不想找对象，可石油这一行，重工业，缺女同志，想找，也没法子。这事，虽然算不上什么了不起的大事，但对个人来说，也绝不是太小的事。弄不好，也会影响职工的思想情绪，给工作带来损失。

后来，我想了个办法，跟那个七一纺织厂挂上了钩。这个厂女的多，男的少。开始，我当红娘，给别人牵线，成了几对以后，就又给他派任务，让他们再给别的同志帮忙搭桥。就这样采取滚雪球的办法，越介绍越多，逐渐地给不少同志解决了个人问题，成了家。这件事，从后来的效果看，对稳定职工队伍，对发展新疆的石油工业，开发新的探区，建设新的城市，还是起了些积极作用的。

杜博民

他是我国著名石油地质专家，曾任新疆石油管理局总地质师。

大家住在黑油山地窝子里，与风沙斗，与蚊蝇斗，每天的生活用水、工程用水都是从遥远地区用赶制的水罐车拉来的。每人每天一脸盆，白天洗脸、漱口、清洁小屋，晚上洗脚、擦身都用这一盆水。那时，大家忙于现场工作，地窝子的小屋里臭气泛溢。

那时，史总工程师与我一同到克拉玛依去，他总带上DDT、喷雾器。三更半夜，臭虫向史总"进攻"，史总便起床打一阵子，再睡觉，臭虫再"进攻"，史总再"防御"，夜里也睡不了几个小时。我到钻井前线去，看到井上的职工更艰苦，蚊子、牛虻齐向人们进攻，领导让制作了面罩发给职工，许多职工觉得戴着它，干活不得劲，干脆就不用它，任凭蚊虻咬，也要夺石油。

尽管工作环境很艰苦，克拉玛依的职工们却充满了革命乐观主义精神，每到星期六晚上，职工们聚集在路灯下的戈壁滩上，举行周末舞会。石油部康部长助理来克拉玛依视察时说："这是石头绊脚舞会啊！"说得大家都哈哈大笑。

马骥祥

他是原"石油师"一团政治处副主任。

1955年到新疆参加石油会战，曾任独山子矿务局钻井处副处长，克拉玛依矿务局钻井处处长、矿务局副局长，管理局总调度室总调度长。组织了克拉玛依初期的钻井会战。

2月初的一天早上，我们乘一部带加力的"嘎斯"63卡车由独山子出发，路经乌苏、车排子向黑油山方向行进。离开乌苏不远，就没有路了，一片苍茫大地，完全靠辨别方向摸索前进。走了一天，还没有走完路程的一半。半夜时分，我们来到了前山涝坝，这里沙丘连着沙丘，梭梭柴黑压压的一片接着一片。黑油山在哪里？我们在沙丘间弯弯曲曲走了很长时间，还没有找到在地图上距我们只有三十公里的黑油山。到了红山嘴，我们打开地图，辨别方向，选择路线。远望东、南、西三方，戈壁滩被一尺多厚的积雪覆盖，只有北边的成吉思汗山在夜幕中隐隐有点昏影。

黑油山就在成吉思汗山下。后半夜时，我们在成吉思汗山下又转了几个圈，最后终于找到了黑油山。按路程计算，160公里3个小时就可以走完，可我们走了22个小时。

水——油田的生命

初上克拉玛依，所遇到的第一个大问题就是水的问题，人要喝水，工程要用水，水是油田的生命。可是茫茫戈壁哪里有水，我们在西北一个小山沟里的红柳丛中，找到了一点水。水是绿色的，水里漂游着密密麻麻的小红虫，食用吧，真怕中毒，不用吧，人离不开水，万般无奈，只好冒险加温试用。饮后大家感到肚子疼，有的恶心呕吐，有的拉肚子。

问：没想别的法子吗？

马骥祥：打字员刘丁雁同志（黑油山第二个女同志）和司机提上水桶，拿上床单，到成吉思汗山深沟的阴坡面，将未化完的积雪挖回来化水饮用，换了水，很快肚子就不疼了。

问：可见水的珍贵。

马骥祥：一位苏联钻井专家由独山子回来，叫同志们到他的屋子里（木板房）去干杯，大家还以为专家请喝酒呢，只见他笑嘻嘻地拿出七八瓶清澈透明的凉水，尽管如此，在无水地区大家也非常高兴，多么希望能尽情地痛饮一顿，但水少人多，又都互相谦让，只能慢慢喝上几口，以品尝水的甘美。

问：有几次找水都失败了？

马骥祥：人们经过议论，决心向更远的地方找水，老司机张良开上拉水车，测试工张历生带上一支枪（防狼又打猎）和一把铁锹，在离住地四五十公里的东、南、西三边来往穿梭数次，踏过数十公里的沙漠戈壁，穿过无数梭梭柴林，车一次次被陷住，一个又一个的沙丘得垫上梭梭柴才能通过，虽历尽千辛万苦，但没有找到水，只是发现了不少的黄羊群、野鸡、野兔等。

问：最终是在小拐找到了水？

马骥祥：大伙都着急时，张良说："听说小拐有军垦农场，不妨派人去试试看。"第二天早上，派了两名工人（记不清），带着一个水车，试探性向小拐方向开去。

当车开到离红山嘴不远的地方，水箱开锅了，怎么办？几个人就侥幸等在路边，等路过车来救，可是等了几个小时，也未见个车影。他们决定让司机留下等，两个工人同志赶回去报告。他们急行了四十公里戈壁滩，下午四点多钟才赶到了住地。一进房门，没有说出一句话就晕倒了。有的同志说："赶快拿水来。"当灌完一大碗水，休息了一会儿后，他们才慢慢地清醒过来。

这时大家着急了，今天拉不回水，明天全体同志只能吃炒面了！面临无水的危急，干部、工人争相要求去救人拉水。五六个同志争先上了一部卡车，带了两大桶水出发了。在晚上十一点钟，他们终于找到了小拐军垦农场。军垦战士们深受感动，立即领到水渠旁，一桶桶清透的水很快装满了一水车（三立方米），星夜赶回了住地。大家非常兴奋，不仅仅是拉回了水，更重要的是找到了水源。

问：这样的情况下，黑油山的人们自然格外珍惜用水。

马骥祥：黑油山的水在当时比粮食还宝贵，对在独山子用惯了自来水的人是很大约束，但大家都很自觉，非常注意节约用水，每人都能做到一水四用（即洗脸、洗脚、洗衣、洒地），从不浪费一滴水。

问：水的问题是如何初步解决的？

马骥祥：从农场拉水，只能解决短暂的用水问题，要根本解决问题，还得继续找水。在离住地120公里的白杨河找到了较好的水源，但距离太远。又用钻机打地下水，打了多口井均为硫化氢含量很高的水，不过这样，也就解决了工程用水的问题。生活用水只有从100公里以外的地方拉水吃了。直到1956年下半年，由于自治区领导的关心，决定放弃部分农业，保证油田勘探工作，从玛纳斯河上游几百公里的地方，放下水来，用30公里8号管线从中拐打入矿区，才初步解决了用水的问题。

路——油田的动脉

茫茫戈壁，梭梭柴、骆驼草丛生，初上来时，只靠辨别方向走。到后来，车辙印多起来，纵横交错的"路"，可给后来的司机带来了麻烦，因为他们习惯按车辙走。

问：麻烦大吗？

马骥祥：当然很大。有一次，一辆送货车在四十六号井一带转了一夜，天亮时才走上正道。又有一辆拉油的罐车，由于迷失了方向，车辙又多，回独山子本应向西南方向行车，结果他朝东北方向奔驰而去，把车一直开到距克拉玛依100公里以外的艾里克湖边。车被陷住，他才清醒过来是走错了路。

因探区内部来往车道多，新到的司机一下不易辨别清楚，如果离开矿区回独山子、乌鲁木齐时，必须派车领到四十六号井以西，指明方向才能返回。即使是在井队值班的车，稍不留意牌子也会认错了路。

问：第一条油田公路是如何建的？

马骥祥：由基地到深底沟的18号井，开始时，必须先向南到输油管站—克炼厂北—采油三厂，再向北绕很大的圈子才能到达井场。尽管这样，由于道路崎岖不平，也还是经常陷车。为了节约由交通不便所浪费的时间，大家想办法，从基地到黑油山方向，通过十二井、八井、三井又直又近，但沿途阻碍很多，我们便以拖拉机为主要开路工具，开出了一条简易公路——克拉玛依第一条油田公路。这条路对以后的快速勘探起了很重要的作用。

"黑油山大街"乐趣多

会战初期，还有一个困难就是住房。井队在独山子时，都住在有气的房子里，可到克拉玛依，就又不同了。除了几顶帐篷和几个木制活动房子外，其余全是地窖子，夏天虽然炎热，但还可以忍受，到了冬天，特别是零下几十摄氏度时，那就冻得够呛。

问：听说指挥机关也一样。

马骥祥：是的，差不多。指挥部机关和电台，虽然设在了一个约10平方米的活动木房内。两张床、电台、一个炉子就全占满了。初夜炉子烧得热，还可以，后来就越睡越冷，到半夜冻得都当上了"团长"，缩成了一团。天亮一看，装有铁板和螺钉的地方全结了冰。

问：这是木板房，地窖呢，是否好一些？

马骥祥：住地窖的同志虽然好些，但除了有人值班烧火外，也都得在被子上压上重重的老羊皮才能过夜。有的人盖的棉套足有十几斤重。1956年初，探区上人较多，来不及准备地窖，有的同志没地方住就找避风的小水沟，两头一堵，上边棚上帆布过夜。

问：但人们还是乐观地宣称有条"黑油山大街"。

马骥祥：（笑）那时，黑油山周围，到处都可以看到木制活动房、帐篷、地窝、半地窖、窝棚。有个新来的司机，开着车在黑油山周围转圈，别人问他要找什么，他说"要找黑油山大街"，大家哄堂大笑，

"你早已从大街上过来了，还没有找到呀！"

问：最终，人们都坚持住了，而且还很安心。

马骥祥：投入开发的戈壁沙漠，荒无人烟，大风骤起，飞沙走石，确使不少同志感到恐怖。5月间，一批上海姑娘支援油田建设，开始都想家，怕艰苦，逐渐她们被当时不怕苦、不怕累，积极为祖国做贡献的各族石油工人的革命精神所鼓舞，慢慢克服了怕累的思想。

有一次，马志敏、莫梅燕、白丽琪、李老兰等和苏联专家，一起去克拉玛依北六七十公里外的深底沟上游野游时，一定要在小河边树荫处留一张合影，当别人问她们，为什么要在这里照相时，她们才说出了心里话，为了使父母放心，给他们寄上一张有水有树的照片，他们就不会为我们住在荒凉的戈壁滩上而着急了。

上海姑娘经住了这个艰苦的考验，从四川等地来的青年及其他同志们，也都更安心工作了。

问：总有人很活跃。

马骥祥：那时，一个井队，甚至是一个探区，无一台收音机。文娱活动用品更少，茫茫荒滩，除了上班以外，再无地方去玩。八个民族的队伍，生活习惯各异，整天待着实在寂寞，党委和工会的宁大典、谢达楼等同志经常组织大家唱歌，讲故事，说笑话，以活跃大家的气氛。

同志们各有所长，谢大楼最受欢迎，一有空，大家都围拢来，让他说几段。1955年底，黑油山探区已有安装、试油、钻井、水井等队伍，加上生活服务和运输等150人，在黑油山过了第一个新年。有些家在独山子的工人，很想回家团圆，但为早日拿下大油田，探区领导，各队干部工人都坚守岗位，无一人离开。

问：有慰问活动吗？

马骥祥：有。记得12月31日晚，矿区派钻井处工会主席依明带电影机来，要为大家放电影，表示慰问。这样大家的情绪更高了，各族职工集中在一个较大的地窝里，又说又唱，一直到半夜。后来电测车的小发动机因天气冷发动不起来，电影也未演成。

郭蔚虹

1955年夏，我随地质调查处1/55队实习，在克拉玛依经历了一段难忘的野外生活。那是我由学校走向社会的起点，是磨炼生命意志的熔炉，是我在人生道路上迈出的坚实的第一步。

问：住在什么地方？

郭蔚虹：当年的克拉玛依是一片荒凉的戈壁滩，没有一间房、一棵树，只有稀疏的梭梭柴。这里经常刮大风，漫天飞沙，帐篷很不好搭，就是勉强搭上了，也会被随时而来的一场大风吹翻撕裂，因此只能住在地窝子里，这比帐篷好多了。地窝子深入地下近两米，顶上用几根木椽子做横撑，上面搭上芦苇草席，并盖上一层厚厚的土，窝顶高出地面一至二公尺，表面不好看，但是狂风刮不进太阳晒不透，夏季很凉快，是当时野外的"高级宾馆"。

队上共挖了6个地窝子，有大有小，小的住两人，大的住三人至五人不等。我和郝麟两人被安排住进了小地窝子。从此，我们便在这里度过了4个月的野外实习生活。

问：吃水很困难吗？

郭蔚虹：我们吃用的水都是从70公里以外的小拐拉来的，队上有七八个200立方米的大汽油桶是用来专门装水的，每隔十天半月，汽车就去小拐拉一次水。因为水来之不易，所以我们把水看得很珍贵，吃水用水都很节约。

问：个人卫生方面是如何节水的？

郭蔚虹：洗脸不用脸盆，队上用白铁皮专门做了一个能装两缸子水的漏壶用具，挂在一根木杆子上，洗脸时就把漏壶的铁棍自动阀往上一顶，水就自动流到手上，往脸上洗两下就可以了。洗澡的地方也是很简易的，在一个沟坎的边上挖了挖，栽了几根木桩，四周用苇席搭起来，席棚里面柱子上装了一个旧汽油桶做水槽，上面又安了一个简易的喷头，烧些热水倒入水槽中就可以洗澡。

为了节省水，我们一般都是十多天洗一次外衣，大家很自觉，谁也不愿多用水，不浪费一点水。当时最能节约用水的，算是朱瑞明了，从来没见他洗过外面的衣服。他说野外期间反正就五个来月，水又那么紧张，脏点怕啥，回去以后再狠狠的干净吧！因此有人封他为"节水大王"。

问：当时的蚊虫多吗？

郭蔚虹：当时有三大害：土鳖、蚊子、黑苍蝇。我们随时都会遭到它们。好在我们后来都已习惯了，都是端着碗边走，边打，边吃饭，外来的人得适应一阵子。

刘肖无

他是一名作家。曾任新疆文联主席、党组书记。著名作家刘白羽是他的胞弟。

1956年，他在准备调往《文艺报》工作时，知道了克拉玛依"黑油山一号井"喜喷工业油流的消息。他深深地知道石油在百废待举的共和国经济中所占的重要战略地位。他没有任何犹豫，婉言拒绝了来自领导、亲朋好友的劝阻，毅然决定，到黑油山去！

他曾作为油田矿务局的党委常委深入生活，创作了很多关于钻井工人工作、生活的新闻、文学作品，成为克拉玛依油田勘探开发引吭高歌的旗手。

有一次，一辆空车到了克拉玛依，要装油，忽然从油罐里钻出一个人来。几天几夜呀！司机居然没有发现他，算他带足了干粮，带足了水，就那油味儿也够人受的。

从小我就知道，蚊子是孑孓变的，而孑孓是在水中生活的。这可就怪了，这儿的确是没有一滴水的，蚊子可真多，而且与别处不同，不仅夜间活动，白天也能成群结队向你进攻。苍蝇，有一种最可怕的能力，它专门在人的眼睛里产卵。一般苍蝇下蛆，必须紧紧地叮在腐肉上，而它却不用，它只是飞着飞着，从你眼前一掠而过，得，已经下上了。这时，你只有找医生火速治疗。

赵明一
曾任克拉玛依矿务局党委宣传部部长。

1956年初冬前的克拉玛依，用水依然困难，先期到达的井队，吃的用的都是小西湖里的水。这湖水有三个特点：苦、咸、涩。后来上的人多了，就一度吃用从深井中喷出来的硫化氢水。浅钻井队本来急于打吃水的井，结果打出的井不出水而出了油。几辆水罐车从45公里外的玛纳斯河往这里拉水，供不应求。哪个钻井队报了捷，就用玛纳斯河水作为奖品，你说水有多金贵？

这里苍蝇多得碰人脸，蚊虫的叮咬也叫人难以招架。当时乌尔禾段的党总支书记张虹同志形容：蚊虫也要三班倒，去了牛虻来小咬，轮番不息搞骚扰。

帐篷供应不上，新上来的钻井队，只好暂时露宿在戈壁滩上。上班时将行李跺成堆，任凭风吹雨打。晚上睡觉时得有人值班点篝火，驱赶蚊虫，有时也可驱赶豺狼或野猪。住在帐篷里的人，比较满足的了，但是睡得很拥挤，要叠架三层床铺。

夏天，40多摄氏度的高温，还常有狂风肆虐，飞沙走石。有时赶上12级暴风，帐篷被掀掉，甚至把有的井架二层平台也刮出老远。

李洪滨
他出生于上海，20世纪50年代响应国家号召，奔赴新疆支援克拉玛依的石油建设。

初到克拉玛依的第一夜，给他留下了终身难忘的印象。

人员全部在5公里外的黑油山，方圆只有几公里，有10多个木板房和六七个地窖，还有不少帐篷和蒙古包，有500多人，各方面条件很艰苦。

我找到了食堂门口唯一的供水点，一位维吾尔族老工人是烧水工，壁滩上露天支着两口大锅在烧开水，旁边有个大水缸里装着冷水，是从六七十公里外的中拐地区拉来的玛纳斯河河水。当时供水是定量供应，因为水来之不易，水和油是同样的贵重。这位老师傅看我满脸、满身是土，对我额外照顾，给了我大半脸盆洗脸水还加一茶缸开水。虽然这水是混浊的，但也真是解决大问题。

食堂设在地窖里，我在那里吃了一顿晚饭。那时新鲜蔬菜极少见，副食品以干菜为主，我吃的是木耳炒肉、黄花粉条汤。饭后，我好不容易找到了房产管理员，他是一位部队转业的中年人，山东口音，他告诉我，今晚解决不了住宿问题，明后天搭起帐篷后再安排，让我找个正在挖的地窖里凑合过一夜。

不远处，有两个地窖白天正在施工，我找到其中的一个，没有房顶，没有门窗，地下乱土一堆，我略微收拾一下，就打开被褥躺下了。

张亚杰
1953年在独山子参加石油工作。

1956年到克拉玛依，先后当过配电工、电机修理工等。

她说："虽然六十多年前那个年代创业很是艰苦，但现在回忆起来就像在眼前，仍觉得很自豪很骄傲。"

从独山子来到克拉玛依，和独山子比，克拉玛依条件差远了，虽然吃了很多苦，受了很多罪，但我从来没有后悔过。为啥？在戈壁荒滩上创业的激情和快乐，让我们忘记了苦，忘记了累，那时年轻，浑身有的就是热情、干劲和力气。

狠心剪了长辫子
1956年5月23日，这一天在我脑子里印象特别特别深。这天上午，工程师张喜平同志拿着一纸文件到独山子炼油厂电站，把我们都召集起来，问谁愿意到克拉玛依去。我第一个举手说："我愿意。"张喜平说："克拉玛依那边条件艰苦，困难很多。"我说："我不怕！"在那个年代，人们都是以哪里艰苦去哪里为荣，很少有人讲条件。

第三天，当时 20 岁的我就来到了克拉玛依。克拉玛依一片荒凉，我们来了住帐篷，在地下铺上芦苇草，再把褥子往上一铺，就是床了。大家喝的是带有臭鸡蛋味的硫化氢水，刚开始喝的时候拉肚子，后来喝习惯了，就不拉了。

好在这个水的问题很快就解决了，每天有水罐车到小拐去拉水，每个人能分到一茶缸喝的水，但洗衣服洗头还是用硫化氢水。

我自小爱漂亮，那时候女孩也兴留辫子，我更是留着两根长辫子。来克拉玛依一个多月后的一个晚上，很长时间没洗过头没洗过澡的我实在忍不住了，就用硫化氢水洗了头。结果，头发像被胶水一样粘在一起，怎么也梳不开，真难受。咋办呢？那时候黑油山脚下的木板房里住着几位苏联专家，单位给他们准备了一个大水罐，里面是从外面拉来的好水。这天晚上，我把头发往脑后一绾，拿了个壶，跑到专家住的木板房前，正好没人，我就打开大水罐的盖子，偷了一壶水跑回帐篷，重新洗了头，头发这才梳顺了，但是，心里却一直"怦怦"跳个不停。

那次以后，我就想着把头发剪了算了，那样就省事了。可走遍了黑油山，我也没找到理发店。

第二个月，我回乌鲁木齐探亲。到了乌鲁木齐后，我没回家，直接去理发店一狠心把辫子剪了，还烫了个卷发头，也挺漂亮的。

劳逸结合跳起舞

那时的黑油山周围除了石油工人外，真是啥都没有，但是每到周末晚上，黑油山脚下就欢腾起来。那个时候讲劳逸结合，我们在帐篷、地窝子中间的戈壁空地上，四周钉几根木杆，拉上电线，装上电灯，白天看啥也不是，到了周末的晚上，就成跳舞场了。

周末的晚上，休息的人们从帐篷、地窝子里聚集到这里，有的拿着脸盆饭碗茶缸，有的拿根笛子或带个口琴。大家在敲脸盆茶缸声、笛子口琴声的"交响音乐"的伴奏下，跳起舞来。有两人两人跳交谊舞的，也有光着膀子一个人乱扭的，还有跳少数民族舞蹈的。因为是土地，地上扬起的灰尘很快让舞场淹没在一片"雾气"之中。

那时候克拉玛依风多风大，一刮风，豆子一般大的石子被风刮起，打在身上脸上，生疼生疼的；细沙吹进眼睛里，也不敢揉，只能使劲眨眼睛。

我们女孩子有自己的优势，一般都戴纱巾，一刮风，就用它把头和脸包起来，防止细沙吹进眼睛。

最有趣的是，有一天我一觉醒来，发现在我们女生的地窝子里，稍微有点空当的地方都站着只穿了背心裤衩的老爷们，一问才知道，原来头天夜里刮起了12级大风，他们的帐篷被刮倒了，没法子，就只好钻到女生住的地窝子里来避风了。别看都是大老爷们，看到我们还有点不好意思呢。

警察来到配电室

我是黑油山电站的配电工。黑油山电站的任务是将黑油山发电站发的电分配到一号井井队，还要分给在黑油山地区的帐篷、地窝子，用以照明。

配电工这个工作上的班是要三班倒的，有一天，我正上夜班呢，突然刮起了大风，突然有两个背着枪的警察跑到配电室问我咋回事，并让我赶紧把电送过去。我当时吓得不知所措，压根儿不知道出了什么事。我静下心来一问才知道，原来是黑油山脚下的木板房医院正在做手术，突然停电了，医院以为是我们把他们的电给停了，于是派了两个警察到我这边来查看情况。

我也急了，马上就努力地送电，可送了几次都送不出去。电站派人去检查，才知道这条电线的电线杆被刮倒了，线路也挂断了。情急之下，我找来一个电瓶借给两位警察带回医院，帮助医生成功地完成了手术。

总算睡上安稳觉

我刚到克拉玛依时，女同志特别少。刚开始大家都睡地铺，几个月后条件稍微改善了，给女同志们分了一个大帐篷，里面都是高低床。只不过帐篷没有门锁，晚上大家也顾不了那么多，就在敞开的帐篷里睡觉。

有一天我下夜班，快到帐篷时，对面来了个男同志，我吓得就不敢往前走了。这时候，那位男同志说话了："别害怕，我是公安局的。"这位公安同志告诉我说，为了抓坏人，在我们的帐篷一进门第一个铺上，安排睡了一位男公安，让我别出声。我回去睡着后，梦到大家打黄羊，还放了两枪呢。我正梦得香，梦得开心呢，却忽然被旁边的同事叫醒了，她说抓到坏人了，公安还放了两枪呢。你说我这个梦做得怎么那么巧，也放了两枪。

鸡蛋起了大作用

过去那个年代的克拉玛依真苦，尤其是三年自然灾害那几年。

1959年6月，我和从天津石油学校分到克拉玛依的一位技术员结了婚。1961年5月，我头胎就生下了双胞胎女儿。那一年，正是自然灾害最严重的时候。因为我怀孕时经常吃不上饭，导致两个孩子严重营养不足，得了软骨病。我着急啊，可着急也没用啊，那时候你就是有钱也买不到东西。好在家里还有几十个鸡蛋。在我生孩子的前几天，丈夫出差路过乌苏农村，在农民家里买了几十个鸡蛋。月子里，我一天吃一个，主餐就是汤饭，稀汤寡水的，我一顿能吃一大盆，但也不顶饱。吃不好，奶水就差，孩子也跟着吃不饱，饿得嗷嗷直哭，还好有剩下的一些个鸡蛋顶着。现在想起来，那个时候，这些个鸡蛋可是起了大作用。

我就每天抓一小把米放在小锅里慢慢熬，熬得稀烂以后再加一点奶粉，然后把鸡蛋打进去，两个孩子靠着这些鸡蛋顶过了一个月。鸡蛋吃完了，孩子们每天就只能喝点米汤，饿得整夜整夜地哭，还是哭。后来我们托人到伊犁买了奶粉，奶粉倒是买上了，但结疙瘩了，就那样，我也兑在米汤里给孩子喝。有一次，我无意中尝了一口，才知道有多难喝，奶粉坏了。而孩子很快也就能吃面片之类的东西了，那时候每个月每个人发 800 克肉，我就把肉剁成馅，给孩子包馄饨吃。

孩子满月后我就上班了，每天把两个孩子用尿布一裹，放在床上锁上门我就走了。每天上午下午各有半小时喂奶时间。每次到喂奶时间，我就从单位一溜小跑跑回家，刚进过道，我就听到两个孩子撕心裂肺的哭叫声，我的心都碎了。推门进家，我经常能看到的是，两个孩子把尿布蹬掉了，身上、床上都是屎和尿。我顾不得给她们好好洗，就随便给她们擦洗一下，再用尿布把孩子裹上，放到床上。我趴到床上，双手一撑，一边喂一个孩子。两个孩子吸着奶，我的汗水"吧嗒吧嗒"地往下滴……其实，当过妈妈的都知道，不能给孩子喂热奶，否则孩子肯定是要拉肚子的。我也知道这个理，但又有什么法子呢。就这样，孩子天天喝我的热奶，拉了一年多肚子。

孩子三岁时，由于严重缺钙导致鸡胸，腿也是罗圈腿。丈夫是天津人，所以那阵只要有天津老乡回老家探亲或出差，我就求着人家帮忙买点钙片和葡萄糖，还四处托人到伊犁买奶粉。有一年，回天津的老乡帮我带回一大罐子钙片和几包葡萄糖。就是这一大瓶子钙片和葡萄糖，帮了我和孩子。两个女儿长到 6 岁，鸡胸才慢慢消失。后来，条件也慢慢地好起来了。

铭刻历史的第一次

> 四个
> 用钻头
> 开掘出的字，
> 四个
> 用井架
> 耸峙起的字。
> ——章德益《克拉玛依》

克拉玛依油田的发现，得到了中央领导的高度重视，也引起了全国的关注。1956年5月14日，《人民日报》发表社论：《迅速支援克拉玛依油区》，5月23日《人民日报》再发社论：《加速发展石油工业和石油勘探工作》，呼吁"更多部门进行配合"。国务院迅速组织了13个部委支援克拉玛依，全国16个省、市、区的35个城市的工厂企业为克拉玛依生产各种急需的设备和器材，中共新疆维吾尔自治区委员会指示各级党组织、各级政府和全疆人民行动起来，支援克拉玛依油田建设。

秦峰后来动情地说："没有全国人民的大力支援，没有石油部和自治区各部门的大力支援，就不会有克拉玛依的今天。"

在这场前无古人的石油大会战中，诞生了许多"第一"，它们就像一把把刻刀，把历史铭刻在克拉玛依这片大地上。

地窝子书店
——克拉玛依的第一个书店

姚振权
1936年出生，河北邯郸武安市人。

1956年7月随父亲转业来到克拉玛依油田，9月分配到新华书店工作。1995年12月退休。

姚振权：1956年，我20岁，正是意气风发的时候。我的父亲是老八路，由于父亲从徐州部队集体转业到克拉玛依油田，支援克拉玛依的石油工业建设，成为克拉玛依第一代创业者。我跟着父亲来到勘探开发初期的克拉玛依油田。不久，1956年9月，分配到刚刚组建的新华书店。

问：设在了哪里？

姚振权：我原来想象的书店，是窗明几净，四壁书架上摆满书籍的样子。实际上，完全不是，我见到的克拉玛依新华书店，是设在地窝子里的，可能是新华书店历史上最简陋的一个书店。

大概在我来的前两个月，当时的乌苏县新华书店，才派了朱贵荣、高兴才两位同志来到克拉玛依，在这个新中国第一个大油田，筹备建起了第一个新华书店。在老家河北和东北，都没有见过地窝子。那间地窝子书店，原是油田会战井队的一间会议室，就在黑油山下，只有十几平方米。因为当时油田建设才刚刚开始，没有什么像样的建筑，井队已经尽到最大努力，把他们的地窝子贡献出来当书店。

问：书店的设施怎样？

姚振权：书店里既没有柜台，也没有书架和桌椅板凳，一切都像是一张白纸。朱贵荣和高兴才两位同志依着地窝子的四壁，用木板钉起一排书架，用板皮和圆木搭起一张书案，铺上牛皮纸，将图书陈列在书架和案子上，就这样，小小的地窝子书店开张了。

问：书刊的种类多吗？

姚振权：书源很少，品种也很有限，主要是小说、文艺刊物，还有关于采油、钻井方面的技术书籍和杂志。就是这样一个简陋的书店，在石油职工中却引起了轰动，大家奔走相告，下班之后呼朋唤友，"有书店啦。""走，逛书店去！"营业时间，石油工人们三三两两钻进地窝子,围着书案和四周的书架,聚精会神地挑选自己需要的图书。虽然书不多,却给那些需要图书,渴望读书的油田工人带来了充实的文化营养和宝贵的精神食粮。

问:营业情况呢?

姚振权:当时地窝子书店只是乌苏新华书店的一个销售点,每周只营业三四天,其余时间要回乌苏结账、提书。那时候克拉玛依和乌苏还没有修公路,两地之间有一百五十多公里路,一趟来回要足足用两天时间,人都快颠散架了,全身上下灰蓬蓬的,到了还要卸书、摆放、清点、登记。但是,每天看着职工们一个个带着希望而来,带着满意的神情而去,我们书店工作人员心里又自豪又宽慰,觉得这些都是值得的。

问:虽然如此,依然在丰富和活跃石油职工业余文化生活方面做出了贡献。

姚振权:那时候的条件,现在简直难以想象,由于是油田会战初期,来不及建筑房屋,工作在地窝子,住在地窝子、板房。书店是地窝子,邮局是地窝子,医院、商店也是地窝子。在油田创业初期艰苦的年代里,"地窝子书店""地窝子医院""地窝子邮局""地窝子商店",是黑油山上一道特殊的风景,是第一代石油职工心里难忘的记忆。尤其新华书店,虽然当时是地窝子书店,但它有一个精神上的东西,就成了一个文化阵地,对丰富职工的文化、活跃职工的业余生活起到了很大的作用。要是没有为了建立和巩固这样一个文化阵地,老一代书店人像石油工人一样,也付出了巨大的艰辛和努力,为新华书店在克拉玛依油田扎根打下最初的基础。

问:什么时候迁了新址?

姚振权:地窝子书店过了两三个月,到1956年9月,在现在光明小区、鸿雁小区的平坦的戈壁上,盖了107幢土坯平房,职工们陆续撤出地窝子、帐篷,乔迁新居。我的家也搬到了新居。

一时间,地窝子书店也就没了读者。新华书店的领导向矿区党委汇报之后，书店被安排到了钻井队的一幢平房里。书店从"地下"转到了"地上"。板皮书架换成了木头书架，书案依然是用大板搭起来的。但书目增加了很多，各类新书与报纸杂志增多起来，《油矿地质学》《野外地质与构造地质》《油井钻探》等技术书籍都搬上了书架。营业时间也正规了。

问：随之就初具了规模。

姚振权：1956年国庆节之后，新华书店建起了二百多平方米的营业厅、办公室、库房以及职工集体宿舍。新制作了书架、柜台和书案，摆在营业厅里整齐美观，书目较之前又增加了很多，新华书店在职工中的影响越来越大。但是办公条件依然简陋，经理石连星用来办公的，是三块木板支撑、铺着牛皮纸的办公桌，三个木头墩子便是座椅。

问：你的具体工作是什么？

姚振权：我当时的工作是库房收发。书库面积20平方米，没有任何设施，更没有摆放图书的架子。解放以前，我也吃了不少苦，这点困难算不上困难。我把入库的图书一摞一摞沿墙整整齐齐摆好，按照数目标上标号，然后把书名列成目录表格，看上去井然有序。营业部的同志提书或单位人员成批购书，翻开目录表格，一目了然，然后打开书捆，点清数目，待提书的同志过目之后，重新捆好，交付给他们。难过的是冬天，书库是不允许生火点炉子的，那时候根本没有暖气，冬季取暖都是靠火炉和火墙，不让点炉子就得挨冻，库房里的温度和外面差不多少，在冰窖一样的书库里打包拆包、收发图书、记账，手都冻裂出一道道口子，又疼又痒。

随着书店的业务量扩大，进书量也越来越大，一次就二三十包，那时候是通过邮政邮递图书了，从邮局到新华书店，全靠人力一袋一袋背。我向书店要求增加一部人力车，可当时的克拉玛依，拿着钱也买不到人力车。后来，我打听到矿区供应站有一辆破旧的人力车，就赶紧跑去，花了36元钱买回来。这可好，解决了大问题了。

问：书店的规模也在逐步扩大吧？

姚振权：是的，这期间，克拉玛依油田勘探开发形势越来越好，马玉霞、谭升芳、隋维德、本美玲、姜日常等同志先后来到新华书店工作。

问：独立于乌苏的克拉玛依支店是什么时候成立的？

姚振权：1957年元月，新华书店克拉玛依支店正式成立。1958年，克拉玛依建市，克拉玛依书店正式改名叫新疆新华书店克拉玛依市中心支店。

问：随之就加大了为油田的服务力度。

姚振权：当时克拉玛依勘探战线拉得很长，新华书店的口号是：为石油干，围石油转，哪里有石油工人，我们就把书送到哪里；哪里有会战，我们就把书送到哪里。

为此，新华书店成立了专职流动服务组。流动服务组由4个二十岁左右的年轻小伙组成，我也是其中一员。进行流动售书前，我们要先把书选配好，捆成六七十厘米长的书捆，整齐地装进麻袋里。要是一个人出去，就带上3麻袋书，要是两个以上的人出去，就带上七八袋甚至十几麻袋书，挨着井队走，一转就是十来天。因为没有交通工具，流动书只有搭乘送粮、油、菜、水，甚至送泥浆的罐车。大家干劲非常大，能吃苦，克服了重重困难，把书送到驻点分散的井架旁、帐篷里、木板房、地窝子、采油队、钻井队、输油站。我的右腿，就是一次从乌尔禾搭水罐车去陆梁送书冻坏了，得了脉管炎，到现在都没好。

问：不久，白碱滩也建了书店？

姚振权：1957年，白碱滩钻井处成立，大批钻井队到白碱滩安营扎寨。领导把我派到白碱滩建点。钻井处领导听说后非常支持，立即腾出一间大些的地窝子当书店。没有书架，我就用土块贴着墙根垒成一根根柱子，把木板搭在土块上，然后裹上牛皮纸，把书码放整齐，这样，白碱滩地窝子书店就建成了。工作之余的钻井工人经常把小小的地窝子书店挤得满满当当。

我在白碱滩地窝子书店也组织了流动服务小组，跑到分散在茫茫戈壁的钻井队、地震队、采油队、试油队上，把图书送到在工地征战的石油职工手中。每一个流动书摊，都格外热闹，发生过很多的故事，都非常感动，现在想起来，仍然觉得激情澎湃。

直到1960年，我从乌尔禾新华书店调回市区。一直到1995年退休。

地窝子书店，早已成为了历史。当年只有两名职工的"地窝子书店"，发展成为拥有上万平方米的销售网点，新华书店为现代化的油城飘散着书香味道。这一切，都令我感到无比的欣慰和自豪。

黑油山下的第一场电影

李景堂
克拉玛依第一个电影放映员。

当然，永远都不会忘记。是我，第一个在黑油山放映电影的。

当时我正在独山子矿务局工会工作。从领导和过往的勘探队员的口中，不断传来那里令人振奋的消息，特别是到十月底，传来一号井出油了的讯息，真是备受鼓舞。谁能不高兴呢？

结果到十一月初的一天，那时第一场雪已经下过了。领导命令我组建电影队，带上设备，到黑油山去，到勘探的最前线去，为石油工作者放映电影，活跃文化生活。我当时的高兴劲就别提有多么大！

我很快做好了出发前的准备工作。把当时最好的K-303型皮包机检查了一遍又一遍，擦洗得油光闪亮。带上刚刚发来的新片《白毛女》，登上了汽车。

一百多公里的距离，足足走了一天。等到了目的地，我们身上、头发、脸上，除了嘴巴、鼻孔和眼睛外，全都沾满了灰尘，猛一看去，个个像是棕色的大熊猫。下了车，大家彼此相望，互相打趣，都哈哈大笑起来。

我一面卸车，一面看着这当时被全国人民、党中央注视着的地方。这里除了几座井架和零散在井架旁边的地窝子外，就什么都没有了。井队的领导和同志们热情地迎接了我们。他们一面安置我们在地窝子住下，一面向我们介绍情况，"这里前景辉煌啊！前途远大啊！"他们口气里透着激动、兴奋，对着大戈壁滩比画，"用不了多长时间，这里就会平地矗起一座石油城！"

就在今天的一号井的地方，我挂上了银幕，那时没有专用的发电机和电线，就从钻机上的发电机上接通了电源，试好了放映机。钻井工人、专家、领导陆续在银幕前坐了下来。关灯、开机。就这样，在这古荒原上，第一支电影放映队第一场电影开演了！

"北风吹，雪花飘。雪花那个飘飘，年来到……"

旧社会把人变成鬼，新社会把鬼变成人……

场上静极了，电影一本本放下去，电影里激昂的歌声，伴着放映机的"咔咔"声，还有远处钻机的隆隆声，在这亘古戈壁上久久回荡，回荡……

李景堂说：很多年以后，我还能时常想起那个交织在一起的声音，我是黑油山上第一个电影放映员，在开发克拉玛依油田中，我也贡献了自己微薄的力量。

黑油山第一位医生

燕建铭

1953年毕业于兰州卫生学校，先后转战陕北延长油矿、独山子矿区。

1955年随克拉玛依油田第一个钻井队，来到克拉玛依，成为克拉玛依的第一位医务人员。

1955年6月，新疆石油公司确定勘探克拉玛依石油，派出了第一个钻井队，来到黑油山打一号井。我是独山子医院派来的随队医生，当时克拉玛依的第一个医务人员。

1956年1月，我正式调来克拉玛依。起初我只有一个保健箱，带一点急救和普通药品。我和电报员住在一个板房，一半他发电报，一半我看病，晚上就是我们两个人的宿舍。

问：医务站是什么时候建立起来的？

燕建铭：白天，我都在井上跟班，防止意外，随时准备抢救。随着一号井的出油和钻探形势的发展，来克拉玛依的工人不断增多。到了四五月份，上级又从独山子医院派了几名医生、护士来这里，同时给我们增添一些急需的医疗设备。这样，我们在黑油山下建起了简易的医务站，搭了两顶帐篷，分别收内、外科病人，每个帐篷安8张病床；一个板房做药房和化验用，工作人员住的也是帐篷。

问：你刚才说，病员吃得也不怎么好？

燕建铭：相对于我们，还强了许多。蔬菜很少，每人每天一元钱包饭。病员能吃上一顿汤面条，那就是好饭，鸡蛋是见不到的。

问：你们也同样面临缺水的困难。

燕建铭：为了节约用水，大家只好把用过的水沉淀后重复用。我们医护人员都是用纱布把沉淀过的水过滤一下，再用来消毒，但是在医疗器械上仍有"白霜"出现的，就不敢用。到了冬天，用水就更困难了，有时我们医护人员，就用戈壁上的雪，铲掉上面一层黑的，只取中间干净的，烧化后煮注射器等器械来消毒，坚持为大家服务。没有洗澡的条件，工人身上长了许多虱子，严重影响了休息和健康，上班时也到处抓抓挠挠。后来，我们从独山子要了台高压消毒车，把每个人的衣服全部消毒了一遍。

问：同样记忆深刻的，也是克拉玛依的风大。

燕建铭：记得1956年5月，刮了一场大风，飞沙走石，日月无光，几米远就看不清楚人，人也无法站住，小石子飞起来，打在脸上生疼，汽车都不能开。大风把两顶帐篷都吹跑了，病人怎么办？我们全体医务人员不顾个人安危，分头抢救病员和医疗用器。我们医护人员手挽着手，两个人或几个人把轻的病患扶着，重的病患背在背上，转移到地窖里。由于风太大，许多同志多次被风吹倒，膝盖擦破了，手掌磨出了血，但是没有一个人叫苦。

问：第一台手术是在板房里实施的？

燕建铭：第一台手术，发生在9月12日。运输站的一名修理工患了急腹症，大家会诊，确认是胃十二指肠溃疡急性穿孔，需要马上进行手术。平时我们有重病号或手术病人都是送到独山子医院治疗，但这位病人如要送去，再颠簸一天将有生命危险，时间就是生命，我们选择只有就地手术。那天有风，我们在一个板房里用棉被堵住了窗户，临时用床单子挂起来，围成一个手术室。器械消毒，在戈壁滩上临时挖一个洞，架上几块大石头烧消毒锅消毒。由于外面刮风，火烧不起来，就送到伙房用蒸笼蒸。照明不保险怎么办？临时准备了一套汽车电瓶，以防万一。

手术做了一半，风上升到9级以上，木板房摇摇晃晃，屋内尘土飞扬。为了避免切口污染，我们拉起了床单围成封闭的罩子继续做手术。当手术正进行到关键时刻，突然一团漆黑，电线被刮断了。先是用电瓶灯，一个人用手高高地举着，但是光太弱，只有暂停手术，到五六百公尺以外发电房找电工，修理好再继续手术。

为了抢时间，不中断手术，中间我们还找来手电筒，用手电筒的微弱照明坚持手术。那时，医疗器械也非常缺少，要一个普通腹部深拉勾都没有，更谈不上麻醉等条件。在茫茫深夜，狂风怒吼声中，在完全不具备正规手术条件下，经过两个小时的努力，我们三人终于做完了克拉玛依第一例手术，手术做得很成功。那时我们医务人员只有一个信念，就是抢救病人，为找到大油田服务。

问：基本条件是什么时候得到改善的？

燕建铭：到了11月份，矿区逐渐建起了几幢房子，给医务所两幢半房子，一幢为门诊部，一幢为病房，分内、外科，各十几张病床；另外半幢是管理人员办公的地方。这时先后调来姜世杰、杨金彦、赵品贵、王进财、邓子友、傅宝贞、李柏春和陈茂祖等人，还有从伊犁卫校分配来两位民族学员，我们就有了30多人，到年底刘雅言同志调来任医务所副所长。1957年，我们又搬到鸿雁新村原专家俱乐部附近一段时间，后在光明新村给医务所建了4幢房子，当时，算是很高级的房子：砖墙、铁皮房顶，其中两幢还铺了地板。

问：初具规模是什么时候？

燕建铭：直到1958年，才在矿务局职工医院，就是现在总医院的地址上建起了一幢500平方米的二层楼房；楼下为门诊、辅助等科室，楼上为病房和手术室，还有一个不到100平方米的小厨房。工作人员夏天就在外边吃饭，三五成群蹲在地上边吃边聊，有时一阵风吹来就给饭菜里加上许多"胡椒粉"（即尘土）；冬天，各人端到室内找地方吃饭。这就是克拉玛依总医院前身——医务所。同年，中国人民志愿军511医院集体转业来到克拉玛依，随行还带来了一些较好的设备，使克拉玛依职工医院初具规模。

帐篷邮局
——克拉玛依第一个邮电所
刘肖无

问：在一个地方，邮局是每个人都离不开的。第一次上邮局，是寄信吗？

刘肖无：是订报（笑）。在报纸上，看到一条广告，《光明日报》各种副刊可以个别订阅，我多么喜爱《光明日报》的副刊呀！扔下报纸，便急忙向邮局跑去。

问：那时的邮局是什么样？

刘肖无：说起克拉玛依的邮局，那真是世间少有。当初，不知是哪位天才设计家的发明，给了人多么大的便利在这儿，地窝子一排接一排，帐篷一顶挨一顶，哪一个单位门口也不挂个牌牌，要找，你就得东寻西问，可是，三番五次，你得到的回答是什么呢，"啊！我也是才来呀。"真的，克拉玛依的新人就是多。但找邮局却容易，这儿是一条交通要道，工人上班走这儿，汽车来来往往走这儿，上食堂吃饭走这儿，外来的客人去招待所也必须从这儿路过，就在这条大路旁边，夹在两幢地窝子中间，一顶崭新的白帐篷，门口挂个绿邮箱，看，多显眼。开门，嗬，人真拥挤，出了什么新鲜事儿？人总不会都像我一样也来抢订《光明日报》吧。

问：你的事办得顺利吗？

刘肖无：我挤到柜台跟前，等邮局的营业员眼睛看到我，第一句话我先问："为什么今天人这么多？"营业员把头轻轻摇了摇，显出一种无可奈何的神情说："没法子，哪天都这样。"说明来意，他想了想说："下个月不行了，要订，只有订第四季度的。"

就订第四季度吧。显然这项业务在这儿并不多。他一个又一个地拉开了抽屉，在一堆堆文件、乱纸当中翻了几个过，到底还是空着手，对我说："我看这样吧，下了班再找找，找着了我再去找你。"得，闹了半天没订成，一场空欢喜。去找我，这不过是说说好听罢了，谁知这话刚说完，几只手同时从我身后伸过来，有的拿着钱，有的拿着信，这下，把我想要说一说我住在第几幢房子的机会都给打断了，希望的一点游丝也断了。

问：其实，你还是订阅上了《光明日报》。

刘肖无：可巧第二天，我就因事到乌鲁木齐去了，一住住了半个月，这中间我也曾想过我的《光明日报》。本来也是，在这遥远的边疆，在这荒凉的戈壁上，还要看北京的报纸，还要这么挑肥拣瘦的，谈何容易。我回到克拉玛依的第二天，参加了一个会议，我发现，坐在我对面的那不正是邮局局长顾昂同志吗？忽然，我又想起了我那念头，便扯了一个纸条儿，写上：请代我订一份第四季度的《光明日报》。悄悄递了过去。谁知他仅仅看了一眼，又把纸条儿推回来，悄着声儿告诉我说："给你订了。"大概他看出了我那困惑的神情，赶紧又补充了一句："找你找不着，怕再晚了订不成第四季度的。"

问：邮局的服务总是这么周到吗？

刘肖无：乌尔禾一个工人告诉我说，几个月之前，春雪融化，道路泥泞，去乌尔禾是件艰难事，住在那儿的工人天天盼邮局。有一天，到底盼来了，从运送器材的卡车上走下来个年幼娃儿，坐在帐篷跟前，打开挎包卖邮票。马上，消息哄动了，人拥来了，你买八分，我买一角六，买到手，赶紧跑回帐篷去写信，心呀，跟着手里的笔笺真不知飞得有多远，不大工夫，这个年幼娃儿额角就渗出了汗，其实他并不是因为热和忙，而是邮票卖完了，这可怎么办呀？要买的人还这么多，要来的人还不断地来。忽然，他急中生智，把包一卷，说："看你们忙的，再忙，也得叫我吃饭呀！"好，就先叫他吃饭，咱们工人都是最能体谅人的，可是说实在的，饭菜是个啥滋味，这个年轻娃儿可一点都没尝出来，他只想吃完了饭，局面怎么应付呀？偏巧一抬头，看见了汽车司机，他赶忙问："你什么时候走？"司机说："马上就走。"他把饭碗一搁，猫儿似的藏到驾驶台里去了。

问：邮局其他业务开展得如何？

刘肖无：就在这个会议上，我听到了邮局顾昂局长的发言。他说，他们这个支局是今年7月1日成立的。才成立，每隔一天一班车，可是放在车上的仅仅是一个小小的布袋没装满的邮件。那么大的卡车，只装这么一点货，看起来够多不相称，而且，对于国家，这是多么大的浪费呀。他们想，与其跑空车，干吗不带几个人呢。你知道，这儿的工人都是从独山子来的。人来了，家都留在那里，孩子大人的，保不住有点家务事。自从邮局这辆班车卖客票，每隔一天就有这么十几二十个人能回家，当车飞也似的行驶在广阔无边的戈壁时，工人们的心里够多愉快呀！

跟着矿区的发展，邮局的业务也在发展着。到 9 月上半月，邮件每班车要装 24 件，光邮票就卖了两千元，汇款七万多元。这个数目是别的支局赶不上的。他们的工作是令人满意的。

问：即便如此，局长还是主动做了自我检讨。

刘肖无：在这个会议上，顾昂局长还谦虚地进行了检讨。他说，在发行方面，他们工作做得还不够，报纸、杂志都不多，原因是新成立的支局，没有提早订计划，现在，只好由其他支局来支援，这可就得看人家有没有了。有时，送来了一大包，打开一看，嘀！半年以前的。不过这也不要紧，带到野外队去，照样能抢光，克拉玛依人需要文化食粮，真是如饥似渴。不管他谦虚，他检讨，可这些缺点我体会得一点也不深，而我能够体会的却是另外一回事，刊载着中国共产党第八次代表大会开幕消息的报纸，18 日我就看到了，多么快。

其实，顾昂局长的话还没完。他说，最近，我们班车的路线要延长，通到乌尔禾，通到和什托洛盖……他说，他们所有的职工已经决定了，矿区发展到哪儿，邮局就一定跟到哪儿。

克拉玛依油田第一座水站
孟马尔

他 1953 年由部队转业至中苏石油公司工作。

在南疆喀什当过钻工，后到克拉玛依水电站担任钳工、水站站长、车间主任等。

孟马尔：我 1946 年入伍人民解放军，1949 年加入共产党。我的名字叫孟马尔。不熟悉的人乍一听，还以为我是少数民族。其实我是汉族，老家是山西文水，与女英雄刘胡兰同乡。

2003 年，克拉玛依唯一的自来水生产企业供水公司成立三十周年，为了拍摄反映油田供水发展历史的电视专题片，我被特别邀请，与公司宣传科的几位同志乘车去往当年的中拐水站旧址。

与几十年前相比，昔日的戈壁荒漠已是一片绿色的田野。车子慢慢地走着，忽然，我看到前面乱七八糟地矗立着一片残垣断壁，我请司机停车。

"没错，这里就是当年的中拐水站站址。"我对宣传科的同志说。

那些残留的土墙显然是当年的水站厂房，这么多年经历风霜雨雪的结果。不远处还能看到深深的大坑，虽已快被沙土掩埋，但仍可看出，那就是当年供水人曾住宿的地窝子。

"油田第一座水站，就诞生在这里啊！"我注视着眼前这一切很长时间。我想起了创建水站所度过的艰辛而又难忘的年月，想起与我共同奋战的战友，他们当中，大多都已经离自己远去了。想着想着，我面向水站旧址，深深地鞠了三个躬。往事就像过电影一般，涌现在我的眼前。

问：到克拉玛依参加石油工业生产前，你的经历还是蛮丰富的？

孟马尔：我是1949年跟随王震将军麾下的二军，历经了千难万苦，徒步进疆的。1953年，部队集体转业到中苏石油南疆钻井分公司，开始了我今生的石油生涯。1955年10月，南疆勘探因故而停，我随井队转战泥火山下的独山子矿务局。1956年，我接到"支援克拉玛依勘探开发"的通知。

问：你是如何转到水站建设工作上的？

孟马尔：10月的一天傍晚，我拎着铺盖卷，从一辆苏制嘎斯敞篷车上跳下来。我看到我的面前，是一片茫茫戈壁上的几顶帐篷，这就是克拉玛依。迎接我们的负责筹建水站的杨本成同志带领大家去帐篷里吃饭：一个馍馍、一勺咸菜、一茶缸水，我三下五除二，一口气吃完、喝完了。可我没吃饱，就找大师傅，想再要点水，杨本成看到后急忙将他自己的一茶缸水递给了我。我这才从迎接我们的同志口中得知，这里"最紧要的是用水紧张"。听到油田缺水少水的状况之后，有一种责任感促使着我，我会修电机，从独山子调往克拉玛依，就是参加水站建设工作的。

问：第一座水站建在了哪里？

孟马尔：在油田极其缺水的背景下，经水源勘测，石油管理局决定在中拐苇湖建立水站，以解燃眉之急。那一天是1956年10月26日，由36名转业军人组成的建设队伍，在朱进魁队长带领下，坐着大卡车，高唱着《中国人民解放军进行曲》开赴中拐了！我就是这支队伍中的一员。当年的中拐，满目荒野，没有人烟，偶尔有牧民和羊群转场路过。第一批水站建设者，就在这里安营扎寨了。我们动手割了芦苇，铺在废弃的牛羊圈里，算是有了简陋的栖身之地，建站工作开始了。

问：工作劳动强度大吗？

孟马尔：开挖抽水池，是水站建设的重要一环。而进入抽水池工作的时候，已是严冬，中拐地区寒风飕飕，直刺肌骨。芦苇丛中的水，结成了冰层。我们跳进苇湖，进行抽水池开挖。结了冰的冰层被打碎，形成一块块尖利的冰碴子，把我们的腿刺破了，鲜红的血染红了冰凌，可没有一个人离开战场，一干就是一两个小时。手脚冻麻木了，大家替换着跳到地面上烤一烤火，活动活动身子骨，缓过劲来跳下苇湖继续干。天黑了，就点起火把照明接着干。

与此同时，机房建设也在艰难地加紧进行中。

问：但大家的工作热情高昂。

孟马尔：是的。因工作紧张繁重，生活环境艰苦，队伍中的几个同志得了病，其中关成汉同志患上了严重的胃病和鼻出血。一天，他胃病发作，鼻腔流血不止。可站上没汽车也没医生，队领导决定，派人送他去矿区治疗，可他却说："油田开发等着水，我有病本来就影响了工作，再派人送我，不是更耽误工作嘛。"为了不影响工作进度，关成汉硬是独自步行，直到第二天中午才赶到矿区，住进了医院。

经过勇士们一个多月日夜奋战，机房终于建成，我与大家一起人拉肩扛，将机器安装就位。之后，又甩开膀子，靠着简陋的工具，加入到40多公里管道的开挖工程队伍中。

问：经冬历夏，输水管线如期建成了吗？

孟马尔：1956年12月底，这条输水管线终于建成了，标志着中拐水站工程的全部竣工。中拐—克拉玛依水管线，是油田的第一个引水工程。清清的水顺着管线，穿越戈壁，流进了油田。记得那一天，职工们端着水缸子，开怀畅饮；那天，听说石油管理局副局长秦峰痛痛快快地洗了把脸。

问：据说你们对领导有条特殊礼遇？

孟马尔：（笑）是啊！（笑）1958年盛夏，戈壁滩的地表温度高达40多摄氏度。有人做了试验，将鸡蛋放入沙窝子里，几分钟就熟了。炎热之日，也是克拉玛依严重缺水之时。为了确保生产用水，局党委决定，实施定时定点供水。居民区的水房前，提着水桶、脸盆的职工及家属排成了长队。中拐苇湖中的水也接近干涸了。杨本成站长组织大家沿着苇湖踏勘，将发现的低洼处的水集中起来，引到高处，用泵机把水输往生产一线。

一天傍晚，我一整天都在苇湖中找水，满腿满脚沾着泥巴，我就打了一小盆水，想洗洗脚。"孟马尔！不像话，油田都要停产了，人都要渴死了，你还有水洗脚！"不知什么时候，副局长秦峰站在了我面前。我吃了一惊，忙回答："腿脚上都是泥巴，不洗洗咋睡觉嘛。"秦局长没再言语，舀了一茶缸水，一口气喝了下去。

无论在部队还是到了企业，在我的记忆里从没挨过领导批评。可是，因为用了一小盆水洗脚，竟挨了局长的批评，心里多少有点憋屈。可是，看到局长一下子喝下一茶缸水，我好像看到生产前线缺水的场景，仿佛看到居民新村里那些排着长队等候水的男男女女。原本的那种心情，也就没有了。

当年，为了保证中拐水站正常工作，张文彬、秦峰、曹进奎等领导隔几天就要来这里检查。水站生活是苦点，但相比油田一线，至少还有水喝。喝水管够，是我们站上招待领导的特殊礼遇。

问：你在水站安了家？

孟马尔：完成了水站建设，大部分战友都到新的工作岗位去了，但是，水站也需要人，所以我选择了继续坚守。这时，有的同志结了婚，在这里安了家。在一个朝霞满天的清晨，随着土坯房中传出的一声响亮的婴儿啼哭声，曹树清的儿子出生了。这是水站诞生的第一个孩子，曹树清给儿子取名为"光辉"，寓意"创业前途光明辉煌"。

1958年冬，我请假回了趟家乡说媳妇。乡亲们听说我是转业军人，在部队里立过战功，现如今又是从"大城市"来的石油工人，上门为我说亲的还真不少。没几天，我就与18岁的大闺女韩葆珍走进了婚房。不久，我收到了杨站长发来的电报，水站忙，催我归站。可新婚的妻子还一时不想离开老家，于是，我就用"克拉玛依如何如何好，楼上楼下电灯电话"的善意的谎言说服了妻子，三天后我们就踏上了归程。

我俩一路上汽车转火车，火车又换汽车，将近半个月才回到克拉玛依，赶回到水站，在一间芦苇、土块混搭的简陋的屋里住了下来。水站人手少，站长给我媳妇韩葆珍安排了守电话的工作。那时的中拐地区，也是小风不断，大风常见。简陋的房子里"针大的缝，斗大的风"。有一天，刮10级大风，房顶被掀翻，"家什"被刮跑。韩葆珍被吓坏了。有一次，韩葆珍刚出房门，一条蛇掉到她的肩膀上，她的魂都吓掉了，失声大哭了。她没想到，丈夫把她带到这个鬼地方，便说孟马尔呀是骗子，"楼上楼下电灯电话"在哪里？夜晚，我给她指着远处戈壁滩一闪一闪亮着灯的钻塔说："葆珍啊，你看！就在那里呀。"

问：你的孩子，就是在那里出生的？

孟马尔：1959年冬天，中拐一带雪厚到了膝盖。12月20日下午，水站的电机坏了，水泵停止了工作中断了输水。已经担任矿务局局长的秦峰一个电话接一个地打到水站，催问电机什么时候能修好。我顾不上一切，连夜紧急抢修。

就在此时，值守在电话机旁的妻子突然觉得肚子疼，这是临产前的阵痛。她忍着疼痛艰难地走到机房，问我电机什么时候修好。我意识到，我的孩子快要降生了。可是，电机正在抢修中，油田等待着输水。我没有放下手里的工具，让工友帮我打电话，请克拉玛依总部来车，送妻子去医院。

天色大暗，我点亮马灯继续抢修电机。气温特别低，妻子忍着阵痛，嘴里不住地哼哼着。我拿着扳手、钳子的手禁不住发抖，越着急越抖，这颗螺丝拧紧了，那颗螺帽又松了。直到凌晨时分，电机修好了，大队派来的车也到了。我开启闸门，抽水机"哗哗"地送水了。我一个箭步冲出机房，回家拿了大衣、棉被，将妻子扶上一直发动着的汽车。

雪花漫天飞舞，我一路心急火燎地只管催司机放快车速。汽车行至九公里时，妻子再次感到腹痛难忍，驾驶员老郭师傅说孩子要出生了。我的儿子，这个小生命终于降生在那辆汽车上，降生在那个大雪天的黎明。赶到医院妇产科，大夫说："再晚几分钟，这孩子就冻死了！"

问：此后，你依然战斗在这一岗位上？

孟马尔：20世纪50年代末60年代初，百口泉地区探测出新的水源。经过建渠大军一年多拼搏奋战，1961年2月，长75公里，日输水4万立方米的百—克暗渠投入运行。这条水线被称作克拉玛依的生命线。

中拐水站的战友们陆续撤回到克拉玛依，继续工作在为水而奋战的岗位上。我和媳妇受领导指派留下来看守水站，并做一些收尾工作。妻子看到昔日的战友都走了，偌大的水站空空落落，她难过得掉下了眼泪。站长杨本成对她说："撤离是为了油田建设，留下来是在为油田工作。"她想通了，愉快地点了点头。

1962年6月，我奉命调回市里，先后在原供水大队三泵站转水站，及末端转水站任钳工、主任；离休前在供水处生产调度室任调研员。

　　引水工程竣工后，城市有了一条河流。我常常独自一人在穿城河边散步，看小桥流水，看缓缓流淌的一河清水，看着载满游人的大船穿行在水面上，心里顿觉欣慰和自豪。

　　往事如烟。我时常在心底思念着，六十多年过去了，当年与自己一道创建水站的老战友们一个个都走了。自己有时觉得很孤单，但又觉得很幸福。百年之后，到了那边我要告诉他们："可敬的战友们，水来了！我们为之而奋斗终身的克拉玛依，没有水，没有草的日子一去不复返了！"

世纪经典《克拉玛依之歌》

一首歌使一个城市成为全中国人的记忆,一首歌使全中国人的记忆浓缩为一段历史。你可以不熟悉这个城市,但你一定会哼唱这首歌的旋律,而在这悠扬的音符中,你一定会情不自禁地打开情感的闸门,和着一个城市发展的节拍去了解属于她的过去和今天,并为她的未来而努力。

它就是著名的《克拉玛依之歌》。而这首歌的作者就是吕远。

吕远

中国著名词曲作家。

先后在中国建政文工团和海军政治部文工团任作曲。

在半个多世纪的音乐生涯中创作了1000多首歌曲,100多部歌剧、舞剧和影视剧音乐。代表作有《克拉玛依之歌》《走上这高高的兴安岭》《泉水叮咚响》《我们的生活充满阳光》等。

说起创作《克拉玛依之歌》的过程,吕远回忆说:有一天,在材料中看到了这个有点神秘感的名字"克拉玛依",就趴在地图上找,找了半天却没有找到。

那时候,克拉玛依是一个刚刚被发现地下有石油的荒无人烟的地方。在他的想象中,那里只是一片无垠的蓝天和戈壁滩,一个令他着迷的地方。

问:你是什么时候知道有克拉玛依这个地方的?

吕远:最早知道克拉玛依这个地方,是在1956年,现在我记不清时间了。记得有一天是在一个报纸上,而且好像是一张不大的一张小报,说在新疆一个叫克拉玛依的地方发现了一个油田,而且是一个大油田。当时,我一看这个东西,就挺兴奋的。现在的年轻人可能不太注意，比如说国家在西北发现了个油田，没有太大的震动。但那个时候不是，因为我们这一代人有个历史背景，是在非常贫穷、非常落后的旧中国生活过，特别在帝国主义侵略中国的那个阶段，受尽了凌辱，所以特别希望国家尽快富强起来。当时说是四万万人口，我们地大物博，等等，实际上当时我们地大物并不博，国家之所以贫、弱，我觉得同我们的资源开发有很大关系。我最早是学采矿的，后来改行搞音乐到现在，多少懂得一些地质、矿物知识，所以对国家富强需要什么条件，多少有些知识。

对新中国来说，那个时候非常大的一个缺陷就是我们没有石油。煤田，我们有，小时候从课本上就知道我国有很多很多煤田，但煤田不标志着一个国家的富强，而石油是标志。当时，李四光同志始终认为中国有石油，但事实是中国一直就没有找到大的油田。

我记得小时候，书上说在延长就是陕北，当时有很少一点油（但现在也发现大油田了），玉门也有一点点。世界认为中国是个贫油国，是没有油的，但李四光坚持认为，按照地质构造来说应该有油。突然报道说，在新疆克拉玛依发现石油了，这是个大事，对我们来说是非常非常大的事情。

当时我在中央建政文工团，中央建政文工团的任务就是去反映和表现祖国新的面貌，各条战线上的新事物，所以新疆发现油田对我来说，是个很醒目的报道。对于发现石油这个事情，可以让人产生很多很多的联想。发现一个煤田，出了多少煤，这个没多少联想，但是出了油，联想是很多的。我一直认为，克拉玛依人是第一个吹响中国向现代化进军号角的人，而且在克拉玛依之后，又带动发现了其他几个油田，有了这些大的油田，中国进军现代化才成为可能。

当时的北京市，公共汽车上面都背个大气包，汽车的驱动力很弱。所以，我觉得汽油对于中国，石油对于中国，是个决定性的问题。如果中国要搞现代化，没有汽油是不可想象的。本身没有汽油，国家怎么富强？飞机飞不上天，坦克开不起来，军舰出不了海，你怎么富强？所以我觉得克拉玛依有油这件事，在那时的中国是一件非常大的事情。

问：你是在什么样的情况下创作出了《克拉玛依之歌》？

吕远：当时，我才二十多岁。青年人的爱国热情都是非常高的，所以我就觉得应该歌唱，应该写首歌。因为我在中央建政文工团创作组，创作员的工作就是要写新鲜的东西。我说，我要写《克拉玛依之歌》，但当时克拉玛依是个什么样子，我不知道，我一点也不知道，所以就找材料，材料当时也不多。后来，单位让我到兰州去劳动锻炼，我去了，我就带着我的乐器小提琴还有谱子什么的上了兰州工地。

当时建兰炼的目的就是要炼新疆生产的石油。到那去，实际上就等于拉近了我和克拉玛依的距离，而且在那里我经常听到克拉玛依当地新的消息。我还看过一个电影，苏联拍的，好像叫《从阿拉木图到兰州》，其中就有一些关于克拉玛依的介绍，这些都丰富了我的直感和资料，很快我就把《克拉玛依之歌》写好了。

问：《克拉玛依之歌》被大家公认是中国20世纪经典歌曲之一，有人说最早是吕文科唱的，是这样吗？

吕远：《克拉玛依之歌》写好不久，中央建政文工团的领导把我调回了北京。我就把这首歌交给了吕文科同志，叫他去演唱。同时我还写了一份交给朱崇懋同志。朱崇懋当时是广播文工团的独唱演员，年龄比较大。1956年夏天，他找到我说，能不能给他写首歌，我问写什么歌？他说，你写一个我走在祖国的大地上，走到这里，走到那里……我的声音虽然不好，但是我用心在歌唱，歌唱山川，歌唱大地，歌唱祖国的新面貌。我当时就答应给他写一首歌。所以，当我写出《克拉玛依之歌》后，也马上给了朱崇懋一份，他很快录了一张唱片。所以，中国第一张《克拉玛依之歌》的唱片，是朱崇懋同志录的，而吕文科同志是在中国大陆上唱开这首歌的第一人。我记得吕文科是1958年开始唱的，当年已经非常流行，到处都在唱。

当时为什么那么流行？我觉得主要是这首歌反映了普通的情感。

那个时候，所有的青年对于国家富强这件事是非常关注的。当时那个年代那个社会环境需要这样的歌，全中国的人都有这种强烈的感情，我这首歌与他们的心理正好产生了共鸣，所以，这首歌很快就传唱开来。

问：这首歌把你和克拉玛依联系在一起，又因为这首歌，克拉玛依市政府授予你荣誉市民，对于你来说，克拉玛依意味着什么？

吕远：在我最痛苦的时候，反而拉近了我同克拉玛依的关系。我认为克拉玛依就是最可爱的，克拉玛依油田是最可爱的热土，那里的人也是最可爱的。后来，我写《克拉玛依新歌》，再后来，到克拉玛依建市四十周年的时候，市委领导找到我，希望我给克拉玛依写些歌。于是，我又写了《克拉玛依组歌》。从我个人来说，我和克拉玛依的感情一直是非常非常深厚的。当克拉玛依市政府授予我"荣誉市民"称号时，我说过一句话，我说我有过许许多多的奖励和荣誉，包括一些级别、教授什么的，这些都是次要的，最珍贵的就是这个"市民"称号。因为我是克拉玛依市的市民，我沾了他们的光，我才成为一个被人们记住的《克拉玛依之歌》的作者。到现在为止，人们唱《克拉玛依之歌》已经半个多世纪了，是因为有克拉玛依这样一个城市的存在。如果没有这个城市的存在，也许人们早就忘记了。所以我就觉得，至少在我有生之年，我实际上是属于克拉玛依的。我不知道还会有些什么事情让我去做，但我肯定，克拉玛依让我做什么，我一定会去做的。

一号井的故事

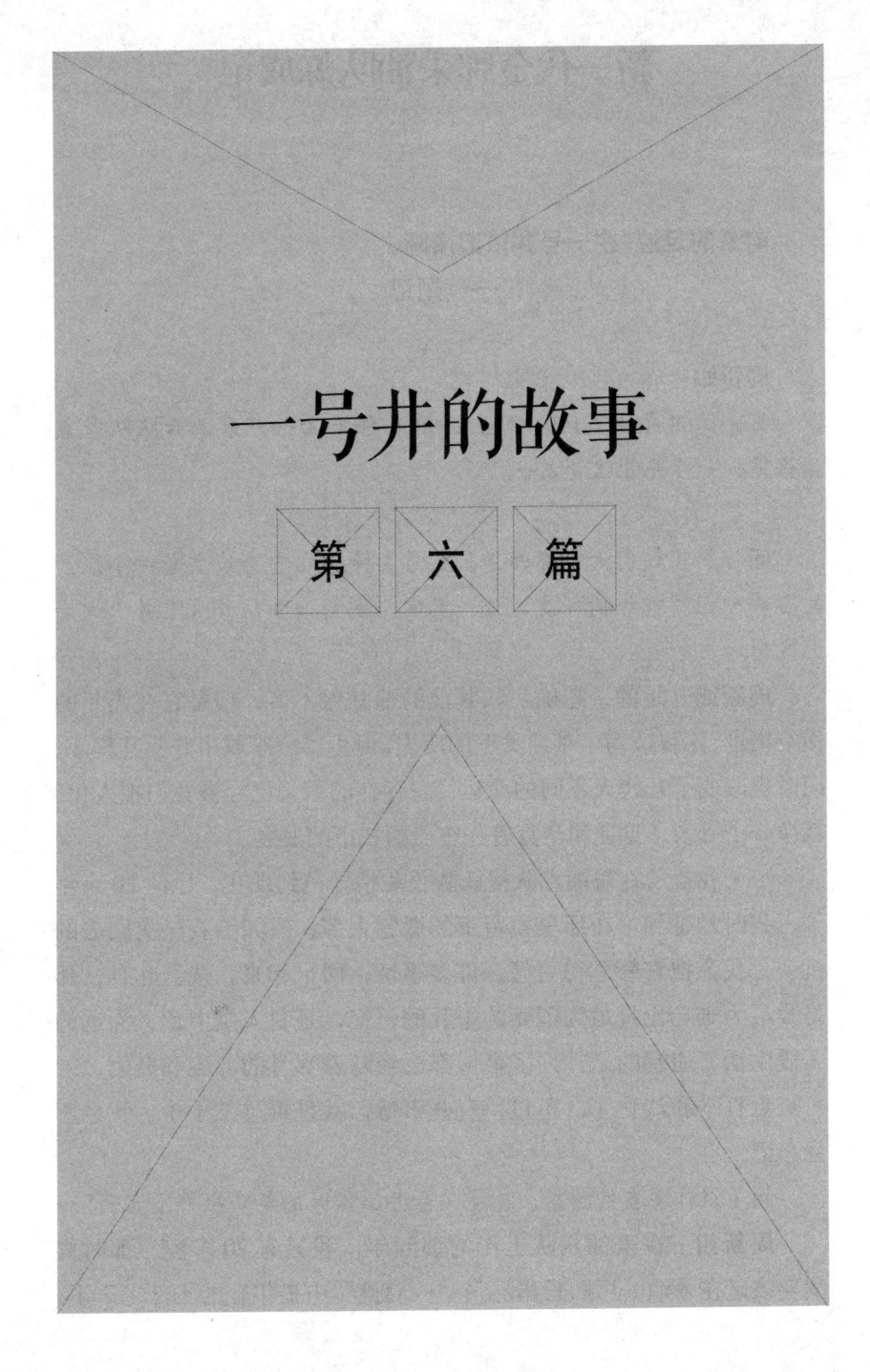

第 六 篇

新一代金牌采油队炼成记

前辈的足迹 在一号井依旧清晰。
　　　　　　　　　　——题记

周新如

　　男，1968 年生，1994 年至 1998 年任采油一厂采油六队队长兼指导员，一号井管理者之一。

　　问：其实我们大家都知道，一号井除了在它身边立着一个庄严的石碑和四周被绿树环绕之外，其实与别的油井从外观上并无太大的区别。

　　周新如：是的，它确实和其他的油井差不多，但是它在当年的横空出世，不仅改写了荒凉戈壁的历史，诞生了一座城市并使其辉煌，同时也改变了几代人不同的命运，它存在的意义已经被我们拟人化，就像一个母亲，见证和孕育着一座美丽城市的发展。

　　……我自从在采油六队担任队长兼指导员到现在，已经 20 余年了，我时常感到，在那里我留下的遗憾太多，假如给我一次回去的机会，我会把它管理得更好。许多事情，回忆起来，恍若昨日，那是我最为难忘也是最为闪光的平凡的记忆，是我人生中意义深远的一段生活，遗憾的是，许多事情都已经随着岁月的冲刷和磨砺，被一点点打平和淡化了，不过，有些事情，就是再过二十年，我也不会忘记。

　　问：以你现在的年龄，你在一号井工作时的年龄也并不大啊！

　　周新如：在采油六队工作的那四年，我只有 20 多岁，那时候我应该是在采油一厂队长指导员"一肩挑"中最年轻的干部之一。

全队有 30 余名职工，百分之六十都是年轻的女孩子，清一色的二十出头。她们中间的很多人，到现在依然会在我的脑海中时时闪现，特别是副队长韩巍，十五号计量站的女站长刘萍，等等。

问：听说那时你很喜欢一首歌，是《酒干倘卖无》吗？

周新如：是的，其实它不是一口井，它应该是一个大写的"人"，胸怀博大地站在那里，再说得具体一点，它应该像是我们克拉玛依人的"母亲"，就像那首歌中所唱到的："……没有天哪有地，没有地哪有你，没有你哪有我，没有我哪有家……"

问：这不难看出，对一号井，你有着深厚的感情。

周新如：在当时，我们这些同龄人每天面对一号井时，时间长了似乎对它有些审美疲劳，觉得它与其他的井并无多大的区别，它的日产量也不是最高的，平均每天在 1.5 吨，不过它很稳定，含水比低，油质高。但是，每当闲下来的时候，重读碑文上那段文字的时候，一种神圣的不可替代的使命感油然而生，在那段日子里，我们全队三十多人几乎每个星期，都要在一号井石碑前的小广场庄严肃立几分钟，将碑文高声朗读一遍我的心里才踏实。这种神圣的仪式，我在采油六队四年短暂而漫长的管理中，一直传承。

问：听说在一号井任职的四年中，你最怕 BB 机响了，那时的工作，一定很紧张吧？

周新如：记得我在任职的第二年，也就是 1995 年的冬节，那一年特别的冷，油田气温夜间达到零下 40 摄氏度，在井上待不了几个小时，我们眉毛和头上的棉帽子都结了厚厚的白霜。这一年，厂党委和团委号召采油站线上的年轻人，为实现原油上百万吨大干五十天。因此，天气再冷，我们全体员工基本上都在井位上加班加点地工作。那年我刚有了一部数字 BB 机，这应该是咱们克拉玛依年轻人第一次拥有无线通信工具的开始，我对它爱不释手，有了它的存在，使我一直焦灼的心踏实了很多，就算我不在岗位，都处在了一个蓄势待发的工作状态。

有一天晚上，我刚从工地上回来，很想吃口妈妈做的热乎饭，洗个热水澡，我已经一个星期没回家了。那时我还没有结婚，在父母的眼里，我依然还是个永远也长不大的孩子。看着我狼吞虎咽的样子，父母很是心痛。就在饭吃到一半时，我的BB机突然响起来，屏幕上显示着一个我再熟悉不过的电话号码，这是十五号计量站的座机电话，一股不祥袭上心来，我赶紧回过电话，那头是站长刘萍，她十分紧张，劈头就说："队长，十五号集油线回压很高，特别是一号井的回压十分不正常，如果不进行果断处理，就要关井。队长，怎么办？"

"别着急，总会有办法解决问题的，我立刻就过去。"我二话没说，放下碗筷便冲出了家门，我一边发动摩托车一边想，在这"原油要上产，大干五十天"节骨眼上，关井就意味着减产，不能给光荣的采油六队抹黑呀，一定要排除故障。

尽管寒风刺骨，我却把摩托车骑得飞快，脸上就像刀割一样难受。赶到一号井后，发现回压高的原因是天气寒冷所致，原油在达不到一定的温度后就会处于半凝固状态，从而导致回流压力过高，在与站长刘萍和副队长韩巍以及地质人员商讨研究后，我们决定提高水套炉的水温循环压力，将热水注入管道，稀释原有的黏度，这样一搞，回压下来了。我们大家都松了一口气。

问：在20世纪90年代，由于保温设施和科学技术都还相对落后，那时克拉玛依油田的冬天，对你们来说，都是严峻的挑战。

周新如：是的，不过等到了春暖花开的季节，我们依然非常的繁忙，我们管辖的一号井，虽然是一口不折不扣的生产井，但是由于它自身的意义深远，我们一边进行采油作业，一边还要肩负着接待任务，那时外地参观学习的人员和游客逐年增多。我们年轻的女工都担任过一号井的讲解工作，无形中提高了她们的讲解水平，有的时常去参加演讲比赛呢。她们都自豪地说："我们能为咱们这口'母亲井'做一点宣传和颂扬，是我们第二代采油人的骄傲。"

我们的年轻女工，每一个人对一号井的历史都了如指掌，记得有一次，来了几个外国人，不懂中文，这下可难坏了采油姑娘们。因为交流不畅，外国友人很是扫兴地走了，这对我们的触动很大，于是，女员工当中，有人开始学习外语了。经过几个月的学习，就有两个女工基本上可以用英文把碑文上的一号井简介背下来了。每当我们美丽的采油女工用英文向外宾讲解的时候，那是一道多么亮丽的风景呀！时常有外国友人伸出大拇指，连声夸赞说："OK,OK,了不起，中国人真的很了不起，你们中国的石油女工，不仅年轻美丽，文化素质这样高，太好了……"上级领导部门也很惊讶，想不到我们的采油女工如此热爱自己的工作，热爱我们的一号井。

韩巍

男，1969年生，1994年至1998年任采油一厂采油六队副队长，一号井管理者之一。

问：我非常想知道，您在一号井工作的这段日子里，一定都会有很多各种各样的故事发生，比如关于一号井的，关于互助友爱的，甚至是爱情的。

韩巍：我是在1998年任采油六队副队长的，虽然时间久远，但是有两件事，给我留下了非常深的印象。那好像是在那一年的春天，随着前来一号井参观的人增多，我们六队全体员工除了正常的巡井、取样、清蜡等一系列工作之外，我们还要肩负接待讲解等工作。上级对我们讲解工作的要求很是严格，要求我们每个人不仅要说好普通话，还要学习外语。起初，这一下就难坏了我们的采油姑娘，本来工作的担子就很重，现在又要用一个真正的讲解员的标准来要求我们，能胜任吗？但是我们的女员工却说："我们责无旁贷，因为我们是英雄井、母亲井的第二代传承人，作为创承人，我们就要以前辈为榜样，把当年艰苦奋斗的优良作风一代代传下去。"我们美丽的采油女工是这样说的，也是这样做的。

　　问：听你的讲述，仿佛让我看见了当年这些采油女工们的身影，那种青春靓丽和坚忍不拔的意志，一定是一号井石碑前一道亮丽的风景。不过，您能再说得更详细一点吗？

　　韩巍：在第二区采油六队工作的这段时间，是我青春年华中最值得怀念的一段日子。不过要说具体的故事，猛然间还想不起许多。但是我可以肯定地说，我们每一个采油女工身上，几乎每天或多或少，都会有各自不同的、美好的、幸福的、伤感的故事发生，比如有孝敬父母尊老爱幼的小马，有精心呵护一号井旁每一棵树苗的刘萍，逢年过节还有把全家人都请到一号井合影的，专门在这里庆祝自己生日的，等等，太多了，不胜枚举。在她们身上发生的这些故事，虽然没有轰轰烈烈的场景和惊心动魄的事迹，也没有报纸上写的生动感人，催人泪下，但是如果把她们身上那些细小的水晶一般的事儿，点点滴滴汇集在一起，那就是一个巨大的浪涛，那就是弘扬真善美，传承正能量的最好的故事呀。

　　问：你的这番话，让我很受感动，希望您能说得更具体些。

　　韩巍：其实我真的很感谢您的到来，有了您的提醒，让我的内心就像是一本尘封了二十多年的影集，扫去上面的灰尘，翻开它，许多事就这样浮现在我的面前了，点点滴滴的青春记忆由此复苏了。那时，有两件事情，一直令我难忘，记得第一件事是在1997年的秋天发生的，那段日子天空湛蓝，秋高气爽，一号井旁边的沙枣树上，结满了一串串成熟的果实。这天我正在队上值班，十五号计量站站长刘萍气喘吁吁地跑到我的办公室，说："不好了队长，一号井的石碑上，不知怎么被人涂上了黑油。你快去看一下吧。"

　　我赶紧跑了过去，首先看到几个姑娘围在石碑旁，很是伤心，在她们的眼里，这块耸立着的纪念碑，是高大伟岸，神圣不可玷污的。再看石碑上，确实被涂上了不少的黑油，这些油渍已经渗进了石缝里面，非常不好擦洗。这是谁干的？后来经过调查，是修井队在大修一号井时，井底的油借助压力喷了上来，一部分就这样喷到了石碑上。

没有别的办法，只有用汽油，才能把那些油污一点点去掉。我们一号井几乎每天都会有人前来参观，追忆老前辈们当年在此打井的丰功伟绩，这石碑已经成为人们心中一个象征中国石油发展的精神标志。油渍虽然不是很多，但是去掉却很难，一开始她们用汽油擦，不承想，越擦越黑，这可急坏了姑娘们，后来一个有经验的女工说，也许除污喷剂可以解决问题，可是这个除污喷剂去哪里找呢？90年代，交通和通信都不是很方便，找除污喷剂就像大海里捞针，但是再大的困难，也难不倒刘萍她们这群采油姐妹。经过不断打听，她们终于在某家喷漆公司买来了除污剂，刘萍往上一喷，真的很神奇，油渍一下子就被洗掉了。高大而雄伟的石碑似乎重新找回了它原有的尊严。姐妹们高兴地欢呼雀跃。不过，这个喷剂很刺鼻，也很辣眼睛，大家一边打着喷嚏，一边揉着眼睛，一边欢笑着。一直到现在，这情景我依旧历历在目。

问：这些细节至今依然记忆犹新，足见在当时，对您的印象是多么的深刻，那么，另一件事呢？

韩巍：另一件事，是修井队在对一号井进行第一次定期小修的时候，一个年轻的修理工对我说的一段话，他叫什么名字，我已经记不清了。那段话让我至今回忆起来，还是那样的沁人心脾。记得是1998年的夏天，一号井在经历了近四十年稳产高产之后，开始逐渐进入衰退期，为了实现厂里提出的"挖潜增效，提高油井产量"这一目标。修井单位对其进行了不定期的维修保养。我记得这是一位资深修井工，他对我这样说："一号井真不愧为一口英雄井，在我们修理的过程中，我们每提出一根油管，都能够触及当年老前辈们是怎样一丝不苟地工作的，你看这油管与油管之间的连接，套管与油管的距离以及油层的准确的定位和射孔，都是那样的丝丝如缕，环环相扣，当我们修完这口井之后，仿佛触摸到了当年老前辈们在激情燃烧的岁月中,那种对党和人民的忠诚,对于自己这份光荣事业的热爱,对甩掉祖国贫油帽子的那份渴望,真的,这口井给我留下的不仅是它质量的过关,还有它不朽的创业精神,深入人心……"

我能感到他的话是发自内心的,是对我们第二代石油人如何传承老前辈优良传统的呼唤,是对我们整个社会不忘初心,砥砺前行的呼唤。

韩巍似乎陷入到某种深深的回忆和感慨之中,我没有打搅他,我们似乎都沉浸在了某种呼唤之中,那个无名的修井工的话语,看似十分朴素,却给人一种震撼的力量,他的话代表了新一代石油人正在前进的道路上,自我反省,积极进取,努力传承才是实现国家兴旺,人民幸福的美好未来。良久,韩巍接着说道:

修井过后是我们采油队最忙的时候,由于修井单位的主要工作就是把井修好,对四周的环境不太顾及,所以他们总是以最便捷的方式高质量修好井为目的,拆了井房之后,当他们把最后一根油管下到井里,装上采油树,调整好油压,油流畅通,达到了规定的修井水平之后,他们的任务就算完成了。至于井场别的事情他们是不太管的。

这就使得井场一时出现了混乱不堪的现象。为了对井场实行规格化建设,也就是尽快恢复井场干净整洁的环境,力争做绿化、消防,干净整洁都必须得过硬。特别是一号井,它除了是一口生产井,还有着深远的历史象征和现实的教育意义。为此,我们每天都会有接待任务,这里不时会有人前来学习参观,它几乎就是我们石油人的一个"形象大使",所以说,我们一定要在最快的时间内,迅速恢复一号井四周的清洁面貌。同时上级也作出了硬性规定,务必在48小时内不仅恢复一号井原来的面貌,而且还要在原有的基础上锦上添花。

夏季,烈日当空,十五号计量站的十几个姑娘们下了晚班和夜班后,都没有回家,在站长刘萍的带领下,开始用自己一颗崇敬的爱心，装扮着一号井。她们平井场，铺地砖，用各种颜色的油漆和石膏粉，精心绘制着她们心中最为美丽的图案。女工们都是尚未结婚的姑娘，在烈日炎炎下烘烤，脸晒黑了，胳膊脱皮了，衣服上留下了一层又一层汗碱，看着就让人心疼。那时通信不发达，跟家里联系很困难，不过好在计量站还有一部电话，我就对她们说："大家可能一时半会儿回不去了，给家人报个平安吧。"于是姑娘们一个个去打电话了。一号井离市区并不远，不一会儿，就有家里人前来送饭送水了，大家围坐在一起，分享着百家饭菜的不同风味，欢笑声此起彼伏，传得好远好远……

在姑娘们的精心装扮下，一号井变得更加庄重，也更美观大方了。在修剪和浇灌周围的树时，新的问题出现了。打开了水龙头，却放不出一滴水。姐妹们一下着急起来，没有水，这些树就会渴死的，大家都知道，这些树，都是十几年前的老前辈们种下来的。十几年来，在前辈们的精心呵护下，已从一株株的小树苗，长成今天这样的参天大树，要是死在她们手里，可就是天下的"罪人"了。听老前辈们说，20世纪50年代的克拉玛依非常缺水，别说种树，就是人畜的饮用水也要到很远的小拐去取，20世纪80年代，为了养活一号井周围这些树，前辈付出了太多太多的心血。所以说，决不能让树死在自己手里。于是，姐妹们就用水桶，一桶一桶地提水浇树，树喝上了水，变得更加茂盛翠绿了。

刘萍

女，1968年生，中共党员。1997年至2000年在采油一厂采油六队担任十五号计量站站长，一号井管理者之一。

在未见到刘萍本人时，通过上述采访人的讲述，我已经对她很熟悉了，脑海里一直都是她和她的姐妹当年的芳华丽影，欢声笑语。当我们约好在市文化街见面时，走来的却是一位温文尔雅的中年女性。

问：您已经退休了？

刘萍：是的，今年退休的，目前过着全新的相夫教子的快乐生活，虽然快乐轻松，但有时似乎茫然若失，时常会想起在一号井那段青春似火的日子。

刘萍有着开朗的性格，从那恬静的笑容和委婉的语气中，还是能够清晰地捕捉到当年她在一号井工作时，那种青春靓丽的影子。当问到她在一号井的工作经历时，刘萍缓缓对我说道：

都是20年前的事了，那是1997年，那年我还不到30岁，不过，在我们一群采油姐妹中，我应该算是最大的了，大多数的女工，都是十八九岁、二十出头的小姑娘。记得有一天，领导突然把我叫到办公室，对我说："刘萍，经过党支部的研究决定，由你来担任采油六队十五号计量站站长，重点是要管好咱们的一号井，它可是咱们新疆油田的英雄井、母亲井啊，你不会有什么意见吧？"

这也太突然了，我忙说："我可能不行，不是我不想干，而是因为一号井太神圣，它的光环太大了，我担心自己可能胜任不了。"

领导很是郑重地说："正是因为我们考虑到一号井的历史意义和教育意义重要性，我们才考虑到你是最合适的人选，因为你还是一个共青团的干部。小刘，组织相信你一定能行，你就放心大胆干吧，有了困难咱们一起解决。"

就这样，我带着激动而又忐忑不安的心情，来到了一号井的所在地十五号计量站。一起在那里等我的，还有12个青春可爱的小姐妹。

问：我听说，你们站的姑娘们，当时是自己掏钱装饰一号井的？

刘萍：那是1997年的秋天，城郊戈壁的秋季，天空虽然湛蓝，阳光虽然明媚，但是这里既没有小河流水，鸟语花香，也没有璀璨灯火，成荫的绿树，这里除了荒凉的戈壁石子，就是坑洼不平的沟壑。然而，我们心中神圣的一号机井，恰恰就坐落在这样一个麻雀都不愿光顾的地方，最让人难以忍受的是，距离一号井不足五十米的地方，有一个泥浆厂的矿粉处理站，矿粉每天都在天空肆意弥漫，笼罩了整个井区，我们的油井场地，还有我们的身上，一会儿便能落满灰尘。你就是一天把油井擦十遍，也很难擦净上面的尘土。就是在这样一个恶劣的环境中，我们开始思考，怎样才能干好呢？总不能让人家矿粉厂停产吧。我们要靠自己的力量改变环境，要把一号井的形象，树立得更为高大而又有尊严。我们决定，首先对一号井的井房开"第一刀"，我们要把房屋"装修"一番。于是，我和姐妹们把密封不好的铁皮窗户大刀阔斧地拆下来，换上了塑钢玻璃窗，这一下不仅解决了尘土的入侵，阳光也十分明亮地照射进来。接下来我们把计量站房间里的桌椅板凳全部粉刷一新，就连地面也刷上了红色油漆，最有创意的是，女工小李和小马从自己的家里拿来了一盆花和书籍，并且自己制作了书架，这样一来，我们的工作站一下子打扮得就像一个温馨的书房。同时，绽放在窗前的花卉一下子启发了我，我便号召大家尽可能多地搬来一些盆花，这样一来，我们几乎每个人都从家里抱来了花盆，有的干脆从花市里买过来一些，12盆争芳斗艳的花摆放在一号井的石碑面前，就像是我们12个姑娘的笑脸，笑盈盈地每天迎接着初升的太阳，迎接着前来参观一号井的观众和宾客。

问：据了解，你们所做的工作，似乎并非只有这些。

刘萍：如果说室内是一号井的"口腔卫生"，那么，室外就是一号井的一张脸。一个星期后，我们开始对抽油机、采油树等关键部位进行重点擦洗。由于连续几场大风，许多垃圾都刮到树沟里，井场外一片狼藉，这些成山的垃圾必须要及时地清理，但是我们既没有机械化设备，也没有男性这样的强壮劳力，仅有一个小推车是我们最好的设备，但是我们这些姑娘们在困难面前没有退缩，人拉肩扛，整整干了两天，终于把成吨的垃圾清理掉了，破砖烂瓦拉出去了，井场上铺上了新砖，满是油污的阀门擦净后，刷上了新漆，昔日的丑小鸭，瞬间变成了白天鹅。

刘萍说到这里，脸上露出了灿烂的笑容，我停下笔，不无感慨地说："我知道，你们这样拼命忘我地工作，都是因为一号井在你们心中的分量，它始终就像你们的生命一样，珍爱、守护、梳妆、打扮。"

是的，其实在我们管理一号井一段时间后，我才体会到它的真正含义。它并非仅仅见证了我们克拉玛依能否走得更远的标志性油井，它还是老前辈们在中国最艰苦时代，为后人留下来的一笔精神财富，这些财富是铭刻在历史丰碑上的，是我们油城辉煌的记载。我们在一号井所做的每一件事，付出的每一滴汗水，都包含了对它的珍爱、崇敬和膜拜。

在我工作的三年里，参观的人数千余人次，几乎所有看到过它的人，都会异口同声地说："这口井不愧是新中国石油工业最为辉煌的开篇之作。"

当时，我们12个姑娘，在一号井连续奋战了三个月之后，终于完成了井场旧貌改造工程。我们的出色表现，赢得了上级领导和群众的好评，这一年，我和我的12个姑娘，被新疆石油管理局命名为"巾帼英雄班"。

问：那时，少不得更为艰辛的重体力劳动吧？

刘萍：记得1998年的冬季，那一年非常的寒冷，室外温度接近零下38℃。一天早晨，我们刚到计量站，资料员小李急忙向我报告说："通往集油罐的压力很低，怎么办？"这是一个十分危险的信号，它将意味着集油管线很可能破损，有破损就会出现渗漏，石油是国家的宝贵财富，不能让它有一点外溢，情况紧急，我一边迅速联系维修车辆，一边喊同事快去关闭井口阀门。真不凑巧，维修车辆也正在别的地方施工抢修，一时半会儿来不了。怎么办？大家都看着我。于是我果断地说："姐妹们，时间不等人，管线这样漏下去，产量会受到很大的影响，我们必须挖开管线，找到冻坏的漏洞堵住它。"

"什么？挖开？"姑娘们都很惊讶。她们的惊讶并非奇怪，管线是埋在一米多深的冻土里，数九寒天地冻三尺，别说用镐头一镐一镐地挖，就算是挖到了管线，又能准确地找到漏点吗？况且，我们的镐头和铁锹也有限。

我就对姐妹们说："如果不及时更换破损管线，井口就会被冻裂，很可能会造成不可估量的损失。再说，由于无法准确判断位置造成更大破损，也是不能动用机械的，上面就是派人来，也是要人工挖的，没有别的办法，咱们能挖一点是一点吧。"

于是，我就拿起镐头，冲到了寒风刺骨的门外，姐妹们也都拿了铁锹，跟了上来。我们沿着集油管可能漏油的区域，先铲去厚厚的积雪，便开始挖地，在零下三十多摄氏度的低温下，地表土冻得非常坚硬，镐头下去只是一个白点。干了不到一刻钟，手脚就被冻僵了，我们几个姐妹，便轮换着回站里取暖，但她们也只是在暖气片靠一靠，就又急忙返回工地了，就这样，我们一直干到天黑，前来支援我们的男同志到了，这才换下了我们。

这期间，一直低声述说着的刘萍，用更低的声音自语道："被需要而发挥了自己的能量，其实是一件幸福的事情。"

现在每当回忆起当时的情景，我心里依然还是十分的难受。那天，我们中间最小的两个女工都冻哭了，她们都只有十八岁，还是个孩子。现在我们这些姐妹们已经都是大妈了，我们时常聚会，每每说起这件事时，我总是说，当年让你们受委屈了，我自罚一杯酒。大家反而说："刘萍姐你应该感到骄傲，要不是你当初对我们有这样的严格要求，我们在以后的道路上就会很艰难，有了那次经历，只要遇到困难就总会想起，当年零下38℃的严寒天气我们都闯过来了，这点困难算什么？"

现如今，让我一直放不下，魂牵梦绕的一号井，已经变成了国家文物保护重点了。现在我退休了，时常还会去一号井看一看，心里面是满满的回忆和淡淡的忧伤,感到油井已经不需要我了,昔日那些可爱的姑娘也离我远去了,突然感觉,被需要是件多么幸福的事呀。虽然一号井早已物是人非,没有了一丝一毫往日的痕迹,但是那里的风,那里的云,还有我们种的树依然还在,我时常摸那些树,想起我和姐妹们一起种树、一起拔草、一起挖沟的情景,作为第二代石油人,我觉得我们没有愧对老前辈们留下来的光荣传统,我们今天的纪念,就是要让第三代、第四代石油人,把石油精神一代又一代传承下去。

田庆花

女,1965年生,2010年至2013年,她成为一号井最后一个"管家"。

我说,我想采访你。

她忍不住笑着说:"我真是好幸运呀,因为这口油井,我居然隔三差岔地被作家和记者关注呢,前段时间有记者来采访我,说明我还有一用处呢,呵呵。"她是一个性格开朗而有独立的思想和重感情的人。

问:既然你很有被采访的经验,那我也就直奔主题了。请将有关一号井的事情说一下吧!

田庆花:我已经54岁了,已经退休了。每每被人问到一号井时,让我更加感到在一号井工作过的人,是多么的自豪呀。在我管理一号井的三年里,看似平平常常,其实很多事令人难忘。我是在2010年的春季,被派往采油一厂J129二西区队,担任采油三班班长的,其实也就是当年的采油六队第十五号计量站站长的职务。我并不是一个年轻的新职员,任职这一年我已经46岁了,早已经在油田上干了将尽30个年头了。

问:30年的石油情结,一定给你留下了不少甜酸苦辣和难以忘怀的故事吧，伤感的，无奈的，感动过别人的，也感动过自己的？

田庆花：说实在的，这30年的采油工真不好干，20世纪八九十年代，采油工这个职业是不被大家看好的，我们一年四季，头顶烈日，脚踏荒原，却落得一个极具嘲讽意味的别称——"戈壁滩的黄羊"。这对芳华四溢的妙龄姑娘来说，是不公平的，就像是一根针扎在女孩子稚嫩的心上，很痛但还要忍着。那个年代，很多人认为，一个大姑娘在荒芜人烟的戈壁滩上，没日没夜地跑来跑去，既没有贤淑闺秀的样子，也实在是不安全，还要"三班倒"，很苦。

当然，现在的采油工们又是另外一种样子了。如今采油工的形象和地位几乎突然来了一个360度的大反转，成了新一代青年人心中的香饽饽了，打破头都想进来。时代不一样了，企业的福利待遇和工作环境全变了，现代化的工作方式轻松便捷，干净整洁的操作室，冬暖夏凉的计量站，就像一个高档的科研机构，真是太美了。

然而那时的我们简直不敢想象，春夏秋冬都是"漂大箱"。啥叫漂大箱？就是坐没有封闭的箱式卡车，零下40摄氏度也要坐在上面，经常看到有女孩子被冻得直哭，冻伤手脚是常有的事。最苦的是巡井，十几口井跑下来要好几个小时呢。春夏秋冬我们风雨无阻，夏天时常有人中暑，春秋两季刮起风来昏天黑地，就像是世界的末日要来了一样，很恐怖，生产调度发不了车，我们就得连班，都是大姑娘呀，十几个小时喝不上水，回不了家是常有的事；冬天就更要命了，人都要冻僵了，还要在雪地里炙烤疏通冻坏的管线，真是太苦了。现在的人都认为那是一件不可想象的事情……

田庆花突然停下讲述，好像意识到什么似的说："不好意思，你看，我是不是走题了。"

问：没有，你讲得很好，那么，你到了一号井后又是怎么开展工作的？

田庆花：我还清楚地记得8年前，我前往一号井去参加交接仪式的那个早晨，我在纪念碑前站了很久，碑文写道："……1955年10月，一号井完钻，获得工业油流，日产油6.95吨，由36人组成的多民族独山子青年1219钻井队钻凿，井深六百二十米……"

此时此刻，一种不可名状的责任感、使命感在我心中油然而生，经历了半个世纪的风霜雪雨的一号井，如同祖国艰难岁月中的闪烁在漫漫长夜的一颗希望明灯，照亮了西部石油人走向现代化道路的方向，如今，这口井依然像一个挺立在祖国西部大地的老兵，每天都在向世人致以庄严的敬礼。同样，我们班组的全体员工，每天都会为这个功勋老兵在出征之前，修整打理一番。我们的工作并不复杂，首先打开计量站所有油井的阀门，然后走到一号油井旁，非常庄重地握住井口阀轮，一圈又一圈地打开它，接着就能听到清晰地如小河流水一般哗啦啦的流油声，这口井自打诞生以来，50多年了，它一直都在靠着自身的压力喷油，俗称"自喷井"，每当我这样打开它的时候，总是有一种无形的仪式感在我心中默默且隆重地进行着，这是一种老兵对新兵最直接的拥抱与对话，这是一代代石油人最为亲密的接力和传承。

在不知不觉中，两年就过去了。两年中的日子看似平淡，似乎每天都在重复着同样的事情，巡井、开井、看压力、取油样、整理井场……但就是在这平淡重复的工作中，我尝到了平淡就是幸福的滋味，平淡就意味着平安，我身边的油井平安，我的员工们平安，我的身体平安……我们的国家，我们的城市，不正是在这一个又一个小小的平安的溪流中，汇集成大海一样的祥和安康吗？才有了我们今天的繁荣昌盛、国富民强吗？

问：可以听得出，一号井在你的心目中，有不可替代的位置。

田庆花：我是在2012年秋季接到移交一号井的通知的。心里一下子变得空落落的，这将意味着我们再也不管它了，它今后的命运如何？我们不知道。移交是在一个上午进行的，那天单位并没有人前来交接或刻意安排些什么，我们也没有那种要举行个什么告别仪式之类的想法，它既然要走，就让它静静地走吧。我记得，我们中间有个姑娘还这样唱道："……你走吧，我不会挽留你，你走吧不要说对不起，你走吧，就让是岁月把思念抹去，我会独自承受这一切……"

但是，当我在摘下一号井墙上的岗位责任制，慢慢地关井，卸下压力表时，我发现姑娘们都默默地站在我的身后，就像告别一个将要远去的战友，内心复杂而忧伤，空气就像凝固了似的。有个员工开玩笑说："这下好了，咱们可以少跑一口井，少走一段路了。"可是并没有人笑。大家提议在一号井的纪念碑前合影。大家都站好了队，却有两个女工在井房里不出来，我进去喊她俩，却看到她们摸着一号井落泪，我再也忍不住了，抱着姐妹们哭了一场……

问：2013年5月，经国务院批准，国家文物局公布了第7批全国重点文物保护单位，克一号井名列其中，同年封井，克一号井红色旅游景区建设正式开始。你还时常去你工作过的地方吗？

田庆花：当然，经常去。我已经退休四年了，我时常还是要去那里看一看的，每次看到它，我的心里总是有一股说不出来的味道，看到那明亮的大油泡，四处灯光闪耀，看上去总觉得既熟悉又陌生，恍若是一场梦，有时，我在梦里时常梦到在一号井工作的场景，呵护它，和它说话。

问：是的，一号井既是克拉玛依石油工业的里程碑式重要基石，也是唱响石油文化最为铿锵有力的经典音符，但是如今它似乎从一个纯粹的生产角色转型为一种精神象征和纪念标志，越来越多地担负起石油工业教育基地和石油景点旅游的角色，你怎么看？

田庆花：这个问题我回答起来还有些淡淡的伤感（笑）。一开始我也是有些纳闷，一口还在出油的井突然就这样"转型了"？多可惜呀，现在想来，因它而孕育了一座城市的诞生，其教育意义的功能远远大于它自身产量的价值。

初心不改　继往开来

六十多年过去了，一号井不老，克拉玛依正年轻。

在这座城市生活的许多老人都喜欢说这样一句话，我们生活在这里，战斗在这里，献了青春献子孙，但我们骄傲，我们自豪，因为我们为国家奉献能源，所以我们无怨无悔。

如今的克拉玛依，天蓝水绿，政通人和，多项指标位于自治区和全国前列，蝉联全国文明城市称号。而这一切，都源于几代石油人的艰苦努力。

在克拉玛依，有许多石油世家。像安装一号井井架的张福善，当过一号井架子工的陈海礼，他们的子孙都在克拉玛依油田工作。他们秉承着石油的血脉，传扬着石油文化。

我的父亲母亲

陈海礼

1928年生人，原独山子1219青年钻井队架子工，一号井36勇士之一。现居原籍陕西汉中颐养天年。

陈新君，是陈海礼次子。我从陈新君处得知，陈海礼90高龄，已不便接受采访。于是调整方向，想请陈新君谈一谈。但陈一再推辞，一度陷入沉闷之境。

无奈之下，只好在腾讯通中留言，做最后的努力：

我想请你讲讲父亲对你的影响和家风传承，从侧面来反映那段历史，用现代人的眼光去回望那段历史。我们反复讲一号井，不就是为了精神的传承吗？

一周后，陈新君同意见面聊一聊，地点在其办公室。

问：今天过来，就是想和你聊一聊，应该不算是采访吧。

陈新君：我真的不太熟悉那段历史。

问：你说的不熟悉，是指对其中的细节不很清楚，是吗？

陈新君：是的。我1961年才出生，1岁多的时候，就被送回陕西汉中老家了，1971年11岁才回来，是外婆带大的。

我记得回来的那一天是9月30日，第二天就是国庆节嘛。先从汉中坐火车到的宝鸡，再转车到乌鲁木齐，再坐班车到克拉玛依。班车要坐两天，在独山子住一宿，第二天才到的克拉玛依。我还记得，下了车，就扛着行李往家走。一路上，就准噶尔路和友谊路之间有一段柏油，连路沿石都没有，其他的都是戈壁土路。

第二天，也就是国庆，我们在群英照相馆照了全家福。

问：照片还在吗？

陈新君：估计不在了，47年了，我也翻过，没找到。我母亲去世的时候，烧了一些。

这次回来，就是我母亲去接的我。之前，1968年吧，我们全家去接过我一次，我爸，我妈，我哥，我姐，一大家子回老家，想接我回来，可我死也不回。因为我不认识他们，觉得他们都很陌生，是陌生人。当时也就七八岁吧，不像现在孩子接受信息量这么大，还懵懂着呢，只是看到别人有，还搞不太清自己也有父母哥哥姐姐。

这次不一样，我11岁了，念小学四年级了。加上母亲在老家住了一个多月。那一年，我母亲33岁，说啥也要把我接回去。渐渐地，和母亲那种天生的、切割不断的血缘亲情就显现出来了，重新找回来了。其实，1968年那次我母亲也回去了，只是人多，待得时间又短，什么都冲淡了。

问：觉得克拉玛依和老家有什么不一样吗？

陈新君：反差太大了。汉中在秦岭淮河以南，应该算是南方，靠近四川，冬天植物都是绿的，山清水秀的，气候湿润。这儿呢，老刮风，不可想象，每个周末都刮风，一刮风，天都是黑的，石子像钢砂枪一样往身上打。

　　那时候，克拉玛依基本上全是平房，只有反修馆、大楼、局机关，好像就这三处是楼房。我们家住在红旗新村17栋5号，有个小院子，自建的厨房，只夏天能用，冬天太冷了，冬天就在里屋门厅做饭，打火墙烧煤，住的呢，两间房，30多平方米，也分不清哪是客厅哪是卧室，哪间是孩子的房间，哪间是爸妈的房间，一家5口就混着住的。

　　既然回来了，就张罗着让我上学。把我转到了红旗新村对面的四小，接着上四年级。国庆节过完，就领我去报名，我死活不去，是硬拽着去的。可才上了半天课，上午去了，下午就打死也好，怎么都不愿去了。

　　问：为什么？

　　陈新君：我在汉中长大，汉中口音有点像四川话，n、l不分。这里的同学普通话很标准，我就不敢说话，一说话同学们就笑话我，给我起了个外号叫"老家娃"，这外号一直叫到我小学毕业。这我可接受不了，伤自尊，就回家闹，不去上学。

　　问：你说话有四川口音吗？现在可一点也听不出来，而且就算是土生土长的克拉玛依人，也是有口音的。

　　陈新君：可能就是因为这个原因，开始是四川口音，再用克拉玛依口音一矫正，一杂糅，就比较标准了，呵呵。

　　不去上学也不行啊，有父亲逼着呢。没办法，就在学校少说话吧，再就是下决心，学普通话。一个学期，口音我就改过来了。

　　问：当初为什么要把您送回老家？

　　陈新君：怕养不活呗，当时克拉玛依的医疗条件你也知道。

　　我是死里逃生。那会儿才一岁多，医院都宣布死亡了，要往太平间送了，我母亲就舍不得嘛，说，再等等，等天亮吧。没想到，天快亮的时候，我又喘气了。我命大。母亲就给外婆发电报，外婆就来了。我母亲说，带回老家养吧，养死了不怪您，活了更好。这么着我就回了老家。土郎中、西医的一调理，我就在那里待了十年……

问: 你看上去性格内向，却肯下功夫。

陈新君: 我个子随我父亲，他不到一米六，性格内向也随了他了。他比较温和，对我没有采取过什么粗暴的方式，就是说理儿。但也只是会说一些粗浅的道理。他是一个没有上过一天学的人，只在部队里扫过盲。对没文化，没上过学带来的困扰，他感受很深。我母亲倒是有点文化，识些字，虽然一辈子是家属工，却在锅炉房干的是水质化验，那可是技术活。

我父亲小时候要过饭。1937年父母双亡了。我大伯出家当和尚去了，二伯被抓了壮丁，大姑远嫁宝鸡，小姑送人。家里就他一人，就沿街乞讨。后来到汉中铁匠铺当了学徒，好歹才算有个温饱。可好景不长，又被国民党抓了壮丁。那时候，有很多开小差的。他也开小差，居然成功了。可是，回到家不久，又被川军抓了壮丁。这次部队开到重庆去了，远了。他当的是通信兵，架电话线的。一天，电话线断了，线路不通。他背着钳子就出城了。看门的问他，干什么去，他说修电话去，再一看他的行头，就放行了。一出城，他又跑了。城里也发现了，就追，在后面放枪。命大，居然没打上。从重庆到汉中400多里地，他走回去的。

回家后，没两年就解放了。父亲就一心一意想参加解放军。报名的时候，因为超了两岁，就自己把自己说小两岁，再加上当时户籍管理也不严格，就入了伍。从部队转业后先去了玉门，之后到了独山子，在泥火山那一片打井，当架子工。再就是在克拉玛依打了一号井。后来，因为三等甲级工伤，他又到供应处修复总站，修理旧闸门去了。这大概和他年少时在铁匠铺当过学徒有关。

父亲一辈子不抽烟、不喝酒，话也不多，不会社交，也没什么社会关系，却一直在学识字、尝试阅读，有不认识的字他就问我妈。他认死理，就是觉得读书好。他说，这辈子可吃了没文化的苦头了，很多事想干没干成。

我初中毕业那一年，1977年，有两条路可走。一是下农场接受再教育，然后招工上班。二是上高中。我当时想接受完再教育直接上班，就把课本全撕了。可是，父亲不同意，他这次很严厉，说没文化，啥都干不好，必须上高中。这么着，我就上了高中，后来又上了大学。现在想，如果我没听他的话，我不可能是现在这个状态。可以说，是他的坚持改变了我的命运。这一点，确实要感谢我父亲。

问：这么看，两个老人在您成长的关键期，起着关键的作用。细想一下，其实每个人都是这样，好也罢，坏也罢，父母的存在和影响完全不可忽略。

能说一下，您父亲和您母亲是怎么走到一起的吗？

陈新君：包办婚姻。

问：您父亲不是孤儿吗？

陈新君：我父亲的村里只有三家姓陈，其他的都姓胡，但据姓胡的考证，陈、胡两姓老祖宗是一家。我大伯虽然当了和尚，其实也一直在村里面。还有我的外婆也姓陈。这你该明白了吧。家没了，但家族还在。

我父亲母亲结婚是在冬天。当时在打二号井。父亲接到村里的电报，让回去一趟，就回去了。回去就说要和一个姑娘成亲，就成亲了，我外婆主的事。

成亲之后，父亲就带着母亲回来了。1956年我大哥出生在乌尔禾。

问：都说到二号井了，就怎么也跳不过一号井，父亲给你讲过打一号井的事吗？

陈新君：讲得不太多。一号井广场建成的时候，我带他去过一趟。他觉得很新鲜，说建得很好，很漂亮。他到处找一号井那块老碑，我说送到博物馆去了。又问，那36棵树呢？也不知谁给他讲的，要在广场上栽36棵树。

后记：采访过程中，发现陈新君与我在某些事上有些巧合。比如家里老平房的房栋号，都是17栋5号，房型也一样，还有就是父亲都当过通信兵。怕影响采访，我当时按住没说。我知道，这纯属巧合，没有什么可传之为奇的。在这样一片土地上，每家的故事大抵都差不多，一家和一家的生存轨迹多少都有些交集和相似。聊别人家，就像是在听自己家的事情一样，亲切又让人激动。

永远的父亲
——张红军谈父亲对自己的影响及创作成长经历

2015年8月31日,《新华访谈》关于自治区成立60年暨克拉玛依市油田发现60周年进行报道时,对张红军进行了采访。

张红军
他是国家一级编剧、中国作家协会会员。
曾出版《张红军作品集》(6卷)、《张红军剧作选》《变成太阳的手鼓》《脚踏天山》《金沙枣》《无法说再见》等剧作、诗歌、歌词、散文小说选集。
他的剧作《垛斯》《神农袁隆平》分别获第七届、第九届中央宣传部"全国'五个一'工程奖",作品十次获国家级政府奖。
编剧的电影《魔鬼城之魂》1987年1月在国内外发行公映;《变成太阳的手鼓》2011年2月在央视电影频道播放并公映。

问:张老师,首先请您向大家介绍一下您自己,刚才我们也说了您是作家、诗人、国家一级编剧,那么其实您是一位文化人了。
张红军:首先一个石油人,从小在这里长大,干的也是石油工作,最后因为文学作品变化、演化成为现在的身份。
问:其实我想您的作品大多是围绕着"石油"这个主题。
张红军:因为是石油人,自然有石油情结,因为在这里长大,有情感是不由自主的。感觉这情感就在你的生命中和自己融为了一体,即使想割舍,也是不可能的。
问:也不现实。
张红军:嗯,不现实。觉得它是自然而然形成的。

问：您是从小在克拉玛依长大的？

张红军：对，我是 1958 年，8 岁的时候来到这里。来这之前，我父母最早来到这里，1955 年 3 月 2 日，父亲和他们安装队到这里，竖起了克拉玛依第一座石油井架，一号井喷出了工业性油流，成为新中国第一座大油田，被誉为"共和国的长子"。

问：您的父亲就是最早在克拉玛依开发建设的石油工人之一。

张红军：对，最早的。因为主业来讲他是钻井，当时他们是属于钻井处的安装队，要把井架竖起来，设备都搞好，钻井队才能来那里钻井。

问：虽然那时您还小，对父亲的工作的情况、环境各方面您了解吗？

张红军：了解。小的时候我经常到他们安装队去。印象最深的是现在的白碱滩，当时荒芜一人，一片白碱，他们要在那里把井架竖起来，我到他们那里去玩儿，他们住的全是地窝子。它是非常长的，可以睡四五十个人。我呢就经常跟他们工人睡在一起，他们经常把我传来传去，当玩具一样。我还写过一首诗就是写了他们的环境。那个时候他们非常艰苦。艰苦到什么地步，我父亲工作大部分时间都是在野外，偶尔回到家里，都是衣服一撂，就赶紧休息去了。衣服上全部都是油泥，我们就拿小棍子、废锯条往下刮，把油泥刮掉。其实我小时候不喜欢父亲，感情不深，因为经常见不到。所以这个感情到后来我总结就是有爱有恨，爱是在血液不自觉的，可同时又觉得为什么我的父亲是这样的？他不像父亲。

问：他把时间都献给了工作。

张红军：因为他们在野外，几十年在野外。在克拉玛依也不是我们一家这样，这是普遍的现象，家长多是在野外工作。那个年代先生产，各方面都是艰苦、艰难。这是儿时的一个印象。

问：可见这个老石油人真的是为工作付出了非常多，非常艰辛。那后来其实您也是在石油的一线上工作过是吗？

张红军：对，当时我工作的单位叫作新疆石油管理局地质调查处，我当了地质勘探队员。我们几乎每一条山沟都要钻的，看大地构造，可不可能生油，可不可能存在油，我是做这样的工作，搞野外的。后来又经历了很多很多，到现在我就成了这个身份，其实年轻的时候我并没有想写文学作品，一心想做具体的石油工作。但是人生的命运……

问：说到这挺好奇的，您是怎样慢慢走上这条路的，什么时候发现您有创作的欲望和这种创作的才华？

张红军：小时候尤其初中会写作文，语文老师经常把我的作文当范文，有时竟不相信，问了好几次："是你自己写的吗？"

问：有点儿怀疑是有人代替你写？

张红军：担心是有人代替我写，或者抄袭的。但是到后面老师相信了，因为当时我是全面发展，不光这个好，我在我们班是学习委员。后来就是在当地质勘探队员的时候，当你站在天山、昆仑山上，当你在塔克拉玛干大沙漠、准噶尔盆地，你就自然而然产生了激情。激情产生的时候，感觉到内心突然出现一个神秘点，很快就膨胀为一种异动，这异动像个无中生有的"灵物"，看不见它，却能感觉到它，这感觉又说不清楚。创作的第一首诗《脚踏天山》时，是站在很高的天山上，云彩就在脚下飘动，雄鹰就在眼下飞翔，玛纳斯河像一条弯弯曲曲的白丝线，似乎是凝固在谷底，只有那撞击巨大河卵石的喧哗声，才让我知道它的生命力。这一切，似乎化作了一种蛮力，闯进我的体内，掀起了血液的波涛，驱动成奔腾的江河。就在这时，突然，心中的那个"灵物"出现了，它猛烈地撞击着我的心灵，左右着我的神志，那一刻我只是一个不能自己的肉身，任凭这个"灵物"叱咤风云。忽地，它撞开我的喉结，发出了响亮的声音，继而这声音化作了激情燃烧的诗句："脚踏天山，眼下云飘——奇峰峻岭小如包，宏沟巨川细线条……"我们那个时候非常有激情，年轻的时代很乐观，感觉生活是如此美好，艰苦而浪漫。

问：艰苦而浪漫，说得真好。

张红军：所以那个时候像我们爬光秃秃的昆仑山，是最难的，天山倒没有那么难。一天爬十几个小时，背着地质包，里面有标本，还有其他的装备，大头皮鞋，帆布衣物。很多小伙子才二十出头，累得趴在地上完全不想动。我说夸张一点，其实也不夸张，就是晚上睡觉的时候，一伸腿，脚上的厚茧跟刀片一样锋利，把被子都能划开。我的被里就划成了很多条条。我们的头发长的是朝天的，为啥？因为沙子太多，只能那样立起来。胡子也长。在野外，脸蛋像哈密瓜一样。但是在我眼里昆仑山非常美，非常壮丽，所以产生了创作激情。

问：其实在您的心里有浪漫主义的种子。

张红军：应该是，因为1969年的时候，我弟弟当兵发的军用圆珠笔，前面有一个灯泡，他给了我一个，我当神奇的宝贝一样。在勘探队的时候，在野外经常睡在地上，地上如果因为各种原因不能睡的话，就睡非常简陋的帆布行军床。那个时候我就在被窝里面用照明圆珠笔写诗，没有纸的时候写在烟纸上。那时候也没有想到发表，只是一种精神享受。

问：就是把自己的心情记录下来。

张红军：记录下来，就宣泄出来了。后来这些野外写的诗，在1973年春天得到了认可。当时中央要复刊《诗刊》和《人民文学》杂志，在全国发掘人才，发现作品。克拉玛依虽然小，但非常有名，他们就想到了这儿。宣传部让他们把本地作者的作品收集起来。我刚好回到克拉玛依，有人跟我说了这个消息；我是最后交出的作品。没想到后来通知我，让我去见一下二位来选拔人才的负责人。他们一个是全国大名鼎鼎的著名作家、诗人孟伟哉老师，一个是全国大名鼎鼎的著名编辑崔道怡老师。没想到一进门，孟老师一看见我，就说了很多表扬我、鼓励我的话，说很高兴西北之行发现了我。然后对我的诗作了评价，说我的语言来自生活，非常清新，有生命力，大气磅礴。充满了浪漫主义色彩,但又是从现实土壤上生长出来的……讲了好多。然后问了我年龄多大?我说二十出头,23岁。孟老师说太好了。他说如果一个写诗的人,25岁还没有名扬全国的话就不会有出息的。他跟我说我的诗会被他们选出来在即将复刊的《诗刊》上发表。但是到了1974年,《诗刊》《人民文学》还是因故未能复刊,这些从全国收集来的诗歌作品就选优成集为《理想之歌》,由人民文学出版社出版了。《理想之歌》出版后一版再版,因为当时这样质量的诗集出来是划时代的。所以那个时候很多人认识我了。新疆大学、新疆师范学院请我去讲课,我的诗被选入了他们的教材;后来又到北师大讲课;当时《古今中外名诗》也选了我的作品,也吓我一跳。

年轻的时候,状态好像适合写诗,就这样莫名其妙、自然而然走出来了。后来新疆搞了一个诗人作家代表团,想出一期文学专刊,以震全国。当时我已经不再写诗了,但主编非让我写,我就写了《致父亲》。没想到这首诗成为了我的代表作。如果你没有在克拉玛依生活,没有这样的情感,是写不出来的,尽管有才华,这规律是不能破的。

问:对文学创作来说这个是最重要的。

张红军:但是后来我的生活路上出现了很多复杂的事情。我是很难再写下去了,诗也表达不了我内心的世界,所以我又改写剧本。1986年拍了我的第一部电影故事片,写新疆钻井工人的,当时在国内外发行放映,是天山电影制片厂拍摄的。

问:年份比较老了,这个电影作品。

张红军:对,1986年,你没看过,那个太遥远了。当时跟现在不一样,当时刚出现电视,没什么多元的娱乐方式,电影是一件大的事情。一个人如果能拍电影真的很光荣,因为大家最大的渴望是看电影。当时一个小厂一年能拍一部故事片就非常好;像北影这种大厂,一年能拍三部就非常了不起了。所以干编剧,第一个剧本能够被拍摄成电影,那简直是原来想都不敢想的事儿。从那以后我就走上了编剧的道路,还写了广播剧、话剧、电视剧;新疆、历史、成年人、儿童的,都写过,也是写我们自己,一共写了近二十来部剧吧。

问:这种追求不断进步、不断挑战自己的动力,您觉得是来自哪里呢?

张红军:我觉得动力还是来自理想,来自追求,对人生的一种追求,对人生的一种态度。我这一生应该怎么度过?所以年轻的时候天天问自己,激励自己。我们那个时候追求的思想动力是觉得我们应该这样,我们追求真善美、我们表现真善美,真善美在什么地方,我觉得是把一种理想变成了脚踏实地的对具体目标的追求。比如说我要写电影,电影写出来起码要搬上银幕,搬上银幕以后起码要能得到受众。然后被评价是另外一回事。起码我自己觉得还行,对吧。

问:您的作品里面一定承载了人生不同阶段的一些感悟、感情,在您的作品里面有没有体现整个时代的变化?

张红军:文学作品和时代是紧紧连在一起的,因为我们脱离不开这个时代,时代如果没有我们,它也是空白,所以整体来看所有作品都是和这个时代紧密联系的。时代既是背景也是舞台。我的作品是从本质上体现表达这个时代的。一个作品的很多情节是虚构的,但细节是真实的,它所表现的主题、思想是根本的。所以说作品我觉得内核是思想支撑的,艺术表现的才华、审美,到最后都是一个沉甸甸的东西。

问:您从小在克拉玛依长大,这么多年过去了,离第一口油井发现已经60年了,克拉玛依已是一座非常美丽的城市,看着这个城市日新月异的变化,您有怎么样的一种感觉?

张红军:因为我来克拉玛依的时候,它还是没有几栋房子的,绝大多数是平房,只有医院是两层楼,还有现在的友谊馆,就这两个地方是当年1958年落成的。那么那个时代到现在的历史都装在我的心里,我一想,好像就在眼前。而你们就不知道过去,没有具体的印象。那么我觉得克拉玛依就像一个流动的画面，刚开始是戈壁滩，后来来了人，在这住到地窝子、帐篷、土坯房，然后变成了比较好的平房、砖房，然后到了改革开放之后又出现了楼房……到今天，克拉玛依从一个矿区成为一个城市，所以形成了现在看到的克拉玛依。

问：已经是一个内涵非常丰富的城市。

张红军：内涵非常丰富，由石油企业转变、积淀，有了越来越多不同色彩的内容。

问：那现在在这儿生活觉得幸福吗？觉得满足吗？

张红军：克拉玛依人第一代、第二代、第三代可能有不同的感受，但是也有相同的。我是第二代。老一代人把青春把一生都献给了这里，到了晚年的时候他到任何地方，包括他的故乡，他都不适应也融不进去；而且最难割舍的就是情感，一个人把自己的一生献给什么地方，他永远都会自然而然产生难以割舍的情感。像克拉玛依现在变得越来越好，这不光是城市的外貌的问题、市容的问题，生活的方方面面在全国都是不错的，那么在这里安度晚年是比较好的。第二代比起老一代可能因为从小在这儿长大，把青春献给了这里，当然绝大多数还是离不开这个地方的。第三代是在这里出生的，就像一句维吾尔族谚语说的挺好：谁出生在哪里，哪里就最漂亮。

问：是，一点没错。

张红军：就像我出生在河南，秋天柿子林，春天各种鲜花，觉得非常美好。所以说生活在克拉玛依这个地方，包括我们的孩子，他觉得这个地方非常好，这是他的故乡。而且这个地方的条件越来越好，那他们的人生内容也越来越精彩。时代和人的命运是融为一体的。这样就是从物质到精神有他的特殊性，也有同一性。人的幸福、快乐所需要的基本东西都是一样的，就是你怎么感觉的问题了。我觉得这个地区的人绝大部分都是有一种幸福感的。像我老父亲他就对这里非常有感情，他把一生都献给这儿了。

问：看着这个城市一天一天越来越美，心里特别欣慰，觉得自己的付出是非常值得的。

张红军：所以说，每一个人的情感，有的时候就像你刚才说的情结表现得不太一样。像我父亲他竖了那么多井架，但对一号井就特别有情感，他经常要去一号井看一看，我就说一号井才是他真正的"长子"。而一号井不是我的情结，我的情结是有一个其他的代表性的。

我做克拉玛依人，也觉得挺好的，在全世界就克拉玛依给了我生活的天地。

问：而且这也是您起步和发展的地方。

张红军：可能我死了就埋在这个地方。这个地方来接纳你，你为什么不能欣然接受呢。我很希望到世界各地美好的地方去，比如北京，但是那不是我的归宿，我的归宿就是这个地方。

问：张老师，今天跟您聊天，真的感觉收获非常多。那么我们的节目也进行到尾声了，能请您向克拉玛依献上您的祝福吗？

张红军：有一首歌这几年一直在被克拉玛依人传唱，后面两句代表我的情感：

祝福你，克拉玛依，祝福各族姐妹兄弟；祝福你，克拉玛依，祝福克拉玛依就是祝福我们自己。

致父亲

张红军

二十八年前，在准噶尔
你们竖起了第一座钻塔
竖起了克拉玛依的形象
——新中国第一座油田的形象

也树起了你们自己的形象
从此，克拉玛依
骄傲而又永恒地
矗立在
世界的鸡形版图
而你——父亲的名字
却隐在历史之页的空行
如同石油这黑色的内涵

今天，退休的篱笆
圈不住你晚年的安闲
你卷着小木棍般的"伊犁莫合烟"
还像一峰骆驼
（一壶水能润湿一轮骄阳
一块馕能喂饱一个白天）
走向油田
走进自己爱情的果园

一号井才是你真正的长子
我要说，你给予它的爱
我不曾得到过一半
然而我只能
嫉妒地背过脸
看到它，你甩掉"莫合烟"
两眼放光
一瞬间被幸福充电
把耳朵紧紧贴在井口
合起眼享受着油流撒娇的甜言

我在一旁多余了呀
你笑得那样憨傻
还有些颠
碑，为第一口油井立的花岗石碑
将在这里矗立到岁月的遥远
呵，父亲，父亲
可曾有人为你立传
而你酿造的情绪
随油香一起飘向久远
父亲，也许探索关于你的题解
我的履历还太短太浅
理解，必须
钻探人生的"生油层"
认识，应当
走进你思想的深山

生活没有给你留下遗憾
你也没有给生活留下遗憾

（1982年发表于《新疆文学》）

后 记

这是一本既熟悉又陌生的书，说它熟悉，是因为里面的人物大家都知道，他们就是六十多年前生活和战斗在这片土地上的我们的父亲和母亲；说它陌生，是因为记忆已经被时光冲淡，岁月慢慢将印痕磨平。当初的创业者大多老去，他们的故事慢慢成为历史。

就像一棵参天大树，人们都知道它矗立在那，却没有人能说清它有多少枝叶。

我们不能忘记那段历史。

今年是克拉玛依市成立六十周年，作为新中国成立后发现开发的第一个大油田，是黑油山下一口口油井不断喷出的黑色乳汁哺育了它。

人们常说，克拉玛依因油而生，因油而兴。追根溯源，我们都无法忘记它——功勋卓著的一号井。

我们编辑这本书，就是要让后来者记住一号井的故事，记住当年第一代创业者为了我们的城市有过怎样的付出。

不忘初心，方得始终，他们的故事应该永远被后人铭记。

本书是在中共克拉玛依市委员会和克拉玛依市人民政府的高度重视和大力支持下，由市文联牵头编写完成的。

在编写过程中，市委书记赵文泉，市委常委、宣传部长杜勇多次过问编写问题，亲自审稿把关。

本书的编写得到了市委、市政府多个部门的大力支持，对此表示最诚挚的谢意。

参与采访、编写和撰稿的人员分别为姚建新、尹德朝、朱凤鸣、尹杰、邹文庆、熊晓丽等，孙作兰也参与了部分章节的编写工作。其中姚建新对整体框架进行了架构，组织了整体材料，并承担了大部分文字的编写。

  在本书的编写过程中，赵笑勤、王慧君等同志给予了大力支持，在此一并表示感谢。

  本书在编写过程中，力求资料整理全面准确，文稿写作风格统一。但由于编者水平有限，难免出现挂一漏万之处，敬请读者批评指正。

编者
2018年8月